雍正游侠传

民国武侠小说典藏文库·陆士谔卷

陆士谔◎著

中国文史出版社

海上奇才陆士谔（代序）

二十世纪初到四十年代，上海滩出现了一位奇才，他精通医道，医德高尚，曾被誉为上海十大名医之一；他著作等身，医学专著四十余种，各类小说一百余种，是当时享有盛誉的名作家。这位奇才就是陆士谔。

陆士谔，名守先，字云翔，号士谔，用过多个笔名：沁梅子、儒林医隐、珠溪渔隐、梦天天梦生、云间龙、云间天赘生、路滨生、龙公等。晚清光绪四年（1878 年）生于江苏青浦珠街阁镇（今上海市青浦区朱家角镇）一个书香家庭。九岁起，跟随青浦名医唐纯斋学医，前后共五年。十四岁到上海一家当铺做学徒，不久辞退回家，在朱家角一边行医一边大量阅读医书和各种"闲书"。二十岁再到上海行医，因业务清淡，遂改业租书，购置一大批读者欢迎的小说，日间以低价出租，晚上潜心研读这些小说，不但能维持生计，而且渐渐悟出写作诀窍，先写些短篇，试着投稿报馆，竟获一再刊登。他写兴更浓，由短篇而中篇，由中篇而长篇，有些还印成单行本，风行一时。此时他认识了小说界前辈海上漱石生孙玉声，孙玉声知道他做过医生，对医道有研究，劝他重开诊所。他听从劝告，此后坚持一边行医，写医学专著和有关掌故，一边撰写小说，直到 1944 年因中风不治在上海家中逝世，享年六十六岁。

陆士谔一生整理、编注、创作医著和医文四十余种，对清代名医薛生白（1681—1770）、叶天士（1666—1745）的医案钻研极深，编注过《薛生白医案》《叶天士医案》《叶天士手集秘方》等重要著作，自著十余种，最重要的是《医学南针》初、二集，其业师唐纯斋为之作序，赞他"以预防为主医学，极深研几，每发前人所未发"，"以新说释古义，语透而理确"。他以所学理论行医，悉心诊治，常能妙手回春。1925年，一位广东富商请其出诊，为奄奄一息、众名医束手的妻子治病，经过半个月的诊治，病人霍然而愈。富商感激涕零，登报鸣谢一个月，陆士谔的医名由此大振。在沪行医期间，陆士谔以其精湛的医术、高尚的医德，被誉为上海十大名医之一。

陆士谔以医为业，业余还创作了百余种小说。为陆士谔研究付出过艰辛努力的田若虹教授给予高度评价："陆士谔的小说全面地反映了晚清民国时代的社会面貌、重大事件，笔触遍及政治、外交、文化、经济、军事等各个方面，展现了封建末世的一幅真实画图。""他以强烈的愤怒抒发了对社会官场魑魅魍魉的谴责与鞭笞，以感情充沛的笔锋表现了对反帝爱国志士的赞扬与尊敬，用热情洋溢的话语描述了其理想中的新中国。这一切憎爱分明的情感，铭记着时代的苦难痕迹，闪耀着陆士谔在十九世纪末、二十世纪初那个特定的历史阶段与时代同脉搏、与人民共呼吸的真挚情感。同时也热切地表达了其欲挣脱'衰世'腐败黑暗的社会及卑污风气，挣脱束缚、压抑之环境，追求美好自由新境界的愿望。他对现实的愤怒与对未来的追求融汇交织其中，感情激烈而奔放，语言辛辣而犀利，文风格调亦具有时代精神的特征。在封建制度大崩溃之前夕，陆士谔等近代小说家们的那些充满激情的篇章、声情沉烈的创作颇具现实意义。"①

陆士谔的小说不仅数量多，而且题材极为广泛，田若虹教授将其分为社会小说（52 种）、武侠小说（22 种）、历史小说（10种）、医界小说（3 种）、笔记小说（18 种）、科幻小说（2 种）和纪实小说（即时事小品 110 则），共七类。正因为认识到陆士谔小说的社会价值，1988 年起，先后有十余家出版社重印了一般读者较难看到的陆士谔小说，如《新孽海花》《血泪黄花》《十尾龟》《荒唐世界》《社会官场秘密史》《最近上海秘密史》《商场现形记》《新水浒》《新三国》《新野叟曝言》《清史演义》《清代君臣演义》《清朝秘史》《八大剑侠传》《血滴子》等十余种，其中最著名的是《新上海》《新中国》和《八大剑侠传》《血滴子》。

撰于 1909 年的《新上海》深刻揭露了清末上海十里洋场种种光怪陆离的"嫖、赌、骗"丑恶现象，竭力描写，淋漓尽致。1997 年，上海古籍出版社将其与李伯元的《官场现形记》、吴趼人的《二十年目睹之怪现状》等一起列入"十大古典社会谴责小说"。1910 年，又撰《新中国》，小说以第一人称写作，以梦为载体，作者化身陆云翔，描述梦中所见：上海的租界早已收回，建成了浦江大铁桥、越江隧道和地铁……2009 年 12 月，为配合宣传 2010 年上海办世界博览会，有出版机构重印了这部小说，国内外媒体也纷纷报道，极大地提高了陆士谔的知名度。

陆士谔还以清初社会现实为背景，从 1914 年到 1929 年，十六年中写出二十余种武侠小说：《英雄得路》、《顾珏》（以上为文言短篇，分别载于《十日新》杂志和《申报·自由谈》）；《八

---

① 见田若虹：《陆士谔小说考论》，上海三联书店 2005 年 7 月初版。

大剑侠传》（原名《八大剑仙》）、《血滴子》（又名《清室暗杀团血滴子》）、《七剑八侠》、《七剑三奇》、《小剑侠》、《新剑侠》（以上后合编为《南派剑侠全书》），《红侠》、《黑侠》、《白侠》、《三剑客》（以上后合编为《北派剑侠全书》），《雍正游侠传》、《今古义侠奇观》、《江湖剑侠》、《八剑十六侠》、《剑声花影》（原名《侠女恩仇记》）、《飞行剑侠》、《古今百侠英雄传》、《新三国义侠》、《雍正剑侠奇案》、《新梁山英雄传》、《续小剑侠》（以上为白话长篇，多由上海时还书局出版）。

这些小说中的人物，出场最多的是康熙、雍正时的八大剑侠，即路民瞻、曹仁父、周浔、吕元、白泰官、吕四娘、甘凤池和了因和尚（俗家名吴天巍），他们是南明延平王郑成功部下，明亡后，存反清复明大志，在各地行侠仗义，扶危济困，名震天下。书中由正面转为反面的人物是年羹尧和云中燕（"血滴子"暗器发明者），起初也行侠惩恶，后来却创办血滴子暗杀团，帮胤禛夺得皇位，最后被雍正卸磨杀驴，下场悲惨。陆士谔笔下这两组人物故事当时吸引了无数读者，不仅小说一再重印（《八大剑侠传》《血滴子》竟印到21版），而且被改编成京剧连台本戏和电影《血滴子》，红极一时。受其影响，在陆士谔原著的基础上，稍后出道的民国武侠北派五大家之一的王度庐，1948年写出《新血滴子》（又名《雍正和年羹尧》）。至1950年代，香港武侠名家梁羽生发表《江湖三女侠》，吕四娘、白泰官、甘凤池和了因的形象更为生动；台湾武侠名家成铁吾更写出350万字的巨著《年羹尧新传》，使原本笔法相对平实质朴的故事奏出了华彩乐章。

最后值得一提的是陆士谔1915年3月19日发表于《申报·自由谈》的文言笔记小说《冯婉贞》，记载了1860年英法联军火烧圆明园时，北京民女冯婉贞率领数十年轻村民痛击联军，杀死近百名敌军，成为近代民族英雄的杰出代表。此文 1916 年被徐珂略作修改后收入《清稗类钞》，二十世纪六十年代又被收入中学范文读本。

2014 年起，中国文史出版社陆续推出了"民国武侠小说典藏文库"和"民国通俗小说典藏文库"两大系列丛书，先后整理、重印了还珠楼主、白羽、郑证因、朱贞木、平江不肖生、徐春羽、望素楼主、顾明道、李涵秋、刘云若、张恨水、冯玉奇、赵焕亭等作家的全部或大部分小说，深受读者欢迎，并获研究者的好评，此番又将重印陆士谔的大部分武侠小说，从《八大剑侠传》到《飞行剑侠》，共 15 种，真是功德无量！望文史社编辑诸君再接再厉，将建修两大文库的宏伟工程进行到底，使这份珍贵的文学遗产永久传存于世间！

林　雨

2018 年 12 月于上海

目　　录

2

3

4

序

　　有清十二主，除让帝宣统犹未盖棺定论外，三祖八宗以雄猜著者，当推雍正帝为首屈一指。内诛管蔡，外戮韩彭，其心思之密，手段之辣，迄于今事过境迁已二百载，而一谈血滴子犹令人毛发戴甚矣。余威之震人，百世下犹有生气也。特阿其那、赛斯黑之狱，论古者每为允禩呼冤，不知允禩也处心积虑，彼不杀此，此必杀彼，败则为被诛之管蔡，成即为靖难之燕王，成王败寇，何足深论！虽然，立身雍正之朝，动触血滴之刃，竟敢私结秘社，暗设机关，不速之飞客，则请君之入瓮，万乘之君主，则缚之如豕。则廉亲王禩贝子辈，其材其智，亦必有大过人者，且当时人才之盛，不仅皇室为然，如满人中之隆科多，汉人中之年羹尧，疆吏中之田文镜、李卫，以及陈景希之风鉴，云游子之论字，娄近垣之法术，甘凤池之剑术。固旷世不一见者，而一时并集，此固关乎世运，非人力所可几也。居今念古不几，令人感慨深之，设若而人者重现，今世则假凤池之剑，已足寒贼子之心，更何至扰攘不休乎！撰述既竟，书此为序。

民国十二年癸亥六月青浦陆守先士谔氏序于松江医室

1

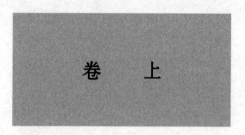

卷　　上

第一回

杭州城崛起布商
笕桥镇隐居儒士

每夕见明月，我已与熟识。

问月可识我，月谓不记忆。

茫茫此世界，众生奚啻亿？

除是大英豪，或稍为目拭。

有如公等辈，未见露奇特。

若欲一一认，安得许眼力？

神龙行空中，蝼蚁对之揖。

礼数虽则多，未必遂鉴及。

　　这一首是清儒赵瓯北的《杂咏》，是言英雄混迹风尘，巨眼的人总会拭目认识，至于寻常庸众，那就认不胜认，识不胜识，等到英雄得志飞腾而后，众人虽致敬尽礼英雄，就不暇鉴及了。你道本书开场，为甚引这一首诗，原来浙江杭州地方有一个儒生，姓陈名祖抟，号景希，生性聪明，于诗赋制艺外，好读奇书异志、医卜、星相，三教九流，无不遍览，而于风鉴一学极深研几，尤多心得。望色能辨寿夭，闻声即决穷达，历历可据，久久自验。因此认识他的人有称他为半仙的，有称他为神相的，他总一笑置之，不辩论，也不承认。

这陈景希家在笕桥，住的地方既是半村半郭，人又和平，既不绝人逃世，又不附势趋炎，介于不夷不惠。因此南亩的农夫，西市的商贾，没上没下，无不跟他交好。但是陈景希待人虽然和易，对于风鉴一道，非常自负，却又轻易不肯替人看相。

这日，陈景希闲居无事，独对着镜子，亲自相看，见天庭地阁，目神眉形，都还罢了，相到中央土星，一个伏犀鼻，鼻根上贯印堂，兰台廷尉，井灶分明，藏而不露，按照相法，确可荣居三品，但是自己久绝科举，早已无意功名，穷居笕桥，何来逼人富贵？又瞧自己的手，龙虎虽不很相配，却倒福禄寿三峰突起，色如朱砂，掌中现有方印，摇头道："景希，景希，你相遍天下士，无不奇应，极验，捷若桴鼓，相到你自己，可就不应了。一个下省书生，既无门路，又没奥援，怎么会一朝腾显？这是从来没有的事。"又想到头好不如面好，面好不如身好，细察自己身量，上身长，下身短，又确合富贵体格，自笑道："我这么僻处一隅，终不然富贵逼人来。"

陈景希正在无聊，只听有人叫道："景希兄，在府么？"景希抬身迎出，见是一个大胖子，鹅行鸭步地进来，认得就是太平坊隆大布号的大掌柜田文镜，忙道："田兄，好久不见，今朝什么风吹来的？"

那田文镜笑道："久要奉访，被俗务绊住了，不得自由，今日发个狠，一则专诚拜访，二则城里嚣杂，住久了闷得慌，跑出来逛逛野景，活动活动。"

陈景希一面让他坐下，一面笑道："田兄专诚访我，总有事故。"

小厮献上茶来，景希起身接取，只手敬与文镜。文镜接茶坐下，笑道："景希兄善观气色，一见便知道来意，你那风鉴之学，直堪与令祖希夷先生后先辉映。我因敝东来杭，闲谈中说起大名，敝东非常爱慕，打算回府叩教，命小弟先来拜候，致一个意，敝东拟后天饭后造府呢。"

陈景希道："贵东要我看相么？"

田文镜应了一声"是"。

陈景希道："哎呀，这件事恕我不能遵命，我久已不谈此道了。"

田文镜忙问为何，陈景希道："就为不应验，谈它还有甚味儿。"

田文镜道："景希兄相过的人，就我所知的十多个，都已灵验异常。周百万那么豪富，你说他背薄腰折，眉促脚长，坐时摇摆不定，行到眉运，定然家财耗散，贫无立锥，人家都不很信，到去年连遭大火，接着三场人命，果然家资荡然。金进士那年待魁星，贺客满堂，人人都说他青年连捷，将来前程不可限量，你独低言告我，金进士男生女态，小暴眼，小爬牙，定然夭寿，不会过三十三岁，后来，金进士果然死在京中，如何还说不应验？"

陈景希道："田兄，我相你，相我自己，就都不应验。照你印堂这么开阔，三停得配，五岳均匀，背后腰圆，鹅行鸭步，不但形貌奇美，举动端凝，并且性明气刚，言涉造化，我断定你是从星辰中来，当然官居极品，权掌兼坼。只是你依然是隆大号一个掌柜。我自己对镜自相也可荣居三品，只是岁岁年年，依然故

5

我。这么不验，哪里还敢轻相天下士呢？"

田文镜道："或者有他种关系，也说不定。"

陈景希终不太高兴。田文镜见他不大高兴，就丢开本题，讲说别话，排逗得他有了兴致。远湾兜转，重又归到本题。陈景希见他这么至诚，推托不去，只得慷慨应允。田文镜大喜，订期而去。

到了这日，田文镜同了他那个东家来，见面之后，请教姓名，才知他姓李名卫。只见他生得剑眉星眼，鼻直口方，静如秀柏长松，动如行云流水，确是个大富大贵之相。

李卫问前程如何，有否功名之望，陈景希道："以相论，定可位至督抚，并且生了这一双睡凤眼，神光奕奕，不怒而自威，不睐而自见，或可手掌兵权，贵为经略，也说不定。"

李卫笑道："我不过是个县丞微衔，哪里敢萌此异想。"

陈景希道："李兄既是县丞头衔，已经有了根苗了，像这位田兄不是个白衣人么，照他的相，将来富贵功名，也不在李兄之下，验与不验，果然不能夸说，我不过以相论相罢了。"

李卫道："只要依照先生金口就好，我原分发在云南，嫌路远没有去得，此番回去，定当设法到省了。"当下，又谈了一回别的话，起身向田文镜道："我们走吧。"田文镜道："很好。"于是一同起身告辞。陈景希送出大门才回。

却说田文镜陪了李卫进城，回到隆大布号。恰好夜饭时候，李卫的菜是另做的，田文镜叫烫了两壶酒，就在内账房对酌。

李卫道："陈景希的话，看来未必有凭据。我通只一个佐杂，芝麻大的前程，如何会腾达？"

田文镜道："他也说我前程远大，真是不懂，不过我想他不取相金，究竟不是江湖术士，骗我们做什么。"

李卫道："那也只好再瞧，验不验刻下还断不定呢。"于是又谈了一回生意经，吃毕了饭，闲谈一回，各自睡下。

次日，李卫主张在江苏镇江、松江两处，开设几家分庄，专事收采布匹，田文镜很是赞成。李卫要田文镜同去布置，文镜也应允了。李卫在杭州住了几天，雇定船只，随即起程北行。先到松江，后到镇江，看定了屋子，用定了人，就开办起布庄来。李卫见各事办妥，心下十分高兴，作别北上，自回原籍而去。田文镜也就回杭州。

此时，隆大添设了内庄，办货十分便利，营业就格外的发达。西自川陕，北至直豫，无不有客商来往交易。一日来一个办货京客，姓张名乐天，八尺来长身子，四十开外年纪，生得雄奇英挺，双目炯然，出言吐语，伉爽异常。田文镜跟他一见如故，很是投机。张乐天问起李卫是否常常来此，田文镜道："张客人与敝东认识的么？"张乐天回称："认识的。"田文镜立命办酒接风，接待得十分殷勤。

这张乐天极干练，于一切世故人情都很精熟，经过的码头也很不少，席间闲谈，问起浙江地方衙门胥役可怎么样，是否狐假虎威，是否无恶不作。田文镜道："公门中人虽不能够一笔抹倒，大概奸猾的多，良善的少，应了俗语'天下乌鸦一般黑'的话。"

张乐天道："衙门越大，胥吏越坏，督抚衙门的胥吏有内班、外班各种名目，内班总管案件，外班专递信息，内班与外班，朋比为奸，种种吓诈，饱了他的贪壑，就改重为轻，拂了他的意思，就批驳不已。即如广东地方各种盗案，不论年月远近，不拘盗犯多少，制台衙门的书办，概于冬季写票差提承缉之吏目、典史、巡检各官，到省城示期批责。其陋规有院房年礼、节礼各种名目，各官员到省，倘然送给书办银子三四十两，就得准许回任。倘系微员，无力馈送，就要差押不放，甚至禀请杖责。"

田文镜道："广东督衙书办，有这么的威势，真是厉害。像这里制台衙门，书役都称作差官，有承舍官，有旗牌官。平日坐在班房里包揽词状，每于各府州县官上辕的当儿，就私行嘱托，难保不有滥准枉勘情弊。有时，奉差出省，马褂胸缨，俨然官长。肩舆拜会地方官，需索夫马馈送。此外，如藩臬两衙的书役，一是掌管通省钱谷，一是掌管通省刑名，案牍如山，就不免舞文弄法，百弊丛生。"

张乐天喜道："田兄肯关心时政，足见伟识不凡，佩服！佩服！"

闲谈了一会子，二人更是投机，张乐天在杭州住了三五天，货已办齐，请田文镜代雇了一只船，解缆北去。从此之后，张乐天每年总来两次，有时办货，有时不办货只游玩，每来总住在隆大号中，田文镜跟他更莫逆起来。

此时，隆大号东李卫，在云南地方做官，一帆风顺，由县丞而知县，知县而知府，现在新承恩命，已授为云南驿盐道矣。喜信传来，田文镜不禁怦然心动。恰好这一日张乐天由京南下，住在隆大布号中，田文镜陪他游西湖，谈起李卫官星透露，已经做到云南道台。想到前年请陈景希看相，断定他必然位至兼圻，官居极品，现在看来倒真有点子道理。

张乐天问："陈景希大概是个相面先生么？是否住在杭州？闲着没事，我也请他谈谈去，停会子你就陪我一走。"

田文镜道："此人是个不挂招牌的书家相士，平日不肯替人

8

看相，并且住在笕桥，请教他倒很费事。"

张乐天道："田兄既然认识的，想来总跟他有点子交情，少不得总要烦劳你替我介绍呢。"田文镜应下。

这日，在西湖游了个畅。次日清晨，田文镜陪了张乐天各跨一匹马，径投笕桥而来。霎时行到，二人下骑，将马牵过，带于树下。田文镜引张乐天到大厅坐定，随道："张客人，我去叫陈景希出来。"

欲知后事如何，且听下回分解。

第二回

陈景希巨眼识真龙
雍正帝诏书征绣虎

　　话说，田文镜把张乐天安顿在陈家大厅之上，自己却入内来找陈景希，找到书房，只见陈景希低头默坐，手执着朱笔，正在评注古书呢。

　　文镜不敢惊动，站了好一会儿，候他书写好了，搁下笔才开言道："景希兄，好用功！"

　　陈景希没有防备，蓦地唬了一跳，抬头见是田文镜，忙道："文镜兄，几时来的？"

　　田文镜道："我因见景兄执笔写字，不敢打扰，候了一会子，外面有一个客，要见你，现在厅上呢。"

　　陈景希道："文先生，你又引什么人到我家来？"

　　田文镜道："是一个北京客人，来杭办货的，姓张名乐天，为人很直爽，只因久慕大名，再三央我介绍，我因见他是正经客商，大远的诚心，才敢引他到府。"

　　陈景希道："这位京客要见我有甚事呢？"

　　田文镜道："就为久慕你的风鉴，要请你看看相呢。"

　　陈景希道："再不要提起相面的话，我因看的相不验，自知

10

所学未精，不敢轻相天下士了，所以无论何人要我看相，我就不敢奉教，这位京客烦你代我谢绝了吧。"

田文镜道："人家诚心求见，我已经替你应下，现在你不肯见，叫我脸上如何下得去？"说着，又再三央求。

陈景希道："姑且去瞧瞧何等样。"一个人口里这么说，心下暗忖：看相不看，由我做主，我不肯看时，他究竟不能强我的。

于是同了田文镜缓步徐行，走到大厅后面低声问道："向右坐的那个是谁？"

田文镜道："就是京客张乐天。"

陈景希约略一瞧，不觉大惊失色，回身就走。田文镜见他举动奇怪，追上询问，陈景希道："这一个人我不相，断然不能够给他相。"

田文镜忙问："为何？"

陈景希道："相起来不会应验，相他做什么？"

田文镜道："你不曾给他相，如何知道不应验？"

陈景希道："不必相得，早已知道不会应验。"

田文镜道："管他应验不应验，请你出去相一会子就是。"

陈景希再三不肯，田文镜定要他说出缘故，陈景希附耳道："照他相貌讲，竟是个真命天子。你想吧，目下承平时势，哪里会有这种事？如何会应验？如何还能够给他看相？"

田文镜听说了唬得呆了，不敢勉强，慢吞吞走出大厅。

张乐天已经等候得不耐烦，瞧见田文镜出来，问道："怎么去了这大半日，做什么？"

田文镜道："陈景希不肯给张兄看相。"

张乐天道："他不肯就罢，咱们回去吧。"说着站起身，虎步龙行，大有起行之势。

田文镜道:"且慢。他的不肯相,因吾兄状貌奇异,大有似乎真命天子,知道万不会准,不会验,并且言出祸生,彼此难保不有祸患,所以半是不肯相,半是不敢相。"

张乐天笑道:"我是一个贩子,哪里会做皇帝,果然万不会准,万不会验。田兄,这么吧,我天性好奇,既然到了这里,不管他准与不准,验与不验,请他老人家出来谈谈,他不妨姑妄言之,我也不妨姑妄听之,咱们只顾谈相,旁的事都可以搁过不提。"说着,重又坐下。

田文镜道:"我入内劝他去。"

进了好一会子,才引了陈景希出来,彼此招呼施礼。陈景希道:"兄弟也不懂什么,荷蒙田兄过奖,先生一时轻信,下降敝庐。"

张乐天道:"不必过谦,我是专诚候教呢。"发出话来,声若洪钟。

陈景希道:"既承不弃,就请里面坐地。"说着往里让。

张乐天道:"我不认识。"

陈景希道:"烦田兄先走一步。"

田文镜道:"我来引导。"

当下文镜打首,乐天第二,景希追随在后,步步留神。只见张乐天的走相龙行虎步,确是不凡。让到书房坐定,细细相视,只见他凤目龙睛,伏犀鼻,狮子口,三停得配,五岳相朝,再相他的手,软滑如酥,红润如玉,指为龙,掌为虎,龙虎倒又相配。相毕,询问年纪,张乐天回四十五岁。

陈景希道:"论流年部位,四十五正交寿上,明年四十六,交到颧,后年四十七,交到左颧,尊驾的两颧生得高而且阔,棱棱有威,依相论相,到明年定然身登大宝,得享九五之尊。我也

12

知道现在承平时势，绝不会应验，但是尊驾确生了个帝王之相。"

张乐天笑道："先生今儿姑妄言之，我也不过姑妄听之。"

陈景希道："从今不敢再谈风鉴之学了。"

当下，陈景希留张乐天、田文镜便饭，天南地北，闲谈了好一会子，张、田二人吃得酒足饭饱，欢然告别。陈景希送出大门，眼看二人上马，扬鞭嘚嘚而去。

田文镜陪了张乐天回店，谈起相面的事。张乐天道："可惜我几个朋友都不在眼前，不然都请他相一相。"

张乐天这一回并不办货，住了几天，就告辞北上。田文镜又送了他许多龙井茶叶、金华雪腿、西湖藕粉等土货，不意一去之后，消息杳然。到了所约之时，也不见他南下，田文镜很是惦念。这一年是康熙六十一年，忽地哀诏传来，说康熙帝已经驾崩，新皇登极，改明年为雍正元年，新皇帝就是皇四子雍亲王。

田文镜是个商人，此种朝廷大事，只当小说鼓词，哪里放在心上，不过向号中伙计们道："现在逢着国丧，布匹定该畅销，京客别个都有信来，独那张乐天信也不到，人也不到，真是古怪。他偏是地址不肯留一个，信也无从寄递。"闲谈一回，也就搁过。

一日清晨，田文镜正在查阅账目，忽一个晶顶武弁，跨着一骑白马，拍踢拍踢，如飞而来，跑到隆大布号门前，滚鞍下马，把缰扣在门口柱上，大踏步闯进店来，喝问："田文镜在不在？"

就有伙计迎着招呼道："军爷请坐。"

那武弁道："不要坐，快唤姓田的出来，我要问他话。"

伙计急忙入内，报知田文镜。田文镜走出询问，那武弁道："你就是田文镜么？"田文镜道："在下就是田文镜。"

武弁道："快随我去。"田文镜道："到哪里去呢？"

那武弁道："抚台大人要你人。"田文镜听了，大惊失色，慌道："抚宪要我人做什么？"

武弁道："大人叫我来传，做什么我也不知道，谁敢多问呢？"田文镜道："我是安分良民，没有犯罪。"

武弁道："这个我可不知道。"田文镜道："可否恳求军爷，只说我病了，不能到案。"

武弁道："你好好地在讲话，如何说病？"

田文镜再三央告，并愿送上孝敬。那武弁道："别说你没有病，真个病了，也须四邻出具甘结，不然，大人查出了诈病，谁担当呢？"

田文镜没法，只得跟随了那武弁，向抚署而去。

霎时行到，武弁下马叫田文镜在班房中坐地，自己入内去销差。正这当儿，只见仁和县知县亲自押解人犯到辕。田文镜一瞧解来的人犯，又吃了一惊，原来该犯不是别个，正是笕桥陈景希。

景希见了田文镜，也很是纳罕。此时两人的心头都如小鹿乱撞，就苦相离太远，不能讲话。一会子，差弁飞步出传："大人有谕，着田文镜、陈景希立刻入见。"田文镜应了一声，迈步蹀出班房。那边陈景希也早过来，二人见了面，陈景希道："闭门家内坐，祸从天上来，怎么你也在此？"田文镜才待答话，那差弁一沉脸道："你们有话当着大人的面讲去，现在奉令传见，可不准你们多讲话。"田、陈两人只得诺诺连声，当下跟随了差弁，抹角转弯，直到签押房，差弁向廊下指道："站在这里。"

二人屏息静气、鸦雀无声地站着，那差弁掀帘入内，只听得屋内道："请进来。"差弁立刻引田、陈二人进屋。见抚台笑盈盈地坐在炕上，田文镜立即下跪叩见，抚台叫"起来，起来"。接着，陈景希也行过礼。抚台道："现在钦奉谕旨，叫你们二位克日进京，陪送的人员，我已派定，旨意严急，二位也不必回家，今晚就衙门中住下，明日就起身长行。"

田、陈二人听了奉旨钦召的话，宛如顶门上轰了个霹雳，震得全身都麻木，半晌说不出一句话。陈景希跪下求道："生员这一条蚁命，总要求大人成全。"田文镜也哀求不已，抚台道："二位不必着急，旨意高深，虽然不敢妄测，但是旨中有着派委员陪送来京，并无'押解'字样，似乎吉多凶少。"随取出谕旨：

> 杭州隆大布号掌柜田文镜、笕桥相士陈景希，着该
> 抚速派委员，克日陪送来京，旨到即行，慎勿忽忽。

二人见过旨意，面面相觑，更不得要领。抚台道："恭谕'陪送'二字，意义绝不会有甚意外，二位可不必多疑。"

田文镜道："我一个小百姓，圣上怎会知道起我名字来？"

陈景希道："事到如今，要不去是断然不能，逃无可逃，避无可避，不如拼性命一走。圣上指名召我们两个人，不遭大祸，定受奇福，也许交运、脱运，富贵逼人来呢。"

田文镜向抚台道："长行出发，途中不止一日，行李、衣服都没有整理，可否求恩暂放回家，端整一切，准明日就来，绝不误事。"抚台应允了，不过派两名差弁跟随他们回家，说是伺候，其实是监视呢。

田文镜、陈景希告辞出外，两个差弁紧紧跟随，两人各自回家，端整行李，果然次日一早都到了抚辕。抚台委下陪送人员确是一文一武，文的是个候补县丞，武的却是个抚标千总，即日动身，由水程出发，在路无事可记。到了北京，就到宫门报到，这

晚大内传出上谕：

特旨征召人员田文镜、陈景希均赏给七品顶戴，着
交礼部学习礼仪，准明日辰刻，该部带领引见，钦此。

田、陈二人见了上谕，互语道："我们这遭际，不知从哪里
来的，没缘没故，会得特旨征召，从现在看来，赏给了顶戴，交
部带领引见，总不会有祸患的了。"于是欣然到部，部里堂官不
敢怠慢，连夜指导仪注，学习跪拜，但等此日清晨，即当入朝
陛见。

欲知下事如何，且听下回分解。

第三回

两布衣应召进京
四皇子议开地道

话说此日，田文镜、陈景希都绝早起身，按品装扮。这七品顶戴，荣华无比，较之一二品头衔，尤为纳罕。金顶红缨，朝珠补服，京城中除了翰林，是不很多见的，因此异常清贵。当下礼部堂官引了田、陈两人入朝陛见，按照仪注，朝见已毕，皇帝问了几句话，田、陈两人俯伏回答，皇帝忽地降旨，叫陈景希抬起头来。陈景希奏道："天威咫尺，微臣冒死不敢放肆。"

皇帝笑道："朕知道你精于风鉴，要你替朕相一相呢。"

陈景希碰头道："如此，微臣斗胆遵旨，瞻仰圣容了。"说着，抬头起视，大惊失色，唬得魂不附体，连连碰头道："微臣罪该万死。"

皇上天恩，赦其冒昧，雍正帝笑道："你的相法真不错，有什么罪？朕问你，你相你自己，不是该有三品职衔么？"

陈景希道："依照相法，该当如此。惜微臣福薄，空负此好皮囊。"

雍正帝道："朕当成全你。"又命田文镜抬头。田文镜抬起头一瞧，也唬得面如土色。看官，你道这雍正帝是谁？原来就是京贩子张乐天。田文镜跟他朝夕相聚，不曾料到他就是当今天子，自然要大惊失色了。

你道雍正贵为皇子，位列亲藩，为甚不安富尊荣，倒混迹商贩起来？这里头却有大大一个缘故。

原来康熙皇帝共有三十五个儿子，长的名叫胤禔，第二是胤礽，第三是胤祉，第四是胤禛，第五是胤祺，第六是胤祚，第七是胤祐，第八是胤禩，第九是胤禟，第十是胤䄉贝子，第十一是胤禌，第十二是胤祹，第十三是胤祥，第十四是胤禵，第十五是胤禑，第十六是胤禄，第十七是胤礼，第十八是胤祄，第十九是胤禝，第二十是胤祎，第二十一是胤禧，第二十二是胤祜，第二十三是胤祁，第二十四是胤祕，第二十五是承瑞，第二十六是承祐，第二十七是承庆，第二十八叫赛音察浑，第二十九叫长华，第三十叫长生，第三十一叫万黼，第三十二叫胤禶，第三十三叫胤禬贝子，第三十四叫胤禨，第三十五叫胤禐。[①] 内中唯胤礽，康熙十四年册立为皇太子，四十七年九月为他种种不肖，下旨废黜，幽禁在咸安宫，明年重又立为皇太子，到康熙五十一年九月重又废黜。当皇太子再立再废的当儿，各皇子无不钩心斗角，暗谋继储，内中争竞，最烈的就要算皇四子胤禛、皇八子胤禩、皇九子胤禟、皇十四子胤禵，这四个人聪明才干，功力悉敌，真是棋逢敌手，将遇良材。论天姿英毅，秉性深沉，就该皇四子第一，这皇四子就是雍正帝。按照史家惯例，未登大宝之前，只能称他作皇四子。

皇四子瞧见胤禩、胤禟、胤禵都各礼贤下士，结交朝臣，替

---

① 第二十五至第三十五子共十一子因早殇在玉牒中不排行，仅附在最后。这是自康熙朝起对皇子序齿作出的规定。

自己延誉，他却一眼看破，知道文人极少实力，缓急不很可恃，遂别出心裁，乔扮作贩子模样，闯走江湖，周游各省，无非是物色英雄，延揽豪杰。在山东道上认识了个年羹尧，侍卫班中交结了个鄂尔泰，大大地得益，更从豪商大贾中认识一个李卫。皇四子见自己搜罗的人才都很可靠，于是埋名隐姓，混迹风尘，更来得高兴，不意在杭州地方被陈景希巨眼识英雄，一句话就道破，皇四子当时也猛吃一惊，因恐被人看破，故意做出安闲的样子，回到隆大号中，回想前因，不禁隐然自负，忖道：八阿哥、九阿哥、十四阿哥，胡思乱想，妄冀非分，哪里知道帝王自有真，我自有我的福气，相貌生就，尔等何能争夺。从杭州回京，就飞召心腹豪杰，限日到府，商议大事。

原来皇四子的府第在北京安定门内，称为雍亲王府，因皇四子已封了雍亲王也。这座雍亲王府，宏敞宽阔，为各阿哥府第之最，共有六所正殿、八九所配殿，殿高十丈，广及数亩。寝殿之后，又建有花园，园中假山、池塘、亭台楼阁，无不咸备。府内东南隅，建有一所很大的院子，住的都是五湖四海英雄、五岳三山豪杰，走脊飞檐之辈、谈兵说剑之流。你道王府中怎么会容留匪类，原来皇四子蓄意举行大事，都是平日纡尊降贵招来的。内中最厉害的，就是血滴子队。这血滴子是一种新鲜兵器，外看是个皮囊，内中藏有利刃，有个机关可以启闭，行使起来，只消走到人家背后，轻轻一罩，机关动时，那颗脑袋，早已摘取在囊中了。发明这血滴子的是个很巧的巧人，姓云名叫云中燕，皇四子就派这一班血滴子内探宫廷，外探各省，千里一室，瞬息皆知。所以各皇子中要算皇四子最为机警，各王府第，要算雍亲王府最为机密。

这日，皇四子从杭州回来，立刻发出暗号，飞召心腹英雄，商议要事。众英雄接到暗号，不敢怠慢，都各克期赶到。皇四子就在那所大院落里，开一个秘密会议。皇四子道："我新从杭州回来，想起从前两桩事情，很有感触。一件是翰林院编修何义门，这何义门不但是个读书种子，也可算得当今的人望，怎么说他交结八阿哥，并将女孩子送给八阿哥做养女，后来奉旨严查，检勘他的书籍，究竟何尝有狂谬文字，这是一件。还有一桩，是翰林院检讨朱天保的奏请，复立胤礽为皇太子，内中有'皇太子圣而益圣，贤而益贤'两语也，无非误听伊父朱都纳狂言，信为真确，究竟何尝有研究的价值！似此种事情，我也记不胜记，我的心腹人员却都当作天大要事，巴巴地报与我，我之所以不斥他们，就恐他们因此怠于报告，有误要公。从现在看来，都因宫中府中相离太远，消息不能灵通，致有多重误会。要免除这许多误会，非设法交通不可。你们大家想想，可有甚好法子，可以交通宫府。"

众人面面相觑，不发一语。皇四子再三询问，血滴子首领云中燕附耳低言说了好一会子话，只见皇四子不住地点头，候他说完，随道："你先去勘了地势，打一个样儿来，我们大家商议商议，再定吧。"云中燕应诺，大家散去。

云中燕也要走，皇四子道："我问你，开筑地道的法子，你怎么想出来的?"

云中燕道："也不过随便想想。王爷瞧此计如何?"

皇四子道："乾清宫原有一条地道通向别处的，你不曾知道么?"

云中燕道："不曾知道。"

皇四子道："你这计划很好，我已想过，新地道从咱们花园中开掘，只消稍稍偏西，就好与旧地道接通，这么办理，省去不

20

少工程呢。"

云中燕道："旧地道开至哪里，倒要王爷指示呢。"

皇四子道："这可难了，大内的地道，何能常常走动，我不过小时光走过一回，约略还能记忆，要我明白指示，如何能够？"

云中燕道："只要能够约略记忆，就好办了。有地道的地方地是空的，所以下面有地道，上面用棒击起来，就有咚咚之声，如在楼上一般。王爷既然约略记得，指示了方向，我自会寻访。"

皇四子大喜，当下取出皇宫地图，指给云中燕道："这里就是乾清宫，记得由此往南，有一条地道，经过的地方仿佛是上书房、文华殿，从这里到那里，那一端已在西华门外面，你去勘一勘，勘明白了再定办法。"

云中燕允诺，自去秘密查访，谨慎办理。查了两日，旧地道的路线已被他查得，报知皇四子。皇四子道："从花园中开筑，偏西斜出，最为直捷，经过的地方，八阿哥家、九阿哥家、十四阿哥家，都是很要紧所在，咱们决计这么做吧！"

云中燕道："王爷既然定了计划，我就打起图样来。"说着，舒纸伸笔，嗖嗖地绘画。云中燕真有能耐，霎时之间，地道图画早已绘就。

皇四子瞧过大喜，连声夸赞，云中燕愈益起劲。皇四子道："图已经打就，如今要商议开工的法子了。"

云中燕道："这件事只消交给我去办。"

皇四子道："你如何办理？"

云中燕道："王爷城外有不少的庄子，传谕庄头派一百名精壮庄丁来做活，我只说查得花园中有前朝窖银，掘得了分一半赏做活的，那么他们做活自会踊跃。等到掘到旧地道时光，就停止工作，我就督同血滴子队亲自开掘，这么秘密进行，谁又猜得到咱们开掘地道呢?"

皇四子道:"难为你想得周密,我就交给你办吧。"

从此之后,云中燕逐日督工,监视工作,无非是锄锸并下,邪许之声,昼夜不绝了,无新奇事迹可记。皇四子起初也还高兴,亲来察看,三五日后也就暇怠了。

皇四子是活动惯了的,依旧乔装改扮,混迹风尘,刺探时事。一日,在杨村一家酒店中,遇见一个算命先生,那先生正在那里指手画脚,大言炎炎,卖弄他的本领。两个同坐的人,一个五十左右年纪,一个不过二十来岁。

五十来岁的那个道:"不信竟这么的准。"

那先生道:"如果时辰准的,自然极有凭据。那五行生克,变化无穷,在一知半解的人,不过知道生我是父母,如水生木,木生火,我生是子女,如火生土,土生金。克我为官,譬如我是个金,火能克金,见了火我就怕,火就是金的官。我克为妻,金能克木,木见了我就怕,木就是我的妻。比肩是弟兄,其实内中还有种种变化,即如明太祖、沈万三、摇铎老人,三个人是同年同月同日同时的,三个人的际遇却大大不同,一个贵为天子,一个富堪敌国,一个乞丐终身,其故就为同是鸡鸣。丑时,明太祖出世的当儿,鸡声初唱,其头向上,得天气之清,所以做了皇帝;沈万三出世,鸡声中唱,其首已平,得人气之和,所以做了国富;摇铎老人出世,鸡声终唱,其头已下,得地气之浊,所以做了乞丐。同是一个丑时,同是一声鸡唱,先后高低之间,就有富贵贫贱之分了。"

皇四子听到这里,不禁失声狂笑,隔桌上三人听得笑声,齐都惊起。那算命先生竟就站起身来请问了。

欲知后事如何,且听下回分解。

第四回

雍亲王无意遇张恺
血滴子有心侦王氏

话说那算命先生见皇四子失声狂笑，立刻站起身来，问道："客官闻言大笑，敢是我的话说错了么？"

皇四子道："错不错，我不知道，我想天下的鸡，千千万万，照这么讲不妨养他几百头，闲着无事，我倒要瞧着玩，鸡啼起来，几百鸡的头儿，齐齐向上，齐齐向下，比别的玩意儿都有趣味。"

那老者道："那如何能够啼唱有先后，低昂有参差？"

皇四子不待说完，笑问道："鸡儿的啼唱，既有先后参差，请教依哪一头鸡为准？"

那算命先生道："原来客官不曾瞧过星学书，书上载明，天下之鸡，第一是金鸡，第二是寿鸡，第三才是寻常之鸡，天色将明，金鸡先啼，寿鸡继着啼，寻常之鸡最后啼，这鸡鸣丑时，自然依金鸡的鸣。客官说的万万千千，自然是寻常之鸡，不能作为凭准。"

皇四子无言回答，遂问："你贵姓台甫呀？"

那算命的道："我叫张恺。"

皇四子听到"张恺"两个字，不觉一愣，暗忖：这个名字好耳熟，不知哪一个阿哥府里有一个星士张恺，只是记不起了。随道："照先生这么高明，倘然肯到京城，定遭公卿倒屣，隐处乡村，可惜了。"

张恺笑道："不瞒客官，说在下久游京师，别说公卿士庶，就是帝子皇孙、王爷贝勒，认识的也不少。记得那年初到北京，纳兰相国明珠正威权赫奕，极盛的时候，彼时相府大总管沈七，与我有一面之缘，我就跑去拜他，哪里知道他老人家贵人多忘事，竟不认识我了。我就说三年前在河间地方，替大总管算过一命，算准一年之内，可得贵人扶助，定然青云得志，大总管当时不很相信，现在如何？沈七才如梦方醒，很殷勤地接待我，并言日来大忙，一个身子简直分拨不开，府中大小百事，不容说，自然是我的责任，推卸不去。此外，如京外的督抚，京内的尚侍，为着公事，很该与相国接洽的，偏都丢掉了，正主儿都来麻烦我，闹得我头都浑了，身都乏了，所以记性大减，连你先生都记不起了。

"我跟他应酬了几句，就托他找寻房子，开设星命馆，在西河沿看了一所屋，安了砚，蒙他誉扬，生意倒很不坏。一日，沈大总管又叫我批一个流年，我说他本年交运脱运，最要小心，三月、五月、十一月，因龙德坐命，不宜出行，防有意外。大总管笑道：'我现在虽然当一名奴才，靠主子的福，在京六部九卿，在外督抚司道，谁不另眼看待，格外优礼，主子无论什么事，都要问及我，试问主子如此重用，如何再有意外？在家也还罢了，或是碰着主子不高兴，训斥几句，也说不定。至于出了门，无论

百里之内，千里之外，谁敢呵我一个大气儿，那是断断不会有意外的。'

"我说：'我是依命论断，总管总不要在这个月里出门就是。'大总管笑道：'我们当奴才的，身子何能自主，主子差到东就东，差到西就西。'到这一年三月，大总管果然奉差出京，所到之处督抚派员迎接，州员备办公馆，宛如接待钦差一般，荣耀异常。不意路过苏州，就遭着大大的意外。"

皇四子听到这里，暗忖：明珠专权罔上，是我亲眼目睹的，不料他的家奴，狐假虎威，也这么的势焰。遂问："过苏州便怎么样？"

张恺道："江南巡抚是睢州汤斌，这汤斌是官场中第一个硬汉子，什么都不怕的。他做潼关道时光，恰办着兵差，彼时总兵官陈大人带兵出关，征讨滇蜀，行文潼关道，叫速备车子五千辆，克日备齐，不得有误。这兵差最是难办，全凭着将帅一句话，不得驳回，你倘跟他辩驳，他就可把一个贻误戎机的罪名，轻轻卸在你身上，就要吃不了。所以你要跟他商议，只有讲定数目，厚送程仪，除此别无办法。陈大人明知潼关车子搜刮不到五千辆，故意出一个难题，要弄他大大一注钱，哪里知道这个汤斌，人极厉害，已经打听着车子只消二千已够用，他就暗暗备齐车子二千，等候大兵到时，亲自坐在关上，监视兵弁升车，满了十辆，就挥令出关，行到四鼓，兵弁都已走尽，只剩得总兵官一个人，没法奈何，也只得跨马出关。那是自当兵差以来，从未有过的创举。现在大总管偏又撞在他手里，大总管路过苏州，知道他是个傻子，不去拜会，两司道府都来拜候，大家在公馆中畅叙。藩、台、道本省文武只缺抚台一位了。

25

"大总管笑道：'此种书呆子，谁有暇跟他一般见识。'一言未了，忽抚辕巡捕官持片进来，口称："奉抚院命，请沈大人到衙叙叙。"众人都道：'汤公到苏以来，从未请过客，今日特地设席接风，这个面子可真不小。'沈总管也万分高兴，向巡捕官道：'烦你上复汤抚台，既承宠召，我立刻就到。'

"巡捕官去后，大总管道：'我知道汤孔伯是个诚实君子，拘谨得很，预备请我，总衣冠齐楚，必恭候在那里，倒要早走一步，免得他候得不耐烦。'说毕，吩咐提轿，臬台笑道：'偏是汤中丞小器，既然给沈大人接风，陪客也不邀几个，难道我们司道大员，还不配做陪客么？'

"家丁回轿已备好，大总管向众人打恭道：'兄弟放肆，暂时失陪。'徐步登舆，带了一二十名家人，欣然而去。不意行抵辕门，投进帖子，半晌不见主人出迎，正在奇怪，忽地中门大开，一个旗牌官大踏步闯出，传呼道：'大人有谕，传明中堂家丁沈七进见。'大总管大惊失色，这一来真是出于意料之外，要不见帖子已经投进，没法奈何，只得脱去顶帽，向家丁要了身衣服穿了，跟随旗牌入见。只见汤斌顶戴公服，端然高坐，大总管只得唱名叩头见礼。

"汤斌道：'尔主人在京安好否？我与尔主同朝，闻得汝南来，传汝到衙，也没甚事，不过问问尔主的起居，并犒汝一顿酒饭罢了，你回京时，替我问尔主人的好。'语毕，即命门丁陪沈官家外面酒饭去。大总管受了这一场意外之辱，才信我的批命有准。"

皇四子道："汤斌真是可儿爽快得很，后来怎么样？"

张恺道："大总管回京，哭诉了相国，这汤斌究竟被相国算计掉了。相国听得我批命准，也叫我进府批命，我批算明相国不很好，劝他急流勇退，相国不肯听，究竟坏了事。从此之后，我在京师，就忙得不得分身，现在贝勒十四爷招我进府谈星命。"

皇四子听到这一句，不禁全神贯注问道："十四贝勒的命，你总推算过，可怎么样？"

张恺道："推算过十四爷的命，真不坏，就不过弟兄缺少帮助，并且在辛金这一步运上，金气太旺，木本受戕，很为危险，过得过这一步，那就后福无穷了。"

皇四子道："你既然在贝勒府，为甚到杨村这里来呢？"

张恺道："此来是奉贝勒爷命，请一个人。"

皇四子问："请什么人？"

张恺道："尊驾何人，这么地寻根究底？"

皇四子道："我也姓张，不过白问问，没什么关系。张先生，你请的人谅还没有请着。"

张恺惊问："张客官怎么会知道？"

皇四子道："这是很容易明白的。如果已经请到，断然不会逗留在此，我还问你十四贝勒命中，有没有皇太子的福分？"

张恺道："只要这步辛金运，能够平安过去，那就说不定呢。"

皇四子道："十四贝勒如果做了皇太子，将来你的福泽也就不浅了。"

张恺笑道："那也只好再瞧。"

皇四子谈了几句话，就起身会了账，退出酒店，回到下处，立派血滴子暗暗跟随张恺，侦察他所请的人究竟是文是武，是女是男。自己也就起身回京，回到雍王府，行装未卸，急匆匆就赶到花园，察看地道工程。只见云中燕正在督饬工人，把掘出的泥土，堆叠成一座土山，倒也有峰有谷，上下筑成一条石路，盘旋弯曲，形势很是可观。点头道："难为他想得周到，布置得精巧奇异，可儿，可儿。"

云中燕一眼瞧见皇四子，忙过来相见。皇四子问工程如何，云中燕道："大致再两天就可停止工作，我们自己人赶起来，三天可以接通旧道，砌墙铺底托顶，一个月可以竣工。"

皇四子道："砖石各料可曾齐备？"

云中燕道："都已齐备。"

皇四子听了不语。才回到藩宫去，隔了两日，小工果然停止了。这夜，云中燕督同血滴子队员，锄锸并施，动手工作，府中家将，帮助挑运，皇四子也往来监察，没有安睡。

忽一血滴子队员飞行入府，报告机密，皇四子走出，瞧时正是在杨村派往侦察张恺的那个人，回道："张恺请的人是个道姑，已有五十多年纪，很有妖术。"

皇四子道："叫甚名字？"

那血滴子道："探得该道姑母家姓王，没有名字，人家都称她作王姑姑。"

皇四子道："王氏就是。这王氏是哪里人氏？"

那血滴子道："探得该道姑出身是湖南辰州。"

皇四子道："辰州么，不错，我久闻辰州人很会妖术，书符念咒颇有灵验，到底怎么样？"

血滴子道："这个王姑姑擅长的就是符咒，真厉害。不过她会医治各种疾病，不用针灸，不用丸散，并不必按脉开方，只消你说出病源，她书一纸小小朱符，贴在墙壁上一念咒，顷刻其病若失，毫无痛苦，这个病早移给墙纸代生了。无论是疮伤，是疟痢，都可治愈。她再有一种本领，可以施术杀人，要杀某人，只消把某人的籍贯、住所、年造、八字探听明白，她就可以施术易去你的脚，脚一易掉，七日中准要废命。"

皇四子闻言大惊。

欲知后事如何，且听下回分解。

第五回

千里行尸辰州奇术
斗室布阵刺客遭擒

话说皇四子听到易脚的事，吃了一惊，暗忖：使此说果确，此术果灵，我的性命不很危险么！遂问："易脚的妖术，如何施法，你可知道？"

血滴子道："王姑姑有做成的木腿，每只通只四五寸长，藏在袋中，施法时取出木腿，写上那人的姓名、年造、籍贯、住址，念动咒语，那人睡在床上，其腿自会飞掉，易上木腿。次日醒来也能够行走自如，不过稍形不便罢了，一周时间不觉得什么，这都是咒语的效力。过了一周时，其咒渐渐失效，其腿渐渐缩短，一刻短似一刻，一天短似一天，到了七日期满，只缩成四五寸，便就痛绝而亡。"

皇四子道："可有甚解救的法子？"

血滴子道："解救只在第二日腿没有缩短时，苦苦求她，可以想法子，倘过了期，腿已经缩短，就求她也没中用了。就是腿没有缩短，不求她而求别人也没有中用。"

皇四子道："怪道有腿易去没有知道的俗语，恁地厉害。"

血滴子道:"王姑姑还有一个千里走尸的法术,我此回出探,亲眼瞧见的。其法同伴之人,在外得病身死,可以使尸身自走回家,免得棺殓盘枢许多手脚。我此番跟着张恺往找,第二日忽见一个道姑手提小锣,一面鸣锣而来。道姑身后跟着一个人,脑袋上兜了一白巾,脸上是瞧不出。那人跟着道姑,笔直地走路,宛如一个僵尸,很是怕人。只见张恺迎着道:'王姑姑回来了,我候了你已有好多日。'王姑姑只把头点了两点,并不回答,敲着锣径投一家子屋里,放下了锣,焚烧甲马,念动咒语,身后跟随的那个兜白巾的僵人,忽然扑倒,那道姑才与众人讲话。

"张恺上来招呼,口称王姑姑,我才知道这道姑就是王姑姑。只见王姑姑道:'我因携带了这累赘东西,不便和人家讲话,有失招呼,对不起,对不起。'张恺指着扑倒的僵人问道:'这是谁?'王姑姑还未回答,早见那家子人哭着出来叩谢,并询问情形。王姑姑道:'同到山东滕县,就得着急病死了,我发了急,只得用这千里行尸法弄他回来。滕县到此,路很不少,日子也久了,你们赶快办棺衾殡殓吧。路上是我作了法,尸身所以不烂,现在法已解了,再缓迟不得。'那家子人听了无不唯唯听命。

"张恺问她尸身如何行走,王姑姑道:'这是有法的,只消向尸身念了咒,焚烧甲马,尸身自会跟着我走,到了下处,叫尸身对了墙壁,念动咒语,自会直立不动,次日动身再焚甲马,再念咒,尸身依旧跟随行走了。每日下宿都是如此,我自尽睡我的觉,尸身自会向壁直立。'张恺听了,连声夸赞,因言'十四爷十分仰慕,特派我来启请'。王姑姑问明情形,很是欢喜,当下就跟着那张恺进京。我在后面跟随不舍,跟进京城,眼见他进了贝勒府才回来。"

皇四子道："胤禵这孩子召集妖人，是何居心？"这辰州符妖法是向干例禁的，遂叫请云中燕来此商议。一时请到，皇四子就把王道姑的事说了一遍，问他有何意见。

云中燕道："据我意思，不用商议的，只消一名血滴子黑夜飞行，闯进十四贝勒府，一动手取了这道姑的脑袋来，就没事了。"

皇四子道："爽快，爽快！"就命探事的那个血滴子赶往十四贝勒府，飞取王道姑首级。那人答应一声，纵身上屋，霎时不见了踪迹。

这时光花园中地道工程，日夜赶作，开掘的尽管开掘，砌砖的尽管砌砖，一面掘，一面砌，迅速非凡，不过三日工夫，早已凿通了旧道。那旧地道一头通到大内乾清宫，一头却通到御苑畅春园，从此地下行走，交通十分便利，大家忙着办理地道，连派十四贝勒府的血滴子不来复命都忘掉了。

这日，云中燕忽地想起，问皇四子血滴子有无回音，皇四子道："哎哟，我倒忘掉了，差去已有三天，无论办成办不成，总该有个回复，杳无音信，定然生有变端。"

云中燕道："我也这么想呢，没有回音，大概是凶多吉少。我想在王爷跟前讨一个差，今晚黄昏后，我亲自飞入十四贝勒府，探一个究竟。"

皇四子道："你去是最好了。"

这夜晚饭之后，云中燕穿上夜行衣靠，但见他青布包头，青布小袖短袄，面前二十四档密门纽扣，青布甩裆大裤，紧扎着两脚，蓝布袜，青布跳鞋，腰里紧系一条青绸汗巾，带上百宝囊，并那杀人不闻声的血滴子利器，浑身上下，一黑如墨，伶俐轻

32

捷，飞走无声，说一声"我去也"，唰，早不见了影儿。

看官你道派往行刺的那个血滴子为甚音信杳然，原来皇十四子胤禵搜罗的能人也不少，留在府中，都十分优礼，内中精于星命的，要推张恺为首领；精于卜课的，要算净一道人为班头；其余望气占候的人，更是不计其数。这日，张恺请到王道姑，皇十四子见了面，问了几句话，大喜过望，向众人道："我又添着一个帮手了。"

忽见净一道人过来道："回爷话，今晚府中防有刺客到。"

胤禵惊问："如何知道？"

净一道人道："贫道适才袖占一课，知道必有挟金革的异客到来，时光总在戌末亥初，方向总在西南角上。"

胤禵道："妨碍不妨碍？"

净一道人道："依课断来，是不妨碍的。"

胤禵听说不妨碍，才放了心。

净一与胤禵问答的当儿，王道姑早踌躇满志，心想：我今儿新来乍到，倘不显点子本领，立一个大功，王府中人未必把我重视。遂道："刺客到来，既然占出时光，占出方向，待我来作点子小法，把他生擒活捉，捉住了博王爷一笑。"

胤禵道："王姑姑有本领擒获刺客，那是好极了。"问需用点子什么东西，王道姑道："清水一盂，朱墨笔砚各一副，黄纸香烛全备。此外，再要麻绳两条、家将两名，是专备捆缚刺客的，旁的都不用了。"

胤禵听了，半疑不信，开言道："飞檐走脊的刺客，就这么轻轻易易被缚？不成吧。"一面叫家人预备各种应用物件。

到了夜饭之后，王道姑点上香烛，捏诀念咒，书了好几道符，门户窗口都贴了，然后焚烧甲马，遍洒法水，叫两个执绳的家将，只在东北门外等候，不准拦入室内。西南这一所院落恰好是王姑姑住屋，正是布下天罗地网，预备捕虎擒龙。眨眨眼，早到了戌末亥初，醮楼更鼓，打报一更，忽闻屋顶淅沥一声，一道黑烟，跳下一个人来，浑身夜行衣靠，腰间插着个血滴子，向窗口直蹿进来，活似一只猴子。跳进了屋，旋了几个转身，又跳了出去，一会子又跳进来。话休絮烦，这个血滴子，不知为了什么缘故，跳进跳出，一刻都没有停留，竟然跳了一整夜，到头通鸡啼，那人力也乏了，身子也疲了，竟在屋内墙上边睡了。王道姑看见，哈哈大笑，随唤两个家将进来，把那血滴子捆缚起来。两家将答应一声，立刻把那血滴子捆住，等候皇十四子起身，王道姑就进报昨夜擒获刺客一名，请王爷的示，如何办理。

这时光，府中宾客都聚在一间里，听得王道姑手擒刺客，都吃了一惊。皇十四子笑向众人道："如何，众位可信了，我说她不是说大话打诳语的人，现在果然。"

王道姑听了，脸上顿时觉着生出无数金光来，体面异常，随问："获住的那刺客，可要解来，王爷亲自询问？"

皇十四子道："我倒要瞧瞧，这刺客怎样一个人。"

王道姑道："如此，我去提他来。"说着，退了出去。

霎时两家将押进一个浑身黑衣的汉子来，王道姑执一个小皮囊，回明是从刺客身上取下来的，不识是何器，具有何用处。皇十四子见那刺客昂然直立，是个梢长大汉子，问道："你姓什么？叫什么？几岁了？哪里人氏？"

那人道："我的姓名不必说出，也不必叫你知道，年纪是二十五岁，籍贯是山东泰安县。"

皇十四子道："你黉夜来此，做什么？"

那人道："知道你家留着一个妖人王姑姑，满拟取她首级，为世界上除掉一害，不意本领不济，反被你们擒住，这也是我命合当休，怪不着你们。"

皇十四子问："你携带的那皮囊，有何用处？叫什么名儿？"

那人道："可笑，你贵为贝勒，不曾见过世面，连这个东西都不认识！此物就是天下闻名的新器血滴子。"

皇十四子惊道："你就是血滴子么？"

那人道："不错，我就是血滴子。"

皇十四子道："那么你的来路，我早知道，我要问你，你们共有几多人？"

那人道："似我这么没中用的总有三五百个，来无影，去无踪，要如何便如何的英雄，约莫有四五十位。"

皇十四子道："我问你，你既然能够走脊飞檐，高来高去，又怎会被我擒获呢？"

那人道："我自己也不曾知道，进了这里的门，听得有人似乎在讲话，仔细听时，偏又听不清楚，只见面前有短墙拦住去路，墙很短，可以一跳而过，不意跳过一墙，又是一墙，跳去跳来，再也跳不尽，后来力也尽了，身子也乏了，只得在墙脚边躺下休息，不知怎么就被你们捉住，开眼瞧时，墙也没有了，身子却在屋内，我也不懂呢。"

皇十四子道："这是什么道理？"说着，眼望着王道姑。

王道姑道："这就是奇门八阵，书了符，念了咒，别说他一人，再多几个，也都要被擒。"

皇十四子道："山东人，谁指使你来的？说了出来，我就释放你回去。"

那人道："是我自己要来，指使的就是我，更没有别个。"

皇十四子道："这厮如此顽强，给我唤管事的，快把这厮送交顺天府去，说我的话，叫府尹严行究办。"

家人应着，正欲出去传话，忽有一人上来道："不可！不可！万万不可交与府尹办！"

欲知此人是谁，且听下回分解。

第六回

血滴子被困贝勒府
皇十四出任大将军

话说皇十四子正欲把山东人送到顺天府衙门去，忽有一人上来阻止道："不可！不可！"皇十四子瞧时，发话的不是别个，正是那会使法术的王道姑，忙问如何。

王道姑道："养蓄死士，果然是违条犯法，但是咱们这里行使法术，究竟何曾算得着安分守己，闹到官衙去，少不得要专折上奏，上头得着风声，彼此不免都有不利。"

皇十四子闻言有理，随命把这厮吊到马房里去，剥去衣服，赏他八百皮鞭子，派家将四名，轮流鞭打，派大管事前往监打。众家将答应一声，簇拥着血滴子，风一般自向马房去了。

这里皇十四子命人拆卸那皮囊，要瞧瞧血滴子的构造。弄了半天，才拨动机关，开了个畅。只见皮囊里剪刀似的四柄倭刀，交叉互扣，左旋机开，右旋机闭，锋利无比，迅疾无比，真是从古到今第一件厉害的军器。只见皮囊外面漆着一个墨字，众人都不解，皇十四子道："这定是记号，用千字文编排的，墨悲丝染，从天地元黄算起，血滴子真不少呢！"拆了开来，这四柄倭刀，倒很名贵，一时之间，早已拆开，就叫把倭刀分赏与随身护卫，四个护卫得着了倭刀，欢喜异常，都上来叩头谢赏。

忽见大管事禀称："小的眼见家将四名，动手把山东人在马房中高高吊起，上身衣服尽都剥去，用皮鞭轮流鞭责，一记一记地报数，委实实事求是，不敢偷懒。"

皇十四子道："所报都是实话么？"

大管事道："都是实话，小的不敢撒谎。"

皇十四子又派一个护卫奔往马房验看，一时回报。该山东人会使蟾蜍功，皮鞭着处不很受伤。皇十四子叫把这厮加绳捆缚，派人看守，仔细被他跑掉，一面又请王道姑书符念咒，暗排八阵，防备再有刺客。王道姑自然如法炮制，在贝勒寝宫及自己住屋两处都满贴下朱符，布置妥帖。

皇十四子这日聚集心腹商议道："现在皇上春秋已高，储贰未立。自从皇太子再立再废而后，谋这个位子的人，很是不少，内中要算这一个最是厉害，心思最毒，手段最辣。"说着，伸出四个指头儿一扬，大家都各会意，知道是指雍亲王胤禛。

皇十四子道："这一个家中私养着好多走脊飞檐的刺客，制造出此种血滴子新奇兵器，诸位想吧，他安着什么心思呢，如果只为戕杀手足，虽然不仁不义，也可诿诸天命，听他罢了。我怕的是他怀着不轨之心，万一无父无君起来，可就怎么样？"

众人听了，面面相觑，一声儿不言语。

皇十四子道："君父有难，做臣子的如何可以坐视不救，知而不救，罪更加重。我现在为了君父，可就顾不得许多，从来说，君父之仇，不共戴天，我就要实做讨贼的事情，众位谁肯帮我一把？"皇十四子说罢，双举凤目，向众人打了个圈儿。

净一道人越众而出，开言道："咱们这里都是文人，手无抓鸡之力，如何好与血滴子放对，那边都是能人勇士，势不能敌，

38

可怎么样？"

皇十四子道："我们这里王姑姑有的是奇术，那一个的生辰、年造，我是知道的，请王姑姑念一会子，咒给他换上一条腿，过上几天就没事了，岂不便？"

当王道姑还未答应，众人早齐声说："此计大妙。"弄得王道姑不能不答应。

这夜王道姑就在十四贝勒花园中，搭了一座法台，灯火通明，王道姑登台诵咒，执笔书符，案上扎一个草人，上贴黄纸，一条写着胤祯名字，并生辰年月，草人之前供有一条小小木腿，炉内焚起好香。王道姑伏台诵咒，焚烧甲马，派遣五鬼，扛了木腿，赶往雍亲王府，易胤祯的腿。不意诵咒叩头，忙了一整夜，依然没有换得，王道姑假案术不验，十分惭愧，于是行使法术，拘集五鬼，拷问他们为甚这么办事不力，五鬼回称，雍亲王府前门后户，都有门神八首勇猛威严，何等厉害，不敢冒险闯进。

王道姑怒道："前后门有门神把守，你们不是好从阳沟钻行的么，这点子诡计都想不出，如何好在此当差！"

一阵啾啾唧唧，鬼头风过处，大概是奉令去了。不意第二夜依旧是空手回来，拷问他们缘故，回称雍王爷满身红光，宛如一座火焰山，离身五尺，热已灼手，再近点子，定然被他烧死，如何能够调换他的腿？王道姑没法，只得直言回复，谨谢不敏。

皇十四子道："别是你那些鬼躲懒，不肯去当差么？"

王道姑道："那是断然不会的。现在当差之鬼，即是前日受创之人，他们是例应讨替的，讨着了替身，就好腾出一个来做自由自在的鬼，谁不愿意，所以躲懒两个字，我敢保其必无。"

皇十四子见换腿之术不验，也很扫兴。不意这夜三更，花园中忽然哗闹起来，派人查问，一时回称，马号中杀了人，吊着的血滴子不知去向，看守的人杀死在地，淌了一地的血。皇十四子大惊失色，忙命各处门户小心看守，失去的人，不必找寻。自此之后，为着防备此刻，天天叫王道姑作法念咒，真是贼出关门，比众谨慎。且说这吊在马房里的血滴子哪里去了，看守的四个家将，被谁杀死，究竟总要叙明，才能明白。

原来云中燕奉令飞行，跃入皇十四子花园，恰见一个小子，手捧食盒，从廊里往东而行，就蹑足潜踪，悄没声地跟去，跟到回廊尽处，见他转弯往北，云中燕也就转弯，抄过两所院子，便是马房，火光射出里面有人讲话呢。云中燕一个健步，腾身而起，就栅栏的木柱，隐住了身子。听得那小子叫道："二爷们，半夜饭菜送来了，请来取去吃喝。"

就有一人应道："怎地早就送半夜饭菜来，吃了依旧要我饿的。"

那小子道："你昨儿嫌晚，厨房里特地提早的。"

大家还未回答，云中燕怪喝一声，飞跃而出。众人都吃一惊，只见一个浑身穿黑的汉子飞身上梁，一举手就把吊起的那人解救下来，捆缚的绳顷刻断掉。四名看守的家将，急抢腰刀在手，发一声喊，才待上前，云中燕飞起右腿，腾的一腿，早把为首那一个踢倒在地，就那家将手中抢取腰刀，看准了咽喉只一戳，血花飞溅，立刻废了命。其余三个知道不是对手，才要逃走，早被那血滴子奔上，一手一个抓住了。云中燕走上，每人戳上了两刀，也断送了性命。送饭的小子同那个杀剩的家将，叩头如捣蒜，不住地口称饶命，云中燕道："怕不能饶你呢。"此时血滴子也抢着了一柄刀，就照准那家将心窝就戳，云中燕举手把送饭的小子也结果了，霎时间马房中五个人全部都废掉了。

当下，云中燕同了那血滴子飞回雍王府。见过皇四子，回明一切。皇四子细问被擒情形，那血滴子就把入到那府中，瞧见无数矮墙的事仔细说了一遍，皇四子道："妖术竟然如此厉害，可怕，可怕！"

此时雍府的地道已经竣工，一头通到畅春园，一头通到乾清宫，晚上派遣血滴子往来走探，日中皇四子自己就在地道中侦察，宫中府中消息灵通，织微无不尽知，动静立见分晓。偏偏不如意事常八九，可对人言无二三，探得康熙皇这几个月里，不知在什么上看对了第十四皇子胤禵，大大地宠爱，颁赐食物，颁赐珍物，恩遇之隆，不但远在众阿哥之上，并且还在自己之上。

一日，西陲警报，说准部夷兵攻入了西藏，藏番告急，请天朝立派大兵援救。康熙皇召集大臣商议，特旨调派满汉马步精兵，分路出救，拜出四位将军，命傅尔丹为振武将军，富宁安为靖逆将军，噶尔弼为定西将军，延信为平逆将军。又因四位将军名位相等，不相统驭，特铸九头狮子大将军印，命皇十四子胤禵为抚远大将军，出镇西宁，提督各路援藏人马，满、蒙、汉、藩各军，尽归节制。皇四子见抚远大将军崇职，派了胤禵，不派自己，密令心腹人，探听康熙皇旨意。

此时朝中大臣跟皇四子最要好的只有鄂尔泰、隆科多两人，鄂尔泰不过是性情相投，隆科多却是骨肉相关的，因隆科多的胞姊就是皇四子的生身母亲孝懿皇后，隆科多袭爵为承恩公，现官吏部左侍郎，在满臣中是很可讲话的人，皇四子呼他作舅舅。当下皇四子便衣小帽，不带伴当，坐了一辆车，径投隆公爷府来。到大门下车，并不投帖，大踏步径行入内。门上拦住不放，询问少爷是哪府里的，皇四子道："尔且不必查名问姓，只说禛儿有事求见就完了。"说着，径行入内，直至书房坐定。

家人入内通报，隆科多疾步出视，见是皇四子，惊问："王爷怎么微服来此？"

皇四子道："舅舅别声张，外甥有要事奉商呢。十四阿哥忽被恩命，做了抚远大将军，究竟上头是什么意思，舅舅得替我探一探。"隆科多允诺。

次日朝毕，康熙皇恰为了件什么事叫住隆科多，跟他讲话，隆科多得便，就道："皇十四子在深宫里头娇生惯养了的，此番恩命叫他出兵，在明白的人知道国家神武开基，无非要皇十四子练习戎马，不忘祖宗创业艰难，在一般寻常人就难免妄测天恩高厚，要生出许多不相干的议论来了。"

康熙道："你哪里知道朕的诸子，除大阿哥胤禔，因伊母家出身微贱，不必论外，二阿哥胤礽性情乖张，屡立屡废，四阿哥胤禛、八阿哥胤禩、十四阿哥胤禵，朕原想选择其一，立为皇太子。现在八阿哥经伊母诉其不孝，绝难付托；四阿哥人很聪明，朕因他太能干，恐不堪帝王局量；胤禵这孩子，还算诚实，派他带兵，无非试试他的胆识。此事唯朕宸衷独断，外边人如何会知道。"

欲知后事如何，且听下回分解。

第七回

皇四子偷读大婚诏
康熙帝卧病畅春园

话说承恩公隆科多听了康熙皇一番话，谨记在心。退朝下来，不回私第，径投雍王府，拜望皇四子。皇四子接见之下，见隆科多穿着朝服，就道："舅舅偏这么多礼，外甥是小辈呢，这里又是私宅，我要请舅舅往后再不必穿公服，彼此随便自在些，要拘着礼节，倒生疏了。"

隆科多说："承王爷原谅，感恩之至，往后自当遵命。今儿自从朝中下来呢，王爷所委之事，已经探听明白。"

皇四子大喜，忙问："所探如何？"

隆科多道："阿哥且把耳来，我告知你。"

皇四子走近了身，隆科多附着耳，细细说了好一会儿，听得个皇四子一会儿皱眉，一会儿点头，一时听毕，开言道："我有一日得偿所愿，总忘不了舅舅大恩。"

隆科多又谈了一回闲话，告辞自去。

从此之后，事多逆境。鄂尔泰又外放了，又少去一条臂膊。皇四子配出血滴子多名，刺探抚远大将军的在营举动，一面叫陕西总督年羹尧留心侦察，大将军倘有不法举动，就叫他飞章参劲。自己便从地道出入，偷阅各种重要章奏、谕旨。一日在乾清宫偷得一件龙封谕旨，瞧见封固重重，知道万分严重，才欲拆封，听得远远有人来，只得藏在怀中，从地道走回家，取出细瞧，见上面标着"顺治年月日"，自语道："原来是皇祖爷爷的旨意。"拆开一重，又是一重，拆到里边，才见是一道圣旨，只见上写着：

朕以冲龄践祚，定鼎燕京，表正万方，廓清四海，菲躬凉德，曷克臻斯。幸内禀告圣母皇太后训迪之贤，外仗皇叔摄政王匡扶之力，一心一意，斯能奠此丕基。顾念皇太后自皇考宾天之后，攀龙髯而望帝，未免伤心，和熊胆以教儿，难开笑口，幸以摄政王托股肱之任，寄心腹之司，宠沐慈恩，优承懿眷，功成逐鹿，抒赤胆以推诚，望重扬鹰，掬丹心而辅翼，金縢靖乱，立姬公负之勋，铁券酬庸，乏邱嫂羹之怨。借此观胪萱室，用纾别鹄之悲。从教喜溢椒宫，免唱离鸾之曲，与使守经执礼，何如通变行权。既全夫夫妇妇之伦，益慰长长亲亲之念。呜呼！礼经具在，不废再醮之文；家法相沿，讵有重婚之律。圣人何妨达节，大孝尤贵顺亲。朕之苦衷，当为天下臣民所共谅。其大婚仪典，着礼部核议奏闻，候朕实行。钦此。

皇四子瞧过，暗忖：这是顺治年间，皇太后下嫁摄政王多尔衮的故事，在当日摄政王功高望重，皇祖也不过一时权宜之计，不意汉人不懂此旨，就此留作笑柄，遗为口实。想到摄政王，不禁又大有感动。本朝的大将军，差不多就是主儿的变样。从前多尔衮曾经皇曾祖世祖章皇帝敕奉过奉命大将军，一切赏罚，俱便宜行事，黄伞黄纛，竟与主子无异。多尔衮因此渐萌不臣之心，始称皇叔，继称皇叔父，继称皇父，荒谬不经，竟敢逼太后下嫁，自己一应冠服，悉同御用。现在胤禵乳臭未干，偏又拜了大将军，论才具，虽然万万不能及多尔衮，那骄奢淫逸却已与多尔衮差不多了呢，异日谁能够制服他！我知道这厮此刻在西宁，早隐然以皇太子自命了。当下把顺治的圣旨藏好，满腹愁思，自己对于皇位的希望，已有十分把握，偏偏胤禵陡承圣眷，成了对头劲敌。

正在愁闷，家将入报，隆公爷来拜。皇四子道："我舅舅来了，快请吧。"

随见隆科多摆摆摇摇地进来，请过了安，彼此坐下。皇四子道："舅舅知道我朝掌故么？"

隆科多道："也不过粗知大略，不知阿哥指的是哪一项？"

皇四子道："自从太祖皇帝开国，不曾建立太子，以太祖之英明，岂有不知储贰的重要，实因鉴于唐宋明夺嫡争位的祸害，毅然内断，欲立扫此弊呢。瞧太祖临终当儿，一手指定多尔衮，向礼亲王代善道：'多尔衮这孩子，我最疼爱，该立为汗，无奈年太幼，你权且摄位了吧。'代善因避嫌疑，不敢居摄，才让位与太宗皇帝。太宗虑太福晋乌喇氏为梗，特发太祖遗嘱，告知诸贝勒，太祖说过'我死必以太福晋为殉'，咱们很该遵奉遗命而行。于是大家到太福晋宫，请她遵行遗命。乌喇氏因舍不下多尔衮、多铎两个儿子①，不肯死，太祖率众坚请，乌喇氏哭道：'我

---

① 原书如此。实际上乌喇氏还有一子，即清太祖努尔哈赤第十二子爱新觉罗·阿济格（1605—1651），顺治元年（1644）封和硕英亲王。

45

十二岁得侍先汗，到今已有二十四年，原不忍分离各处，但我两个儿子都还小，我死之后，望你们好好地抚养，别欺负他们就是了。'太宗立誓，绝不难为两弟，乌喇氏就此殉命。后来太宗开疆拓土，威望日隆，多尔衮也不敢再萌异志，直到太宗宾天而后，才变起态度来。舅舅，太宗皇帝是外甥的皇曾祖，皇曾祖的英雄，皇曾祖的聪明，外甥果然万万不及，但终不可没有继承的志气。倘使所谋不遂，外甥也愧对皇曾祖于地下。"

爷儿两个正在讲话，忽报太监来府宣旨。皇四子大吃一惊，赶忙迎接出去，回头向隆科多道："舅舅躲藏着别出来。"

隆科多知道交结皇子，于自己很有不便，自己躲藏着不敢出去。好一会子，才见皇四子进来，脸上神色不定，问他何事，皇四子道："我也不知道，上头叫同了太监立刻入宫呢。我此刻即更换衣服，舅舅且在这里听我的消息，不要家去。"隆科多应诺。

皇四子换了衣服忽忽地去了，候到傍晚才回来，问他何事，皇四子道："上头定初三幸南苑打猎，叫我侍猎，讲了好一会子话，并在宫赐饭，所以回来迟了一步。"隆科多始放了心。

一到初三日清早，皇四子已命家将们调鹰牵犬，都到宫门伺候，自己入宫面圣。康熙帝问："你早饭吃过了不曾？"

皇四子回："没有吃过。"

康熙帝道："你就跟着我吃了吧。"

皇四子应了两个"是"，随见内监捧来食盒，安放定当，皇四子陪康熙帝到案旁，康熙帝向南而坐，皇四子在右侧旁案侍立，宫廷中体制，不论谁何，在皇帝面前，是不能有座位的。一时早餐已毕，康熙帝传旨启驾出猎。此时领侍卫内大臣纯亲王隆僖，率领头二三花蓝领各等侍卫，已在宫门外排班伺候。头等侍卫都是武状元，出身都有钦赐鱼鳞、黄金甲，一个个明盔亮甲，耀眼争光。当下领侍卫内大臣挂刀相迎，伺候康熙帝升了御辇，一声令下，众侍卫齐都上马，护了驾，缓缓行走。一出紫禁城，缰绳一紧，对子马就走得快了。皇四子跟随了御驾，浩浩荡荡，一行人径向南苑出发，在路无话。

这日行抵了南苑，康熙帝下旨，大开围场，各王、贝勒无不兴高采烈，精神百倍，纵鹰放犬，整整打了五日猎，才奉到收队的谕旨。偏偏日盈则昃，月盈则亏，康熙这一回出猎，就为过于高兴，亲自出马驰骤，射了好半天的箭，究竟上了年纪的人，凭他龙马精神，何能与青年小子争强夺胜！偏是不服老，又偏是个皇帝，没个人敢来谏阻，晚上回营，又剥炙了几头猎来的禽兽，尝一个新鲜野味儿。这种熏炙之品最难消化，食在肚中，自然而然会酿出病来。到第四日，圣躬已稍有不适，偏是这位圣主，忘记了自己年纪，只道同二十年前差不多，恃强撑持，不肯收队。又勉强了一日，真个不能支持了，才下旨回京。

在路病势增加，苦于不曾携带得太医，行抵京城，传旨径幸畅春园养病。皇四子疾传太医院御医到园请脉。这种当御医的，于医学知识本是平常的，不论内伤外感，只会用几味通套补药，对于皇帝，更是加意小心，格外谨慎。皇四子问他："脉象如何？"

那御医只说皇上年老体虚，防其虚脱，服下药去，自然不见效用。康熙帝于医学上，本是很讲究的，这一回的病，看来也是大数，竟自己始终不曾悟到劳伤食伤，一日重似一日。到六七日，康熙帝自觉不能支持了，唤皇四子到龙床之前，口授诏旨，叫速备快马，星夜驰往西宁，召大将军胤禵来京，不得有误。

皇四子诺诺连声，退下来就写密信一封，派血滴子赶往陕西，交与年羹尧，叫他照书行事，一面复奏，谕旨已经发出。康熙帝问："胤禵几时可到?"皇四子道："昼夜兼程，掐指算来，一个月怕也到了。"康熙帝闻言，停了半晌，叹了一口气道："一个月么?怕我不及等他呢。"又道："原是朕错了主意，很不该派他出外，现在偏偏不在眼前。"

又隔了两日，康熙帝病已大渐，此时寝宫中，诸子中只有皇四子胤禛，诸臣中只有吏部侍郎隆科多在旁伺候。康熙帝唤二人到床前，嘱咐道："胤禵这孩子，我是不能见他面的了，现在宗社为重，给我书写遗诏，传位十四皇子胤禵，尔等谊属君臣，情系手足，总要一德一心，好好地帮助他。"

皇四子心生一计，口里应着，手写遗诏时，却故意把胤禵两个字漏脱了，写好之后，念诵一遍，却依旧把胤禵两字念上，偏偏康熙帝要瞧过一遍再用国宝，瞧到"传位十四皇子"之下，没有写名字，问他为甚落去了，皇四子道："子臣一心惦看老佛爷圣躬，一时疏忽就脱漏了。现在想来十四皇子就是将来的君上，君上御赐名，臣下不便直呼，脱漏了倒也未始不可，好在十四两个字，已经标明，再不会有误的了。"康熙帝见他说得有理，点了一点头，就命盖用御宝。

皇四子敬谨捧出，隆科多跟出问道："这一纸诏书，阿哥竟要传出去么?"皇四子道："君父严命，谁能未拗?"隆科多惊道："如果传了出去，于阿哥自身上就有大大的不利，难道阿哥甘心终身北面称臣么?今日的日子依照奴才看来，真是千载一时的机会。"

欲知皇四子如何回答，且听下回分解。

第八回

改遗诏雍正登基
简将军真龙游嬉

话说皇四子见隆科多说话时光，脸上露出十分着急的样子，问道："君父之命，叫我不甘心便怎么样？"

隆科多道："阿哥如果甘心，以前种种举动，都是多事。"

皇四子道："照舅舅意思，该如何呢？"

隆科多道："奴才愚见，不如把这一道旨意藏过了，另写一道发出去，只说立阿哥为皇太子，着即继统登基。宫中都是我们心腹，万不至泄露天机。奴才可以力保。"

皇四子摇头道："不妥，不妥。藏匿圣旨与假传圣旨，都是大逆不道的罪名，如何使得？"

隆科多道："阿哥果然甘心做藩王做一辈子了么？"

皇四子笑而不答，隆科多十分着急，附着皇四子的耳，只顾劝说，皇四子只是笑，一句话也不回答。

一时康熙帝驾崩，皇四子立叫隆科多开读遗诏，隆科多满肚子不高兴，没法奈何，只得开读，读至"传位十四皇子"句，见字句已经更易，变成了"传位于四皇子"了，不禁心花怒放，几乎破涕为笑，因是恭读遗诏，不敢失礼，心下把个皇四子佩服到个五体投地，暗忖：聪明不过天子，皇四子怪道要做皇帝呢！他只消把个十四皇子的"十"字，上面加了一画，下面加上一提，变成个"于"字，一点子破绽没有，成了"传位于四皇子"了，真是巧夺天工，毫不费力。我白替他着急，真是蠢材，真是混蛋呢。

一时读毕遗诏，就请皇四子遵旨登位。皇四子胤禛遵奉遗诏，即了皇帝位，即以明年为雍正元年。雍正帝身登大宝，即升隆科多为吏部尚书，派他同了大学士马齐，跟随八阿哥允禩、十三阿哥允祥总理事务①，一面下旨：

> 谕总理王大臣等，西路军务，大将军职任重大，十四阿哥允禵势难暂离，但遇皇考大事，伊若不来，恐于心不安，着速行文大将军，令与弘曙二人驰驿来京。军前事务，甚属紧要，公延信着驰驿速赴甘州，管理大将军印，务并行文总督年羹尧，于西路军务粮饷及地方诸事，俱同延信管理，年羹尧或驻肃州，或至甘州，办理军务，或至西安办理总督事务，令其酌量奏闻，至现在军前大臣等职名，一并缮写进呈，尔等会议具奏，钦此。

总理事务大臣中，既有尚书隆科多在内暗中主持，允禩等自然不敢横生异议，会衔复奏，无非说谕旨已极详明，万妥万当，极该照旨实行等语。雍正帝批了"照所请，钦此"五个字。于是总理王大臣立刻发出文书，指派快马飞往西宁而去。

---

① 雍正帝胤禛即位后，为避帝王讳，诸皇子名中"胤"字改为"允"字。

却说抚远大将军皇十四子允禵，在西宁军营心惊肉跳，坐卧不安，叫净一道人占课卜问，卦象又很是不佳，忧闷异常。这日接到哀诏，哭得倒地晕去。营中大小将士，无不齐声痛哭。过不到三日，京差突至，送来一角总理王大臣紧急公事，内开钦奉谕旨，着允禵与弘曙二人驰驿来京，军务一切交与延信年羹尧管理等语。允禵正在迟疑间，忽报陕西总督年羹尧带兵到此，已在城外扎营，一会子又报年羹尧领亲兵百骑，来辕求见。允禵不及说请，将弁飞报，年总督闯进辕门来了。允禵措手不及，只得吩咐请见。一时将弁引入一个威风凛凛、杀气腾腾的年羹尧，年羹尧见了允禵，按照仪注，请了两个安，随道："羹尧奉旨到此接管军务，请大将军的示，今儿能否交卸，大将军何日启程回京，羹尧也好知照地方官预备供应呢。"

允禵见年羹尧那股咄咄逼人的声势，不禁心下没好气，半晌才道："我才只今天奉到公事呢，倒就烦贵督来此逼我交卸了呢，不见得我揸住不放，我倒要问你一句，今天带队来此，怀的是什么意？是否是立逼交卸？"

年羹尧道："大将军别生气，我年羹尧哪里敢逼大将军，奉到上谕，不得不如此，这一层先要恳求原谅。上谕叫年羹尧接办军务，羹尧哪里敢不办，明知道这一个差事是要得罪大将军的，但是君命难违，与其得罪朝廷，还是得罪大将军。"说毕，沉下了脸，一声儿不言语。

允禵道："好个厉害的年总督，你今儿到此，预备接办军务么？"

年羹尧道："奉旨办理，说不得只好讨大将军的厌了。"

允禵道："上谕叫把军务交给延信与年羹尧，现在延信未到，只你一个儿来，我未便交卸。无论如何，总要候延信到了，才谈得到交卸的话。”

年羹尧见允禵说出来的话，有棱有角，倒也未便驳诘，只好安心等候。隔了两日，延信已到，允禵只得交卸掉军务，同弘曙进京去了。延信与年羹尧接办了军务，甄别幕府人才，各归各类。道姑王氏投了延信，净一道人投了年羹尧，按下不提。且说皇十四子允禵交卸了大将军职务，带了弘曙，遵旨进京。陛见之后，雍正帝见他小心恭顺，未便即行摆布，只得派了他个守陵大臣，再行计较。

雍正帝见念到康熙帝驾崩，大臣受顾命的，只有隆科多一人，又因隆科多是承恩公佟国维之子，与孝懿皇后是同胞姊弟，因此待遇得十分隆重。特谕内阁隆科多应称呼舅舅，嗣后启奏处，皆写舅舅隆科多，特旨舅舅隆科多，着加太保衔。隆科多受此深恩隆遇，自然愈尽职，每值郊祭坛庙，圣驾亲临的当儿，他总严防刺客，亲到坛庙桌下，细细搜查，以防不测。雍正帝见他这么实心任事，也很心悦。又因在廷诸臣，都非自己拔擢之人，未必能够感恩知遇，想到杭州的田文镜、陈景希，材既可用，人又忠实，遂颁出密旨，着该巡抚派员妥送来京。

这日，田文镜、陈景希金殿见驾，抬头儿见九五当阳的天子，就是市廛贩负的张乐天，唬得魂不附体，不住地碰头称死罪。雍正帝道：“陈景希的相法真不错，他既有三品之相，朕躬不能不成全他。”陈景希碰头道：“微臣不知游龙就是潜龙，潜龙就是真龙。今日天威咫尺，令人震骇欲绝。”雍正帝大笑，随即降旨，陈景希着授为太常寺正卿，田文镜另有旨，钦此。田、陈两人叩头谢恩，退朝下来。

次日，奉到上谕，田文镜着补授户部郎中，钦此。田文镜以一白衣市侩，一旦骤获实缺郎官，自然万分感激。在部当差，就把部中积弊，尽力搜剔，呈请堂官。改革堂官见他喜功好事，心下颇不为然，无奈是奉特旨补授的人，知道他必然别有关系，不得不敷衍一二。怎奈雍正帝此时虽然尊称九五，并不深居大内，时时改扮乔装，私行都市，刺探种种琐事。田文镜的整顿部务，雍正帝偏又尽都知道，偏又大为嘉许，于是尚书、侍郎对于田文镜就不能不侧目而视了。亏得历时未久，雍正帝把田文镜外放了，关道堂官眼中才清净了点子。

一日，雍正帝经过乾清门，瞧见一个髭须花白的侍卫，瑟瑟缩缩，寒酸之态可掬，站在那里当差。雍正帝问他姓名，知道是正白旗旗籍，名叫达海，由笔帖式出身，充当侍卫已经三十年，家里人口很多，俸禄所入不够赡养。问他为什么不想法子弄一个外任，达海道："我的一生吃亏处，就为人太老实，不会找路子。现在世界老实人是行不去了。"雍正帝听了，很是慨然。隔了几天，恰好荆州将军出缺，就下旨荆州将军着达海去，钦此。

这一道旨意传到达海家中，他的太太、他的少爷都各大喜，过往亲戚朋友得着喜信，都来称贺，阖门喜气洋洋。只达海自己满面愁容，亲朋问他称贺时，只见他泪如雨下，摇头道："我此回性命休矣！食了皇上家俸禄，君要臣死，不得不死，那也没有法子的事。"

众人骇问其故，达海道："想你们不曾读过三国，所以这么的颠顸。荆州要地，东吴之所必争，以玛法那么智勇，尚不能守，何况于我？我此去必死于东吴之手矣。"

众亲友听了，无不大笑。达海道："你们笑什么，敢是我的话说错了不成？"

众亲友道："关玛法守荆州是在三国时光，现在圣朝入关，统一海宇，哪里有什么东吴、西蜀、北魏、南蛮。你身受圣恩，得这个美缺，怎么不知快活，反倒伤感起来?"达海恍然大悟，才破涕为笑，入朝谢恩。

雍正帝叫进问道："你怕死于东吴之手么?"

达海连连叩头称："奴才糊涂，该死该死。"

雍正帝倒也不与深究，一笑置之。

一日，雍正帝一个儿私行到骡马市大街，瞧见一个衣衫褴褛的汉子，在一家米铺子里跟掌柜的吵闹，引得行人都住了步瞧热闹儿，差不多把个铺子门口都挤满了。雍正帝排众直入，掌柜的瞧见雍正帝人物轩昂，举动华贵，就道："这位爷，请你给我评评这个理，有没有从来说'君子救急不救贫'，各人有各人的难处，三朝两日缠着我，一个叫我如何能够应付?"

雍正帝问过事由，才知起才掌柜的跟穷汉子是表兄弟，穷汉子的老子，从前在部中充当供事，熬得资格老了，外放过一任知县，省吃俭用，节衣缩食，积下了好几千银子。那掌柜的老子跟那知县，原是郎舅至亲，借给他钱在这里开设起来米粮铺来，两家既是至亲，又有这么一层交情，现在两家上代都已去世，经商的日进纷纷，一年好似一年，做官的坐吃山空，流落到这般模样。

欲知雍正帝问明根底如何发付，且听下回分解。

第九回

养心殿圣主训同怀
维止社亲藩谋靖难

话说雍正帝听了两造的话，心下早已了然，问那穷汉子道："你做什么行业的?"

那人道："我没有行业。"

雍正帝道："没有行业就不行，做了个人，无论如何总要有一个业，管束他的身子，没有业，就是游手好闲之辈，如何行呢!"

那人道："西路军兴朝廷特开捐例，我原要报捐一个州县，无奈钱不够，只捐得一个佐杂，又不曾分省，现在向表哥哥借几个钱，想要办分省的事，他偏不肯，不是把上代的情分都捐了么?"

雍正帝道："你想分哪一省呢?"

那人道："江南、浙江都好，最好是广东，只是哪里能够。"

雍正帝道："你为甚要分在广东?"

那人道："我是个河泊司，广东地方有红毛人通商，如果蒙朝廷恩典，补着了广州河泊司，就一生吃着不尽了。只是哪里能够，不过这会子白说说罢了。"

雍正帝道："河泊司在外任官员中，真是微员末秩，缺分也大分优苦繁简么？"

那人道："广州河泊司是天下第一优缺。"

雍正帝道："你想补这个缺不想？"

那人道："岂有不想，就怕没有福气，想不到手呢。"

雍正帝问他姓名，那人回说："姓林名叫开章。"

雍正帝向那掌柜道："你们头表至亲，照理不该坐视，你能够资助他多少，你自己说。"

那掌柜支支吾吾，只推说是无钱。

雍正帝道："没钱不行，你现开着偌大粮食铺，不能说是没钱。看你资助他二十两银子，大概总不能说是不愿意吧。"

那掌柜这么吝啬，不屑再跟他讲话，随退了出来。

这日吏部奉到上谕，广州河泊司，着林开章补授，并着户部赏给饭食银五十两，交林开章具领，钦此。吏部官员瞧见此旨，无不大惊失色，只造化了这林开章，一朝平步上青云，从此逍遥自在，一辈子无忧无虑。

雍正帝卖弄聪明，好为不测之赏，诸如此类，不一而足。独是对于同怀兄弟，偏不肯宽假，好为不测之诛，睿虑周祥，深恐天下后世多所议论，筹划了好几日，才想出一个绝妙的好法子，随在养心殿上召集众阿哥，降谕道："尔我此刻，论正谊已分君臣，论私情犹是手足，所以不能当作寻常君臣，须知朕蒙皇考付托之重拔，朕于诸子之中传以大位，已与前代继统，大不相同，为什么呢？前代继统之君，先后序立，父子之间，各成其是，禹、汤、文、武、桀、纣、幽、厉，善的自善，不善的自不善，天下绝不为桀、纣、幽、厉的不善，掩去禹、汤、文、武的善。现在朕躬于皇考，是非得失，实为一体。朕躬做得是，皇考的付

56

托就是，朕躬稍有不是处，皇考的付托就非。你们想吧，以皇考六十余年的圣德神功，超越千古，朕何忍苟且怠荒，敢于自弃，使天下后世共议皇考付托之误，致力掩六十余年功德之崇隆。朕躬此心，皇考在天之灵，谅必鉴临。众阿哥均受皇考生成顾复数十年天高地厚的深恩，很该仰体皇考之心，深明天无二日、民无二主之意，各抒忠荩，协赞朕躬，见朕有不能的地方，当助我辅我，见朕有错误的地方，当规我谏我，同心匡弼，让朕有一个是字，使朕为一代之令主，以成皇考之是。那么就是众阿哥所以报答皇考罔极之鸿慈。"

众阿哥听了，自然齐声称颂，齐声赞美。随下旨封八阿哥允禩为和硕廉亲王，十三阿哥允祥为和硕怡亲王，恩旨颁发之后，满汉文武大臣都到两亲王府称贺，先到廉亲王府，后到怡亲王府。

怡亲王是雍正帝一母同胞兄弟，自然没有什么，廉亲王却满肚子牢骚，忍耐不住，向贺客道："这有什么可贺，倒劳动诸位的大驾。"

众人都道："王爷以宗亲得荷圣眷，爵封亲王，足见皇上倚畀正殷，定可做本朝的伊周，如何还说不可贺。"

廉亲王道："你们哪里知道，皇上现在是登了位，但是他的性情，他的脾气，不见会做了皇上，就全都变化，那么皇上今日的加恩，安知不是预伏下他日诛戮之意，所以我瞧他目下的施恩，都不敢十分相信。"

众人听了，面面相觑，一声儿不言语，坐了一会子，也就纷纷告退，只固山贝子允禟没有走。廉亲王道："九阿哥，你瞧这件事如何？"

固山贝子道："不料事情竟至如此，在此人手下讨生活，我辈生不如死。但是今儿当着众人如此说法，未免锋芒太露。我倒替你有点子忧心。"

廉亲王叹了一口气道："老弟所见何尝不是，我也想过，此人猜忌成性，无论我们如何恭顺，终难保全，锋芒不锋芒，怕也没甚进出。"

固山贝子道："这一回的继统，究竟何尝堂堂正正？虽然奉有遗诏，偏又没有名字，这里头不知是什么缘故，但是现在的世界，怕势的人多，讲理的人少，成即成王，败即为寇，做了皇帝，总是圣明，天子又谁敢派他的不是。"

廉亲王道："现在你我也不暇趋吉避凶，一切事情听天由命罢了。"

忽太监报十阿哥允䄉、十四阿哥允禵到了，廉亲王忙命快请。

允䄉笑着进来道："八爷新承恩命，封了亲王，兄弟得信迟了，不曾早来贺喜，该打该打。"

廉亲王道："十阿哥，你也来打趣我了，这有什么可贺的呢。"一眼瞧见允禵，开言道："咦，十四阿哥几时来京的，你不是派往守陵了么？"

允禵道："我此番进京，有一件要事要跟你商量。"

廉亲王问什么事，允禵道："前日突有一个忠义臣民叫蔡怀玺，到我院子中来求见，说有机密大事，传见之下，那蔡怀玺就向我三跪九叩，称我作皇上，我当着太监人等，只得把他斥骂一顿，说他是痴子，叫撵出去。那蔡怀玺临走，上一个折子，内称仁皇帝大渐之时，口授遗诏，大位原传十四皇子，奸党暗使奸计，偷改'十'字为'于'字，遂致宫廷大变。先皇帝含怒九天，雍邸虽无弑君，实迹难逃篡窃罪名，某等忠义兵民，甘愿一

58

致拥戴皇上，讨叛兴师……很长很长，都是骇人听闻的话。八爷，你瞧那种话不是个祸根子么？你看该如何布置？"

廉亲王道："我看姓蔡的话十分中倒有八九分确实，'篡窃'两个字断然无疑，现在不必论势的强弱，只要明理的曲直，篡窃之徒，自然不能认他为君，只能认他为贼，那么祸根子不祸根子，就不必计较。并且此人这么猜忌，恁你我弟兄如何小心谨慎，要苟全性命，终是不能，所以你我找生路，只有得一条，就是死中求生这条路。这蔡怀玺既来上得书，想民间忠义臣民愤愤不平的总也不少，民心如此，天意可知，我们索性合伙儿大干一下子，跟他拼一拼，你看如何？"

允䄉道："爽快，果然爽快得很，只未免太危险点子。"

廉亲王道："那么你束手受缚，恁人家摆布，恁人家宰割了吧，很不必到我这里来，我也没有什么商量。"

固山贝子允禟道："成败利钝，虽然不能够逆料，但总要谋定后动，才可少所挫折。颠顸举事，是不行的。此人养有一班飞贼，名叫血滴子，都是来无影，去无踪，我们弟兄虽也有几个英雄在家，虽也能够飞檐走脊，一是人数比不上，二是本领比不上，倒也不可不虑。"

廉亲王道："九阿哥的话，细密周详，很有见识。为今之计，咱们弟兄四家，不如结一个社，互相辅助，四家的宾客全拉作社友，歃血为盟，一心一意地做去，你们看是如何？"

允禵、允䄉齐称好极。允禟道："这个社名儿，我已经想定，叫'维止社'可好？"

廉亲王道："竟然如此，不必更改。"

允禵道："'维止'两个字是什么意义？"

允禟道："邦畿千里，维民所止，就是这个意思。"

众人听了不语。

廉亲王道："你们都被他瞒过去了，'维止'两个字要与'雍正'两字对看，才有味儿。"

允禩道："哎呀，真个我被瞒过了，不明明是雍正杀头么，好极，好极。"于是计议已定，约定五月十三日关帝诞辰，就借做关帝社为名歃血为盟。

到了这日，四家高朋，五方豪杰，齐到廉亲王府齐集，大殿上挂起关圣神像，点起香烛，廉亲王允禩、固山贝子允禟、固山贝子允祯、多罗郡王允䄉，四人为主，四家门下的英雄豪杰跟随陪祭，祭毕，就在神前设下重誓，歃血为盟，誓的是今日同盟之人，既盟之后，有福同享，有难同当，有负此盟，神明立殛。这夜大排筵席，欢呼畅饮，计点社友，共是一百三十七人，喝了个尽欢而散。

这维止社中，有文有武，都是出类拔萃的人才，内中有一个张云如，既会走脊飞檐，又会符咒法术，向廉亲王道："今日盛会可惜我一个朋友不曾在此，减去不少的色彩。"

廉亲王问他是谁，张云如道："江南甘凤池。"

廉亲王道："果然果然。"言下露出不胜羡慕的神气。

此时维止社中人才荟萃，廉亲王很是欣慰。内中一个张兰芳，是广东南海县人，自小在澳门，跟红毛人做伴，懂得削器种种机关，当下献计，请把王府花园改造，安下削器，布置机关，做成种种秘密的防备。廉亲王叫他先打出图样来，瞧过了再定夺。这张兰芳真也厉害，在花园中踱来踱去，察看明白了形势，然后绞心沥血，细细地打样。某处该安设连弩，某处该安设飞叉，某处应置闸刀，某处宜埋灰坑，木人、木狗如何布置，钢钩、钢刺如何安排，玉泉之水可以引入水牢，枯井之底可以开为

60

地穴，费了半个月心机，把草图打就，呈与廉亲王。廉亲王又与允裪、允祯两贝子斟酌再三，略为更改。又因多罗郡王允禵在景陵，差次特派干练家人将图送往，请其定夺，立候回音。不过两日工夫，家人回来说，十四爷说图样瞧过很好，八爷、九爷、十爷心思都很周到，如此办不必更改。动工起来，倘然少有改动，请三位爷裁夺着就行，是不必专差走报，怕的是途中万一有失，难免招灾惹祸。廉亲王点点头，于是择定了日子，就开工建筑起来。

欲知后事如何，且听下回分解。

第十回

张技师精心制削器
铁帽王恃势夺人妻

　　话说廉亲王允禩组织了个维止社，又在府中秘密建筑，安置种种削器，而雍正帝那么英明，那么干练，手下血滴子又那么众多，辇毂之下，耳目之近，怎么会全无知晓？原来事由天定，非关人谋。雍正帝此时已改扮乔装，出京去了，为的是这时光官吏大半是科甲出身的，科甲的习气总是论年谊，讲师生，脱不了朋党气味，并且迂腐腾天，不达世故，雍正帝很不恰意，所以拔识了几个不由科目的人才。一个是田文镜，由郎中外放道员，现在已升为河南布政使。一个是李卫，康熙末年已做到云南驿盐道，雍正帝派他管理铜厂，现在也升他为云南布政使，仍兼理盐务。就为这两个不由科目的人员，政绩如何，非亲自考察，不能真知确见，于是只推说哀念皇考，悲恸成病，不能御殿接见。臣僚叫把折奏，原封送进寝宫批阅，其实早已乔扮出京，特派隆科多在宫，当着内，掌收所有京内外章奏，由通政司送进，宫门经隆科多收下，立派血滴子飞送行在。雍正帝批阅过了，仍叫血滴子飞送回京，叫内阁发表，所以廉亲王府中改造花园，安放削器，雍正竟然蒙在鼓里一般，一点子消息没有。

这里廉亲王府经张兰芳监督，一切木匠、水匠、竹匠、石匠、铜匠、铁匠，日夜加工，依照图赶造，漆匠如法画缋。那装配安置，都是张兰芳亲自动手，先后两个月光景，大功告竣。

这日，张兰芳启请廉王爷、褚贝子、祄贝子验看机关削器，廉亲王邀到两位贝子，一同举步走进花园。张兰芳接着，廉亲王问："都舒徐了么？"张兰芳应了一声"是"，随道请王爷到这里来，引到花墙，左边褚贝子道："机关在何处？"兰芳道："此间就有机关，是木狗窝，请王爷们站着，别过来，我要放木狗了。"

说话的当儿，就见他一俯身，两边矮屋中立刻飞跑出十二对二十四只狼形木狗，张口舞牙，向前乱咬。那狗遍体卷毛，狰狞飞扑，竟辨不出是木头做的。张开了口，露出满口钢牙，凶猛可怕。

张兰芳道："木狗口中的牙齿，都是纯钢制就的，锋利无比，一着上东西立刻合拢来，咬住了再也不肯放。"廉亲王连声称妙。张兰芳俯身弄机关木狗，回身退去，霎时，退了个尽。祄贝子道："怎么这狗窝做在墙边？"张兰芳道："回贝子爷，夜行人都欢喜跳墙，所以围墙三面都安置下木狗窝，地下都有消息，只消跳墙落地，触动消息，木狗就成对地扑来，不能幸免。"说着，已踏到虎皮石甬道。

张兰芳道："这一条甬道，看去虽然平坦，下面都有消息。"说着俯身把机关一开，虎皮石顷刻跌落，只见下面是个很大的深坑，坑内尽是细沙。祄贝子道："失足跌下，不是立刻要淹死么？"张兰芳盖好石板，重又前行，是一个游廊，张兰芳道："爷们，请住步，这里又有消息了呢。"说着一拨机关，只见墙内飞出八把钢钩，齐到门口钩脚梁上，突然吊下三个铁锤，不住地向脑袋击打，张兰芳按住了消息，钢钩、铁锤齐都收起。

进了游廊，抄手转弯，廉亲王道："这里没有什么?"张兰芳道："是木人守门，每转一个弯，就有两个木人儿迎住斫杀。随手一拨消息，果见两个木人儿飞步奔出，手执钢刀，向下飞斫，一闭住消息，木人儿就退去了。"

　　禩贝子问："处处如此么?"

　　张兰芳道："每逢门口，每逢转弯处，都是如此。就不过木人儿所持兵器，刀、枪、鞭、铜、锤、戟、叉、锐，各自不同罢了。"

　　廉亲王道："都是木人儿，不必一处一处细瞧。"

　　张兰芳道："从假山洞传过去，伏下连弩飞箭。"说着飞过去拨动机关，连弩飞出，箭似飞蝗，约有百十来支，穿过假山洞。张兰芳道："爷们仔细，闸刀来了。"忽见一柄大闸刀，从头横劈下来。

　　廉亲王道："穿过假山，就是近水楼台，那边可有什么?"张兰芳道："踏上台阶，就有飞叉掷出，台上方砖都是活动的，触着消息，立刻掉了池子去。"廉亲王同了两位贝子，一处一处验看，又去看过水牢，勘过地窟，都做得万分秘密，异常机巧。

　　禩贝子道："难为这张南蛮，想得这么周到，从此之后，咱们可以高枕无忧了。"廉亲王道："高枕无忧呢，还不敢说，不过血滴子这班飞贼，到这里来，便是飞蛾扑火，自取杀身了。"禟贝子道："有一个宗室，人很忠诚、可靠，我想引他入咱们的社，八爷、十爷看是如何?"廉亲王问是谁，禟贝子道："是广宁。"廉亲王道："广宁他是铁帽子王，如何肯帮助我们?"

　　看官你道这铁帽子是怎么一个讲究，原来广宁之祖是太祖第十五子，名叫多铎，与睿亲王多尔衮是同母弟兄，顺治帝登基，年才六岁，睿亲王与郑亲王济尔哈朗同辅政，称为辅政王。此

64

时，多铎封为豫亲王，与各王、贝勒同理部务。一日，睿亲王向各王、贝勒道："昔日众议公誓，凡国家大政，必须众议金同，然后结案。现在看来，盈廷聚讼，纷纭不决，倒误国家政务。我们两人当皇上幼冲时，身任国政，所行的事好，唯我二人受其名，所行的事不好，也唯我二人受其罪，任大责重，不得不言。当时先帝置我们六部时光，曾经降谕，国家开创之初，叫你们暂理部务，俟大勋既集，即行停止。现在我等既已摄政，不便兼理部务，我等罢了部事，诸王仍旧留部，也属未便。现在欲概行停止，只令贝子、公等代理部务，你们看是如何？"

各大臣齐声称是，独有多铎开言道："辅政王询问我们，如果一味称是，便似惮任部务，乐闻此言；如果不答，又恐以为有所不快。伏思皇上冲年，初登大宝，我们正该各勤部务，宣力国家，以尽臣职。现在王爷这么讲，谅必计出完全，既然众人都以为是，我也不敢不遵。"睿亲王见多铎这一番话，婉顺中藏着锋芒，简直是绵里针，不免暗怀疑忌。

这时光八旗制度，凡隶在旗下的人民，须受该管大臣差遣，虽然同仕一朝，论道身份，却有主奴的分别。此时多铎旗下有一个范文程，原是辽东书生，太祖崛起东土，文程仗剑来投，太祖把他隶在阿达礼旗下，阿达礼坏了事，改隶豫王旗下。范文程的继室耿氏，是靖南王耿仲明之女，耿王降清得封王爵，多半是范文程的力。范文程恰巧断弦，知道耿女美慧，两家就做了这一门子亲。

一日多铎为了件什么事，来访范文程，按照满洲礼制，耿氏出拜。多铎一见范氏貌美，不禁双目注定，直上直下，不转睛地打量，耿氏被他看得没意思起来，讪讪地退了进去。多铎笑向文程道："你已年将就木，还拥着这花朵儿似的美人儿，不怕人家

65

议论么？"范文程一时不知所对，连声是是而已。多铎道："这老头儿蠢得很，还没有懂我的意思么？"范文程听了更似丈二和尚摸不着头脑。

豫亲王起行，范文程送到大门，豫王道："姑宽限你思索一夜，明日来府定办法。"

次日，范文程到豫王府见多铎，多铎问："你意下究竟如何？"

范文程道："王爷睿意高深，奴才愚昧莫解，还祈明白指示。"

多铎笑道："这有什么难解。福晋为身旁供御的人，极鲜当意，闻得尔妻明慧，欲她进府来当差，我怜汝年老多病，当另指一个婢女配给汝。"

范文程大惊失色，爬下地碰头道："王爷的恩命，奴才断不敢拂逆，但是奴才妻子嫁来时光，曾经奏明先皇帝，现在这么样，怕与王爷孝治之意，实有未洽呢。"

多铎大怒，拂然而起。范文程唬唬退出王府，回家向耿氏痛哭。耿氏问他缘故，范文程诉明原委，耿氏道："你做了堂堂丈夫，竟连一个妻子都保不住，惭愧不惭愧！"

范文程问道："事已万分急迫，你有什么法子？"

耿氏道："听得睿王专政，豫王心颇愤愤，弟兄间颇有意见，乱机已经藏伏，一触即发，你何不把此事诉知睿王，不但免祸，还可获宠呢。"

范文程大喜，立刻入朝诉知睿亲王，睿王怒道："如此荒淫无度，还成什么体统！知道了，你尽回去，这件事我定当破除情面，从严究办。"于是立传多铎到来，命各王、贝勒、大臣鞫讯，不准循情回护。王、贝勒等见睿王容色不善，语气异常严厉，只

66

得公事公办，据实回复。睿王命罚多铎白银一千两，夺去十五个牛录。多铎受了处分，心下没好气，愈益放纵，率领部员，按照册籍，集视八旗女子的下部，又被都察院劾奏，罚银五百两。多铎两遭遇挫折，从此不敢立异矜奇。睿王见他知道悔改，重又加恩重用。定鼎燕京之后，就命豫亲王率兵下江南，立了不少汗马功劳，奉为叔德豫亲王，世袭罔替。因为开国元勋，赐有章铁券与国同体，所以叫作铁帽子。这广宁就是多铎的孙子。

当下禖贝子提起广宁，廉亲王道："他是铁帽子王，安富尊荣惯了，如何肯和我们在一起？我们此刻是求能共患难的，不是求共安乐的。"正在讲话，忽报雍正帝病已小愈，定于明日五鼓，召见满汉臣工，今日下旨，把科甲出身的人员大大斥骂，不知是何用意。廉亲王等听了，宛如顶门上起了个焦雷，全都呆了，不知是何缘故，且听下回分解。

第十一回

谕汉文睿见破群疑
勘雷殛明心烛微隐

话说廉亲王等听到雍正帝临朝消息，就不期然而然，自会凛惧起来。哥弟三人呆了半晌，禩贝子道："我们自己查一查，这两个月里可曾有失检的地方。"廉亲王、禩贝子想了一会子，都说没有。

次日，随众上朝，三个人都怀着鬼胎，幸喜雍正帝没有问什么。朝罢之后，忽然叫起禩贝子，问他这几天在家干点子什么，禩贝子大惊，忙回："奴才不过是闭户读书。"

雍正帝道："读什么书？"禩贝子随口回是《汉书》。

雍正帝道："《汉书》第几卷？"禩贝子回是《孝文本纪》。

雍正帝道："汉文帝是如何主？"

禩贝子道："汉文恭俭仁厚，确是贤主，就可惜不曾用得贾谊，不免美中不足。"

雍正帝道："汉文见贾谊，问以鬼神，至夜半前席一事，李商隐为诗讥之，有'可怜夜半虚前席，不问苍生问鬼神'句。大家都以为李诗讥刺得不差，试思贾谊入见时光，文帝方受厘坐宣室，因感鬼神之事而问之，明明不是问苍生之事，如果欲问苍生之事，随时可以召对，何必在夜半呢。久坐前席也，是极寻常的事，后人竟作为敬重贾谊，不是大大的错误么？朕意文帝是贤主，岂无知人之明，或者知道贾谊是个疏狂少年，不足与问苍生，姑问他鬼神的事，也未可知。贾谊的经济具见《治安策》中，不独论时务，都迂阔难行，其于尧舜之治道，又何尝窥见本源？所以王勃说，'屈贾谊于长沙，非无圣主，窜梁鸿于海曲，岂乏明时'。朕以为'屈贾谊于长沙'，必须圣主，'窜梁鸿于海曲'，正待明时，梁鸿的诡激，自弃肃宗之朝，贾谊的疏狂，未足以佐文帝之治，怎么好把不用二人讥议二君呢？孔子尝言为君难，即此可见。"

裓贝子道："圣谕高明，足开茅塞，奴才读书半生，哪里有此种见解。"叩了几个头，随即退下。回到贝子府，褚贝子已等候多时，弟兄相见，裓贝子就把召对的事说了一遍，褚贝子道："此人喜弄聪明，好为别解，可见是性情偏僻。"哥弟自相议论，且暂按下。

却说雍正私行出市，只带得一个伴当，就是血滴子首领云中燕。君臣两个乔扮作贩货客商，一路上观风问俗，说不尽风尘肮脏。这日行入河南地界，就听得路人传说安阳县知县顾太爷是个包龙图再世，清正能干，彰德有这种好官，真是地方之福。雍正道："咱们就到彰德去一走。"云中燕道："那么今晚京差密送奏本来，臣就知照他，明日打从彰德这条路走，免得两误。"雍正点点头。

次日起行，就向彰德进发。你道这顾太爷是谁，怎么得着河南人这么的好舆论？原来这位太爷名叫顾琮，表字用方，姓伊尔根觉罗氏，是满洲镶黄旗人。他的祖太爷顾八代，本是满洲名臣，雍正帝的师傅。这顾琮精于兵农之学，于诗书章句，不很讲究，为人干练精明，以知县分省，就做着安阳县繁缺。到任不久，就侦查出一件惊人奇案，就此声名大好。

安阳县城东有一个小小市集，叫作回龙集，集上有一家姓廖的。那一年四月中旬，忽然乌天黑地，雷电交作，廖家的主人廖光国竟遭天雷殛死，地保照例到县呈报。顾太爷闻报，立刻携带仵作，亲到回龙集检验，仵作见传，暗地好笑，这种雷殛的事，验实了也难办理，终不然去把雷神提来问罪。顾琮到了回龙集，轿子进镇，本图地保已经伺候多时，打千儿迎接。顾琮问了几句话，命他引导。地保应了两个是，引导前行，直到廖姓门首落轿。顾太爷进门流行观看，见共是三开间两堁房屋，廖国光在后堁右侧那一间里殛死，尸体并不曾移动。尸妻廖江氏上来见官，叩头求免验，顾太爷问她为甚求请免验，廖江氏道："氏夫惨遭雷殛，已很可怜，何忍再翻尸弄骨，经官检验！俗传验过了尸，死者就不能够再投人身，求太爷施恩免验。"

顾琮道："本县为雷殛的人不曾见过，此来并非检验，不过是广广眼界。"随命引导，举步踱到后堁，见死者躺在床上，服色焦黑，衣服床帐全部焦灼，床顶也轰掉，屋顶也轰去一角，床垫褥席倒都完好。瞧毕，即命仵作如法检验，填写了尸格，传问四邻："廖家雷殛，你们大概都知道的。"前邻后邻左邻右邻异口同声地回道："都知道。"

官问："你们是否亲眼目睹？"回称："我们各家都有各家的事，并未亲眼瞧见，不过雷雨时光，突闻轰然一声，右邻屋舍都被震动，一会子听得廖家嫂子哭喊雷殛死了人，我们奔过去瞧

70

看，见廖国光浑身焦灼，震死在床上。"

顾太爷道："廖国光平日做人如何？"四邻都道："人倒很和善，不知犯了什么，遭着雷殛，想来总是前世事呢。"顾琮点头，随命录了供，叫四邻各画了押，传尸妻廖江氏上来，安慰了几句，谕令备棺成殓，随即打道回衙，筹划了一夜。

次日，只说本官小有不适，公事概行缓办，自己却乔装改扮作一个江湖医生模样，背了个药囊，持了一个白布软招儿，上写"京都王太医善治疑难杂症"。从后门出外，到东大街一代闲逛，每遇见药铺子，就上前施礼，跟掌柜的闲话，询问生意景况，打听各种药价。一家家问去，言者无心，听者有意，竟被他探着一个大大的秘密，知道这半个月中，各药铺硫黄、松香的销路很不小，各家并计约三四十斤，都是回龙集一个猎户汤裕昆买去的。顾琮探知秘密，心下早已了然，回到衙门，立传快班头儿潘伯堂谕话，叫他速派干伙，不露声色，前往回龙集，侦察汤裕昆近来干点子什么，跟廖江氏有无瓜葛，限两日回报，不得有误。潘头儿不敢怠慢，领谕下来，即命侄子潘小堂驰往密查，吩咐他小心办事，不许打草惊蛇，被汤裕昆知觉，致干未便。

小堂领命而去，果然两日工夫，已经查明，回城复命。潘伯堂带他见本官顾琮道："回龙集地方有没有汤裕昆这个人？"潘小堂道："确有其人，是打猎为生的。回太爷，这汤裕昆跟廖家那妇人，原不很干净，自从廖国光遭了雷殛，索性不避嫌疑，成日成夜，两口子聚在一块儿，差不多两姓并为一家呢。因此，左右邻舍都说这雷殛倒成全了他两个儿。"顾琮道："你查的都是实在情形么？内中有无谎语？"潘小堂磕头道："小的细心侦察，据实回报，不敢说一个字的谎。"顾琮点头。随发出朱签，命潘伯堂立提汤裕昆、廖江氏到案严办。

潘头儿接了朱签，仍叫侄子小堂，还同了个伙计，一同下乡。次日，绝早动身，午饭时光已抵回龙集，找着保正，叫他引路，径投廖家。叩门进内，恰好汤裕昆与廖江氏对桌共酌，保正便道："汤裕昆、廖娘子，城内有人来找你。"

汤裕昆见是县差，心里慌了，忙道："我不曾犯了什么。"

潘伯堂问保正道："这就是汤裕昆、廖江氏？"

保正回言："不错。"伯堂回头向两个伙计喝一声："上家伙。"两人上来哗啦啦一抖铁链，便把男女两个一齐锁下。

廖江氏道："差伯伯，且行请坐，就是犯了官事，我们总也有一个商量。"

潘头儿道："怎么商量呢，说出来咱们听听。"

廖江氏道："我这里有个薄意，送给你老人家喝一杯酒，烦你上去复一声，只说我们都不在，不就完了么？"

潘头儿摇头道："不行，上头吩咐限日限时要提到正身，叫我哪里担得下？不然再没有银子使不进的理。"

汤裕昆道："差头哥哥，我们犯的到底是什么事，你总知道。"

潘头儿说："我也不知道，那是官亲身访得的，上头只说要人呢。"

廖江氏没法，只得送了二两银子遮羞钱，请他暂时开去锁链，俟到了衙门再戴，免得途中出丑。潘头儿应下了，于是一齐动身，出了回龙集，取道向彰德进发。

霎时间已到衙门，叫伙计把男女两犯上了锁链，带到班房坐

72

地，自己持着朱签道签押房来销差。顾琼听说人犯提到，立命伺候坐堂。这日夜饭之后，顾太爷升坐花厅，先命带上廖江氏，两旁伺役齐声呼喝，一时廖江氏带到，叩头跪下。

顾太爷道："你是廖江氏么？几岁了？"

廖江氏回了一声"是"，然后道："妇人二十三岁。"

顾太爷问："已死的廖国光是你何人？"

廖江氏道："廖国光是妇人的丈夫，不幸遭雷殛死。"

官问："你与廖国光做了亲有几年？平日夫妇是否和睦？"

廖江氏道："妇人二十岁上出嫁，屈指已有四年。平日夫妇极要好，从未拌过嘴。"

顾太爷怒道："本县问你话，你胆敢游言谎语，欺诳本县，是何道理！须知这里是法堂呢，哪里容得你撒谎！"

廖江氏叩头道："小妇人句句真言，不曾撒谎。"

顾太爷道："你说夫妇极要好，从未拌过嘴，那不是谎语么？"

廖江氏闻言一惊，暗忖：好厉害，我们平日夫妇反目，他如何会知道？随道："为了家常细务争论一句半语，也是有的，究竟夫妻无隔宿之冤，彼此毫无芥蒂。"

顾琼道："我问你，你丈夫廖国光如何死的？"

廖江氏道："是天雷殛死的。"

顾琼道："真个是天雷殛死的么？怕不是天雷呢。"

廖江氏道："妇人丈夫被天雷殛死，四邻全都知晓，就是你县太爷也亲来检验过。"

顾琼道："雷殛与否，少停自会明白。我现在问你，汤裕昆

73

是你何人，为甚丈夫才死，你就跟他一块儿起坐？"

廖江氏道："汤裕昆是妇人的表哥哥，人最热心，因见妇人家遭不幸，没个帮手，特地赶来帮助一切。"

官问："既是表亲，是姑表，还是姨表？是夫家的亲戚，还是你母家的亲戚？"

欲知廖江氏如何回答，且听下回分解。

第十二回

汤猎户深谋做命案
黄守备恃势抢新人

话说廖江氏见问，不禁一呆，心忖：这个官真是厉害，我跟他有什么亲呢？

顾琮见江氏顿口不语，拍案道："什么表，我问你为甚不讲?!"

廖江氏顿了一顿口，回道："是姨表亲。"

官问："是夫家的表，是母家的表?"

廖江氏道："是夫家的。"

顾琮把案一拍，喝道："哇！你方才供认是表哥哥，现在又说是夫家的，既是夫家的，该称表大伯子，不该称表哥哥。语言前后不符，是何缘故?"

廖江氏道："太爷在上，妇人家不懂称呼，平时随夫乱叫惯了的，因见丈夫称他表哥哥，妇也胡称表哥哥。"

顾琮道："搪塞得好。"随命带下去，带汤裕昆上来。

一时铁锁银铛，带上汤裕昆来，朝上跪下。顾琮命他抬起头来，汤裕昆抬头，只见他眉形八字，鼻断山根，鼠目狼腮，满脸奸诈凶恶，绝非善良之辈。随问："你就是汤裕昆？几岁了？做什么生理的?"

汤裕昆道:"小的汤裕昆,二十七岁,打猎为生,素来安分守己,不敢作歹为非,此次蒙太爷赏提,不知何故?"

顾琮道:"你跟廖家是亲戚,还是朋友?"

汤裕昆回:"是朋友。"

顾琮道:"既是朋友,很不该奸占他妻子。廖国光尸骨未寒,你跟他妻子有奸,是何道理?"

汤裕昆道:"小的跟廖家嫂子并无奸情。"

顾琮道:"你奸占他妻子,谋死他性命,廖江氏已经供认明白,你倒还抵赖么?"

汤裕昆道:"青天在上,并无此事。"

官驳道:"你不谋害廖国光,廖国光如何会死?"

汤裕昆道:"廖国光自遭天雷殛死,干我甚事?"

顾琮道:"你道你的奸谋幽密,从不会被人勘破么?不知若要人不知,除非己莫为。你只知趁雷雨当儿,用硫黄、松香轰死人,可以推作雷殛,巧呢,果然巧呢,极毒呢,果然毒极。在本县把证据一一剖给你听,可以折服你的心。这凶手罪犯就是你,不是别人,本县已访得明明白白,绝不会稍有冤枉。现在问你,你这半个月来,向东门大街各药铺购买硫黄、松香数十斤,作什么用处?你且讲来。"

汤裕昆大惊失色,顿了半晌,才道:"小的打猎为生,那是合制火药用的。"

顾琮道:"合制火药用不了这许多,照你所购之货,合成火药非三四年用不尽。现在合成的药在哪里?未合成的料在哪里?着你缴出来,你可能够?"

汤裕昆道:"小的合成的药转让给朋友的,一时哪里缴

76

得齐。"

官问："你的朋友姓甚名谁，住在哪里？"裕昆面如土色，一个字也回不出。

顾琼道："待本县剖给你听吧。大凡雷火殛人，霹雳总是由上而下，雷电迅速，虽然穿屋破壁，不过是一个小窟穴，断不会轰去一角的，就使轰去一角，那屋椽瓦片，也总在屋内，不会在屋外。现在廖国光尸体焦灼，那床帐屋角，都向外轰出，明明是地火，不是雷火，火性炎上，所以都轰冲在外，再者雷闻百里，回龙集离城不远，这一日雷雨虽大，并不曾闻有霹雳下地。本县下乡检验，讯问四邻口供，知道右侧那家子，房子也被震动，如果是雷火，绝不会震及。后来亲自出访，访知你分向各药铺购进硫黄、松香不少，既又访得你与廖江氏有幽密不端行为，几面合勘，知道你巧使毒计，预藏硫黄、松香，趁雷雨当儿，把廖国光轰死，诈作雷殛，使人不疑，好遂得你的淫愿。本县说的哪一件是冤枉了你？"

汤裕昆大惊道："太爷真是神人，说得同瞧见的一般，要不招认谅不能够。"

官问："愿招了么？"汤裕昆连身称愿招。顾琼即命刑房写供。

汤裕昆道："小的与廖国光原是朋友，那年，廖国光娶亲，小的也送了个贺份，随众喝他喜酒，闹新房时光瞧见新娘有沉鱼落雁之容、闭月羞花之貌，心里不胜艳羡，一般是个人，他偏那么有福，娶这么一个好妻房。太爷，想来也是我前世孽缘，小的自从见了这位嫂子，她的俏模样儿，就常常在我的眼里心里，也或一时清醒，人家老婆，不该如此妄想，朋友妻更不可欺。无奈才一转念，那俏模样儿自会跑到我眼中心中百般地撩拨我。小的自己克制不住自己，没法奈何，只得假作殷勤，跟廖国光亲近，慢慢用手段跟他妻子勾搭上了，暗中来往，已经一年有余。因不能长久团聚，终觉美中不足，几回要把他谋毙，生怕犯法受罪。今年惊蛰日，雷雨大作，黄村上殛死两个人，小的恰在那里瞧见，殛死的人，浑身焦黑，竟同火药轰毙的一个样子。触动心思，于是分向各药铺购买药料，制成火药，藏在坛中，寄在廖家，等候雷雨时光动手。偏偏两次雷雨，廖国光都不在家。这一回他因小病卧着，小的趁雷雨大声时点火发药，把他轰毙，以为借称雷殛，总没有破案的日子。不意竟被太爷勘出，所供是实。"

顾琮道："廖江氏既与你异常情好，这件事谅必是同谋的了。"

汤裕昆道："动手之前小的怕她阻挡，大有未便，没有告诉她。直到轰死之后，才告诉她。"

顾琮道："你告知了她，她便怎么样？"

汤裕昆道："她初时还不肯信，经小的指给她看坛中火药已空，她才相信。"

顾琮道："你的火药寄存时光，交给廖国光，还是交给廖江氏？"

汤裕昆道："交给廖国光的。"

官问："都是实话么？"

汤裕昆回："都是实话。"

顾琮阅过供词，就叫他画了押。再提上廖江氏，叫刑房把汤裕昆的供，念给她听。廖江氏到此地步，也只得照实直供。顾琮把二人按律治罪，汤裕昆犯因奸谋命，律处斩，廖江氏犯奸淫，律监禁。自从破了这一件假雷殛案子，舆论都称他为包龙图再世。

78

雍正帝闻得他的官声，就同了云中燕私行察访。这日渡过彰河，抵彰德，进了彰德北门，在大街借了一家客店住下。云中燕密奏要出外闲逛去，雍正帝点点头，随道："我乏了，要歇歇呢，你去去就来。"云中燕应诺，出了店门，自向大街，信步闲逛而去。

这里雍正帝歇了一回，不见云中燕回来，闭上房门，批阅了几本章奏，收藏过了，开出房门瞧瞧。信步踱出，就是客店的账房，掌柜的瞧见，忙起身让座，雍正帝随便坐下，跟掌柜的攀谈。先询问彰德有什么古迹，掌柜的道："古迹都在城外，近处有天放园，园中花木池沼，亭台山石，都很好玩。此外如珍珠泉，如汉柏叫作柏门曲沼，如定国寺内的韩陵片石，如保障村的铜雀台，都在远处。"又问他知县顾琮做事如何，那掌柜道："这位太爷真是好官，断几件案，叫人不能够不服。近来有两个书呆子为了争论诗句，打起官事来，告到县太爷案下。"雍正帝道："争论诗句也何至于打官事。"掌柜的道："这就叫书呆子呢。一个说黄梅时节该雨的司马光诗，有'黄梅时节家家雨'的句子，一个偏说该晴的，也引诗句，说曾纡有'梅子黄时日日晴'句。两个人各宗一诗，各执一理，先是争论，后是扭打，都到县衙告状。太爷断得很好，说你们的主张都不曾错，但是打架都失了文人体统，便都担着不是。戴复古诗'熟梅天气半阴晴'，那么晴也使得，雨也使得，何必这么食古不化。按照扭殴，都应该学戒饬，姑念初犯，不与深究。两书呆子都很心服。"

雍正帝才待回答，云中燕已经进来，于是起身回房。问在哪里逛了一回，云中燕道："顾知县真是多事，签差拿捕现任守备官，兵弁汹汹，怕要闹出大祸来呢。"雍正帝问："怎么一回事？"原来彰德城中有一个守备官，姓黄名叫镇中，倚仗着镇台的宠，无恶不作，无所不为。平日惯会诬良为盗，非刑拷人，逼迫人民献纳，稍不遂意，就要栽赃陷害，诬他通盗，不知治死过多少好人。至于强赊硬买，更属记不胜记，性又好淫，民家妇女凡稍有姿色的，他总百计千方，奸占着了才遂意。府县官因碍着镇台情面，都不敢办他，因此把他更惯坏了。

这一日，北关乡民杨德全到东关娶亲，娶的是新妇，是徐永江之女，著名的东关绝色，称为东关一只顶。偏偏被黄镇中闻知了，他就率同兵士百名，携带了兵器，在路上等候。候到傍晚，鸣锣作乐，果见新娘彩舆缓缓而来。黄镇中瞧见蠢灯上写着"杨府"两个字，问道："是不是东关杨德全家娶的新娘？"轿上回称："是的。"黄守备喝得一声"抢！"兵士就一齐动手，抢了彩舆就走，护送人等赶上来拦时，早被兵士动手，挥拳飞脚，只一阵打，打到个东倒西歪，抱头鼠窜而去。黄守备亲自押着彩舆，抬到衙门，扶出新人，见新人已经哭得如烟笼芍药、雨后海棠，愈觉可怜可爱，不禁上前低言劝慰。那新人一味地哭泣，黄守备道："哭什么呢，包你快活享福。你出嫁不过是有一个新郎伴你，现在仍旧还你一个新郎，总不会叫你寂寞。事已成是，哭也无益。"

新娘还是哭泣。黄守备道："我瞧你模样儿很伶俐，怎么你那颗心这么不明事理？我费手费脚巴巴地把你抢了来家，断不会为了你哭就送你回去，白哭坏了身子，很不值，快停止了。"黄守备又叫众姬妾帮同劝导。

此时，杨、徐两姓都已得着消息，都来守备衙门跪求放回新人。黄守备怒道："你们都是什么人，胆敢诬蔑本守府强抢新人！本守府堂堂大员，难道会干这种犯法事情？含血喷人，已经不行，诬蔑官长，法当加等治罪，本守府把你们吊起，责打了一顿马棒，再片交县里重办，看是如何！现在姑念尔等乡愚无知，本守府大度包容，不与深究，快各退去，自去找寻。"

杨德全道："陪亲人等，都瞧见你黄老爷押轿抬去，哪里会有错误？"

欲知黄守备如何回答，且听下回分解。

第十三回

雍正皇微行观审案
顾县令正言折强徒

话说黄守备听了杨德全的话，也不着恼，言道："从来说'眼见为真，耳闻莫信'，你又不曾亲眼瞧见，那必定是匪徒冒名，你去误信了人言，也不想想本守府是朝廷命官，岂肯干此无耻勾当。本守府官声要紧，既然知道了，少不得派弁缉访，总要访到这一个冒名匪徒，从重罚办。"

杨、徐两人再要说话时，黄守备大怒，喝令兵士将马棒打出，杨德全、徐永江只得抱头鼠窜地逃出，商量道："新任顾太爷是个包龙图，我们不如到他衙门去叫喊。"于是径奔县衙叫喊冤枉。顾琮听得有人喊冤，即命传入询问，杨、徐两人见了太爷，跪地叩头，哭诉情形，顾太爷大骇道："光天化日之下，堂堂官府，竟有强抢民间新妇的事，事太离奇，情尤骇怪，仅凭尔等口诉，碍难作准，着尔等补进禀词，邀同见证。如果属实，本县绝不畏势，定与尔等申冤理枉。"杨、徐两人叩头退出，一面撰写禀词，一面邀集人证，再到衙门控告。

顾琮问过口供，收了禀词，随派干役拿了本官的名片，到守备衙门，请黄老爷立刻来衙，商量要事，说本官在衙恭候。役人领谕下来，飞步匆匆奔到守备衙门，兵士引入，黄镇中传见之下，问有何事，役人道："敝上叫多多拜上黄老爷，有一件要紧公事，俾上原欲青睐拜候，因昨夜小有感冒，服了药，大夫说要避风，不能够出来，所以请黄老爷降临县衙，商量一会子。敝上说黄老爷倘然得暇，最好就请降临。"黄守备问："什么公事？"役人道："小的不好仔细，听说是省里来的公事。"黄镇中答应了晚饭后即来，役人应了一声"是"，又打一个千儿道："小的放肆，求黄老爷赏一个回片，好去回复敝上。"黄守备就叫当差的给他一张回片，役人接了回片，欣然自去。

黄守备迟疑道："县里请我，不知道有何事故，催厨房开饭。"饭毕之后，带了四名兵士，乘了暖轿，缓缓向县衙进发。霎时已抵县署，行到公生明下，就见来请的那役人抢步到轿前打千儿回道："敝上叫小的迎接老爷，敝上为当不得风，现在花厅伺候。"黄守备点点头。抬到大堂停下，黄守备出了轿，役人引导兵士照灯，引入花厅。顾琮含笑出迎，连说劳驾劳驾，彼此让座。

上炕坐定，黄守备道："荷蒙宠召，不知有何见教？"

顾琮道："本来呢，不敢劳动大驾，就为有一件公案，委决不下，特请守府老爷过来，请请示。"说着取出两张禀词，述与黄守备。

接来一瞧，见一张是杨德全告的，一张是徐永江告的，都告自己强抢新娘，瞧及一半，早已变色站起身来，向顾琮道："那不是老哥有意给我没脸么？"

顾琮道："不敢，我因没有主意，不得不请请守府的示，此事究竟该如何办理？"

黄守备道："有何难办？无端诬蔑官长，办他一个反坐罪就

83

结了。"

顾琮道："官贵民贱，官尊民卑。如果事非有因，何敢来衙诬告？"

黄守备道："那么老哥是说我有这件事的了？"

顾琮道："那也不能如此说，事关强抢，闺女虚实，均应彻究。如故诬蔑，自然反坐原告。不过我看平民小百姓没缘没故，绝不敢诬告官长，必是守府老爷有了不是，他才敢告呢。"

黄守备听了大怒，喝道："别说我没有这件事，就说真有此事，便把我怎样？"

顾琮道："何必动怒？守府既已经是直认不违，那可不能怪我，做此官，行此权，我就要公事公办。"随喊了一声人来，就见走进四个役人垂手侍立。

顾琮吩咐带原告，一时原告带到，杨德全、徐永江叩头求请申冤。顾琮道："你们控告黄老爷抢你们新娘，有何凭据？案关强抢民女断，不能仅凭你们一句空话，就此成立，你们总要拿出证据来。"

杨德全道："小的亲到岳丈家迎娶，娶得新人，行至半路，就被黄老爷率同三五十个打手，把彩舆簇拥了去，伴亲的女仆、乐人全部瞧见，现在都愿到堂做证。"顾琮命传上女佣、乐人，逐一细问，众口同辞，都说亲眼瞧见黄守备抢劫新娘，绝无错误。顾琮突然问道："本县指一个人给你们认，你们可认识？"随指黄守备道："这是本县的上客，你们可认识？"

众人齐声道："这就是守备黄老爷，抢劫新人，就是这位老爷。求太爷做主，劝劝黄老爷，放回了我们那新人吧。"

顾琮回道："守府听见么，人证确凿，众口一词，谅他们与守府不见得全有仇怨。不但事出有因，并且查明实据，叫本县如

84

何办理？"

黄守备道："他们诬我抢人，你就硬指我是抢人，难道他们诬我造反，你也硬指我是造反么？未免太偏袒了。再者你老哥不过是个知县，我究竟是个守备，谕前程，我是四品，你才七品，我要大起你好几级，你也不配问我呢。"

顾琮道："不必讲你我文武不相统属，须知我是地方上官，该管地方上事，我今日只知道办强抢民女的抢犯，不知道守备不守备。王子犯法，庶民同罪，《大清律例》上不曾有一条做了守备就可以犯法不问的。"

黄守备道："你说我强抢民女，究竟有何证据？告状这一班人，我始终不曾认识，那都是你串出来陷我的。我也知道你缺分清苦，不过想我几个钱，只是想我的钱，也只消好好地请商，不该如此阴谋诡计。"

顾琮笑而不答。一时役人入禀："守备衙门里果然有一乘彩舆，小的已叫守府兵士帮同抬来，现在大堂上。"顾琮向守备道："黄老爷，你要证据，证据来了，有贵衙兵士帮同抬来，那可不是小弟的阴谋诡计了。"黄守备一闻此语，顿时面如土色。顾琮道："如今还有何说？"

黄守备低倒了头，一声儿不言语。顾太爷一面把黄守备留在衙中，特派六名干役，小心伺候，一面派人到守备衙门搜寻杨姓新娘，随办公文通详上宪。这么一办，受过黄守备亏的人，得着风声，都接二连三来衙控告，共接控词三五十起，派往搜寻的役人，也把新人寻着，用轿抬到衙门，问明口供，把供状给黄守备瞧。黄守备到此，无言可说，只得招认。

顾太爷自觉执法无私，上可对国，下可对民，心下怡然，忽镇台余虎余大人专差来县求见，接见之下，那差官交出镇台手书，并金叶一百两，道："余大人叫多多拜上太爷，黄守备的事，务请逾格推情，周全弥补，这几张金叶，请太爷留着赏人吧。大人信中，都已写明。"顾琮瞧过信，向差官道："费神上复大人，大人的钧谕，本该遵从，无奈这一件案子，关系着国家的定例，县里从了镇台，就要对不住朝廷。同时朝廷命官，同时受恩深重，如果县里负恩，溺职曲法，纵奸大人，总也不很欢喜，所有不能谨遵的，为难情形，务请大人原谅。至于厚赐金叶，断断不敢拜领，回信我也不写了，就请带禀吧。"

那差官撞了一鼻子灰，自去回复镇台，隔不上几天，忽奉总督札子，言据总兵官余函称，安阳县顾令意气用事，滥捕同城武员，凌逼招供，如果属实，成何体统，着该令速将案卷陪同守备黄镇中，到总兵衙门，听候余镇秉公办理，札到即行。见此札顾琮大怒，立刻作禀申复总督，大大地抗辩，中有私揭，不应发审，镇臣不应侵官等语，竟然不遵，定期审理。

黄守备现在恰遇雍正帝私行到此，被云中燕探听明白，秘密奏闻，雍正帝道："这才是真知县，也可见咱们旗人比了汉人靠得住。倘是汉官时，奉到督札，早就奉行恐后了，哪里肯这么忠军爱民，奉公守法。明儿倒要去瞧瞧他问案。"云中燕应了两声"是"。

次日，午饭之后，君臣两人出了客店，徐步向县衙走去。只见路上闲人纷纷议论，都说今日总要闹出事来。黄守备已令本营兵士各执刀枪，抢入县衙，逼太爷释放自己。顾太爷恁是厉害，究竟是个文官，手无缚鸡之力，看他如何应付。雍正帝暗忖：这守备真是无法无天，可恶之极。走近衙门，见各处来瞧热闹的人成群结队，很不少。一进衙门，人更多了。从公生明牌起，直到大堂，万头攒动，拥挤异常。月台上人最多，简直是人山人海。

云中燕托开两臂，在前开路，挡着的无不纷纷倒退，保护雍正帝到大堂。

恰好顾太爷升堂坐下。只见他先传上原告，人逐一询问，原告有诉栽赃陷害的，有诉威逼人命的，有诉勒索财物的，也有诉强赊硬买的，问的时候，逐一驳诘，很为细密。问罢，即命请黄守备问话。

一时黄守备昂然而至，怒目而视，大声道："你请我出来，更有何话？"

顾琼道："今有许多人到此控告是非虚实，不问不明，到底这些事情，你老人家干过没有？"

黄守备怒道："多大的知县，这么欺负人，你把我软禁在衙不算，还要摆臭架子，坐堂审我，你这厮太会装模作样了。你道我手下没有人么？"说到这里，举手一挥，大喊："我的心腹在哪里？"这一声喊不打紧，就见人丛中雷轰也似价，和一声"来也"，直跳出八九十个梢长大汉，手中都是雪亮的刀枪，虎吼吼直扑上大堂来。这一股声势，宛如突然发现出数十只斑斓猛虎，两旁差役及瞧热闹的人，都唬得躲避不及。那几个原告更唬得不成个样儿，一个个抖倒在地，不住口喊"饶命"。

黄守备到此，便耀武扬威，愈显他的英雄。只见喧嚷扰乱中，忽有一人站起，大喝道："守备要造反么？你们谁敢动手，谁就是反贼！我奉皇命办公，胆敢叫兵士到此，持械劫掠，就是没有官长；没有官长，就是没有皇上，不是造反是什么？！"

欲知发话的是谁，且听下回分解。

第十四回

雍正皇擢用顾铁牛
云中鹤夜探廉王府

话说黄守备振臂一呼，陡见人丛中跳出八九十个梢长大汉，手中都亮着兵器，耀眼争光，虎吼吼扑上大堂来。却见一人兀然起立，一派正言，侃侃而谈，你道此人是谁？原来不是别个，就是高坐堂皇审理黄守备的知县顾琮。

顾太爷此时侍立的差役、跪地的原告、看闲的闲人，听了这一番话，都替顾太爷捏一把汗。雍正帝也深佩这顾令，有胆，能识大体，暗向云中燕道："倘这厮们动蛮时，给我先把黄守备拿下，休教劫去。"云中燕点头应诺。

此时黄守备听了顾琮的话，陡然打个寒噤，暗道：不好，造反是要阖门抄斩的。急忙挥手，令兵士们退去，并道："你们快休如此！"众兵上哪里肯听，都喊："我们先上堂斫掉这狗官！"黄守备着急道："你们杀了官，不是救我，是害我了。快休动手，快给我退去！"众兵士见守备这个样子，顿时都缩住了手。有一个出来问道："为甚不要杀这狗官？"黄守备道："杀死地方官，罪同叛逆，我便要阖门抄斩，你们也一个个都是个死。"众人见说，果然也就害怕起来，拖了枪刀，向人丛里一钻，八九十个人影儿都没有了。

顾琮偏也镇静，大众持械奔入，他既毫无惊恐，现在拖械逃去，依然面少喜容。只见他仍旧正襟危坐，细细地问案。雍正帝冷眼旁观，不禁暗暗嘉许。黄守备到了此时，也只得逐款招认。雍正帝直等他问毕此案，才随众出衙，回到客店来。途中听得人民舆论，说的是虽有镇台余虎，不敌顾公一怒。暗向云中燕道："听见么？小百姓也很知道好歹呢。"云中燕应着。

雍正帝偶然抬头，瞧见一家很大的馆子，芬芳之气触鼻，刀勺之声震耳，不禁馋涎欲滴起来，随道"咱们上一回馆子去"。君臣两人走入馆子，上梯登楼，拣一副座头坐下，小二上来安了杯筷匙碟，问道："两位爷爷，用点子什么菜？"

雍正帝叫拿上菜牌，拣欢喜吃的拣了四五样，要了两壶黄酒，云中燕起身斟酒，雍正帝执杯喝着。忽见邻座有人讲话，一个道："贵东既是旗人，那也不能怪他。旗人对于文字上原是不很讲究的。"一个道："你还没有知道呢，前天丁祭，敝东又闹出大笑话来。那日衙中预备一切祭圣的事，敝东忽然问我今儿祭谁，我回他是孔夫子，敝东听了一愣，问什么孔夫子，我回他孔夫子就是孔圣人，敝东更是不懂，问道：'这孔夫子做过什么官？'我回他孔子为鲁司寇，摄行相事。敝东愈益茫然，我只得解说他听，鲁国的司寇就是现在的刑部尚书，摄行相事，就是现在的协办大学士，差不多就是刑部尚书兼协办大学士呢。敝东恍然道：'那就是孔中堂，什么夫子圣人，闹得人家越听越糊涂，早早说是孔中堂不就明白了么。'你道笑话不笑话？"

那一个道："我说他是旗人，总要原谅他一点子，并且现在世界别说旗人，就是汉官通文的也很少。"这一个道："那总是杂流人物，要是科甲出身的，总不会如此。"那一个道："偏是科甲

89

出身的，偏不通文字。记得那一年，我在京中教读，一天东翁陪来一客，说是太史公呢。那太史公见学生读《古文观止》的《史记》选文，问此种文字何人所作，我回他是太史公，那太史公道：'太史公是哪一科的翰林?'我回他是汉太史，不是现在的进士。那太史公取书瞧阅，没有到数行，就丢下摇头道：'文字也不见佳，读他何益?'你瞧科甲众人，连《史记》都不曾知道，可笑不可笑?"

雍正帝听了，也很好笑。当下浅酌，直喝到夕阳西下，才回到彰德。住了几天，了无新奇事迹可记，动身再游他处。游到汴梁省城，知道新藩司田文镜，对于科目出身的州县，不少假借，因此士林对于田藩司倒很忌惮。雍正听了，圣怀倒很怡悦。

一日，新任祥符县知县王士俊上辕谒见，田藩司接见之下，问他是什么出身。这王知县偏是个玩世不恭的，听了藩台的问，攒眉嗫嚅，故意做出羞愧的样子，停了半天，才答道："卑职不肖，读书出身，是某某科的散馆翰林。"田藩台竟也奈何他不得。雍正年间两司也都能专章奏事的，过了几天，田藩台借一件事，就把他动折参奏。不意朱批下来，"王士俊人还明白，所参着免其查究，钦此"。另有一旨给田文镜，中有"该司以语言细故，挟嫌参劾，未免器欠宽宏"。田文镜惊以为神，他又哪里知道，雍正帝就在省城呢。

雍正帝在省住了几天，也就动身他去，临走，特下一旨，把知县顾琮不次超擢，特授为河南观风正俗使。一个知县，顷刻升作钦差了。游过河南，再到别省查察，足足游了三个多月，因此，廉王府筑造机关，一点子消息都没有。

真是励精图治，上一日回京，下一日就临朝召见，各王、贝勒一见天威咫尺，都各惴惴恐惧。这夜黄昏时光，廉亲王正与维止社各社友谈话，忽闻铃声大响，张兰芳惊道："园中抓住了刺客哩！"廉亲王问："如何知道？"张兰芳道："我于各处都埋伏下消息，这是被钢钩钩住的。"廉亲王听了，就率同社友亲来瞧视。

原来雍正帝退朝之后，特旨召见舅舅隆科多，密询了一个多时辰，知道廉亲王府中出入的人很多，难保不有不法的勾当，于是密嘱云中燕派遣干员入府探视。云中燕领旨下来，就选派出一个极干练的血滴子，就是他嫡堂兄弟，叫云中鹤。这云中鹤是血滴子队中出类拔萃的人才，伶俐便捷，最是聪明机警。当下接了差事，候到黄昏人静，他就全身结束起夜行衣服，上下浑身一色如墨，从潜邸中飞身出园，径投廉王府来。自从雍正登了位，雍亲王府就此改称作潜邸，那班血滴子人员依旧在潜邸居住，每月发出内库金银供养。

当下云中鹤带了钢刀，携上血滴子，飞出了潜邸御园，只拣小巷行走，霎时之间，已抵廉亲王府。夜行人规矩是走小路，不走大路，进后门，不进前门，因为前门击柝巡查，看守的人太多，飞走多有窒碍。云中鹤到了廉王府，抄粉墙向后走去，侧耳听，里面人声寂静，一蹿身纵上围墙，举手眉上一遮，蔽去了天上耀光，向下瞧时，地上路径清白，看得清楚，知道没有阻碍，托地一跳，身轻如燕，早已跳下，腾身前行，顺着路走去，才走行三五步，听得左侧一声怪响，奔出两头恶狗来，张口露牙，直向云中鹤奔扑。云中鹤急拔钢刀在手，照准那狗，就是一刀，不意斫到狗身，有声扑然，忙说："不好，这是木狗呢。"此时木狗已经近身，云中鹤急忙腾身跳过了木狗，索性前行，哪里知道跳过两步，就添出两只木狗，狰狞奋扑，同前面的一个样子。云中鹤暗忖：不好，退身一步，定遭木狗咬住。只得奋命向前，跳出了八九对木狗，都被他避过。看官，云家弟兄都懂得削器，解得消息，所以这么灵便。当下云中鹤执刀在手，站在木狗背后，望准了奋命力砍，扑扑扑，连砍三刀，一头木狗竟被劈了个碎，哧啦哧啦，竟然放出短箭来，一支支向前飞射，亏得站在后面，不然早被射中了呢，摇头说："厉害，厉害。"

云中鹤知道前面都埋有消息，瞧着平坦甬道，不敢行走，只偏了身子，在甬道侧边，轻轻地探着走了。一阵不见什么变端，见左侧游廊，回抱飞身跳入。不意一声怪叫，奔出两个大汉，一声儿不言语，擎起大刀，向自己就砍。云中鹤说声"不好"，急忙退出，才退到门口，不防两旁飞出钢钩，稍一迟缓，脚上就套上了，用力挣时，愈挣愈紧。云中鹤大喊："这一回可着了人家道儿也。"一语未毕，头顶上哗啦啦，吊下三个铁锤，向顶门打来。只要打一个着，顷刻脑浆迸出，即送残生性命。只得蹲下身子，权时躲避，哪里知道是做就的消息，你一蹲倒，钢钩就吃重，钢钩一吃重，里面的钢铃就立刻震动起来。张兰芳等人就知道此间抓住了人，当下廉亲王同了维止社各友，都到园中来瞧视。

张兰芳是打头第一个，到一处先把所安的消息关闭了，大家才敢放胆前行。霎时之间，已到游廊，张兰芳灯光之下，早瞧见了云中鹤，见他蹲作一堆儿，正在喘呢，指道："刺客在这儿了。"廉亲王也已看见，忙叫去拿绳子，将刺客捆下。张兰芳动手松去钢钩，众家将一齐动手，把云中鹤捆了个结实。廉亲王叫推到瑞云轩去，派人严密看守。张兰芳查视一周，把砍坏的木狗换掉，各处的消息重新安好，短箭也收拾起了，布置得严密如初，才到瑞云轩来瞧刺客。

只见轩中灯火通明，照耀如同白昼，廉亲王亲自审问。云中鹤昂然直立，不肯下跪，廉亲王道："你姓甚名谁，黄夜来此，要偷盗东西，还是要行刺，有无指使，从实讲来。"云中鹤怒目而视，一声儿不言语。

众社友道："这厮见了王爷不跪，问他话不答，无礼已极，不赏他一顿皮鞭，他总不会知道厉害。"廉亲王道："我没暇问他，交张兰芳带去细细拷问是了。"

张兰芳应了一声，随叫家将取齐刑具，带云中鹤到来雨阁，严刑讯问，云中鹤受刑不过，只得道："老爷行不改名，坐不改姓，血滴子队员云中鹤的便是。奉旨来此，密查奸王举动，老爷奉有圣旨，就是钦差身份，你们把我拷打，不法已极，你们敢是都不顾活命了么？"

众人听了尽都骇然。张兰芳道："这厮黉夜带刀入府，非贼即盗，还敢冒称钦差，大言唬人，且把他推入地穴，去回明了王爷再核。"家将答应一声，把云中鹤推拥而去。

欲知后事如何，且听下回分解。

第十五回

张兰芳双擒血滴子
雍正帝亲探廉亲王

却说血滴子首领云中燕派遣云中鹤去后，候到天明不见回音，情知不妙，密奏雍正帝。雍正帝道："今晚着尔带同尔弟云中鹤前往查察，须要小心，不得有误。"云中燕应诺。

这日上朝，雍正帝与廉亲王君臣相见，只讲了几句寻常公事，对于此事，只字不谈，彼此心照而已。夜饭过后，云中燕又暗地进宫来请训，雍正帝嘱咐了好些话儿。云中燕回到潜邸，云中鹤已经等候多时，两人装束定当，各带了钢刀，血滴子飞行出邸，宛如两股黑烟，一卷风地向廉王府来。

霎时行到，云中燕道："我们分左右两路飞入，各至寝宫取齐。"云中鹤应诺，扑扑飞上了墙头，望见下面虎皮石甬道，宽阔平坦，横身一跳，就跳下去。不意才一着地，那石板就沉下去，喊声"不好"，要留住时，已经不及，身落深坑，滴溜溜堕下。堕到坑底，尽是软沙，便吃陷住了，动弹不得，没法奈何，只得静心等死。

却说云中燕从右边墙上扑入，下地就遇见木狗，跳过一对，又是一对，知道消息削器安置得不少，分身上屋，循廊子行走。

走了好一会子，倒都平安无事，忽转一念道："我在这里没事，鹢弟在那边不知道他可曾着了人家的道儿。"心里一慌，脚下就乱起来了，想抄近路穿过假山，探一个究竟。一纵身跳下假山洞口，不意恰触动消息，连弩齐发，箭如飞蝗，急忙退避，已经中了三五箭，不敢前进，只得退后经过一座亭子，怕有消息，不敢入内休息。云中燕此时已经受伤，便没有先前那么伶俐，一个不留意，踏着了消息，斜刺里跑出两只狼形木狗，张口露牙地扑咬，云中燕心里慌张，要跳时，两个腿弯都着了箭，不能够高跳，只得用钢刀来格，哪里格得住，左腿上早着了一口。这木狗制造得非常凶恶，咬着了再不肯开放。云中燕痛极，知道削器这东西，愈挣愈咬得紧，只得听其自然。这里咬住了人，那边的铃又大大震动，嘟嘟嘟响个不住。

廉亲王知道昨日擒住了人，今日必有人来探视，特命社友督同家将守候。现在听得铃响，奔出来瞧，看见云中燕，都道："又擒住了一个。"立刻放开木狗，把云中燕反剪两手，捆了个结实，一面报知廉亲王。张兰芳道："打灯笼各处细细照着，消息坏了，是要修理的。"于是张了灯，一处一处照看，照到甬道上，见一块石板开着，坑中埋有一个人，忙命用兜子放下去，向坑中道："朋友，你爬进兜子里，我们揉你上来。"云中鹢听说，等候兜子下坑，爬身上兜，果然一把一把向上收揉，一时间就升到了地面。众人候他到了地面上，立刻用绳捆缚，一并解到瑞云轩。

此时廉亲王正在审问云中燕呢，廉亲王问他姓名，云中燕道："我的姓名不便说出，也不愿说出，因为我于各种削器消息的制造，颇有特长，现在受了人家削器的暗算，三十年老娘产下倒绷儿，还有甚脸子见人。"张兰芳听得，即道："听你口气，你莫非是云中燕大哥？"云中燕道："尔是何人，却认得我？"廉亲

95

王喜道："果然就是云中燕。我知道这云中燕，是血滴子首领，血滴子这巧东西，也是他想出来的。现在身被擒住，问问他可肯投降，于本府倘肯归顺，将来不失荣华富贵。"

张兰芳道："云大哥听见么？我们王爷好贤礼士，爱才如命，现在特开不世洪恩，要招留大哥在府，大哥倘肯弃暗投明，前程不可限量。"云中燕道听了，破口大骂："你们这一班反贼，不日眼见你们都要碎尸万段，我是皇上心腹，岂会投降贼窟！你们识窍的，快快放老爷回去，我发一个善心，还肯替你们在皇上跟前求恩呢。"廉亲王大怒，立命："把这不识抬举的奴才，同那一个一同推去监禁，好好地看守，休得疏忽。"左右答应一声，推云中燕、云中鹞地穴去了。且暂按下。

却说雍正帝两次差人夜探廉王府，竟如石沉大海，消息杳然，很是纳闷，随命太监飞召廉亲王、褚贝子、祇贝子，并胞弟怡亲王允祥，同到畅春园御苑游赏园景，举行家宴。传旨不必穿戴公服，只穿家常便衣，相见时只请安，不必跪拜。一时廉亲王、怡亲王、褚贝子、祇贝子先后遵旨到园，大家请了安，随意散步闲谈。只见杏花开得异常烂漫，新雨之后，枝头花叶，都含着珠子般的水点。雍正帝道："好杏花。"道言未绝，一阵风来，花枝摆动，吹落好些水珠，见御衣上都着了好几点，正是："两三点雨逢寒食，廿四番风到杏花。"雍正帝道此间景致很好，咱们少停就这儿喝酒吧，廉亲王等都说很好。

雍正帝说："幼时读《论语》之'为君难'句，不很了解，现在方识人君的难做，别说一日万机，要像做臣下的，偷得浮生半日闲，万万不可上承祖宗付托之中，下负兆民期望之切，刑赏虽极至公，恩泽终难遍及，受赏的未必感恩，受刑的难免怨恨，倒不如做亲王时候，闭户读书，百事都可不管，既是清闲，又极富贵，那倒是真福呢。"廉亲王等尽都唯唯称是。

雍正帝道："今日只算是家人聚会，我也不必说是主子，你们也不必说是臣子，咱们兄弟且乐一会子。"怡亲王听了，第一个先高兴起来，于是大家说说笑笑，乐了一整天才散。雍正帝于谈笑中暗留心，见廉亲王虽是强为欢笑，终是拘拘束束，一若有什么大事在身的一般。散席之后，雍正帝忽发奇想，朕一个儿从地道走去，偷偷地到八阿哥家，瞧他个究竟，到底派去的三个血滴子，为甚一去不回。主意已定，也不告知别人，独自一个点了盏灯，从畅春园天地一家春寝宫走入地道，回身闭上门。

北京地土干燥，地道全部潮湿，宛如一条夹巷，就不过是暗无天日，非灯不行。当下雍正帝在地道中默默行走，好一会子，才抵廉亲王府，见是一座土阶，约有十三五级，放下灯台，历级而升，走到级顶，是有消息的，顺手一拨，豁然开朗，正是廉邸的瑞云轩。雍正帝钻出了地面，回手把方砖盖好。这一间是瑞云轩的后轩，平时不很走动的，雍正帝仰视天空，昏昏欲夕，知道时光已经不早，转身抄到前轩，见轩中十锦橱罗汉榻弥陀椅布置井然，花瓶、香炉、山石、古玩等陈设，应有尽有。忽闻脚步声响，雍正帝知道有人来，急忙躲藏，躲在十锦橱后面，见一道光亮，两个人说话而来。一个道："九爷、十爷这么不知体恤人，来了不想走，伺候到更深夜半，还嫌人家不周到，那府里一般也有着奴才。"一个道："你也不用抱怨，我们当了奴才，自然该听人家支使，没的多劳苦了一天半日就抱怨主子的。"那一个道："伺候主子是本职，没的说。现在自己主子不支使，倒弄出这种旁主子来要这样要那样，使唤得人一刻都没有停，谁甘心呢?"

雍正帝向外张看，见是两个太监，只见两个太监放下了灯台，取抹布揩抹桌子，又把挂灯一盏一盏点上了火，照得闺室通明如昼，就听得脚步声历历碌碌，走进三个人来。为首的是廉亲王允禩，后面两个是允禟、允禵，三人入室坐定，就听允禟道："今日畅春园家宴，是何用意？"允禵道："他眼珠子里从来不曾有过兄弟，怎么今日忽然有起兄弟来，巴巴地举行家宴，我总不信他是安着好意。"允禟道："我也这么想呢。别是我们擒住了他三个血滴子，他见派出来的人没有回音，估不透我们，借这家宴察看察看我们的风色，也说不定。"廉亲王道："本来很容易知道，就为允祥也招在里头，令人好难猜测。"允禵道："那是故意遮人耳目，正是他的奸诈处。"廉亲王道："偏是做贼的人，最会防贼，他使阴谋诡计，谋皇篡位，谋着了位，做到了主子，总可以罢手了，还要养这一班血滴子飞贼，四出侦察，鬼鬼祟祟，全没有冠冕堂皇的体统。他只知他人也同他一般，一味地阴谋诡计谋皇位呢。"允禵道："我所最痛心，就是现在的人没有是非心，大家都在先帝手里受过大恩，现在眼见先帝的爱子允禵受苦，没人出来讲一句公道话，先帝当时原要立允禵做主子，现在皇位被人家夺掉不算，还要众口一词，颂当今的圣。成者为王，败则为寇，现在的人，哪里还有是非心。"

雍正帝听得明白，暗忖：你们这一班叛逆，原来我的血滴子都被你们擒住了，真是无法无天。你们把血滴子怎么了呢？只见廉亲王道："他两回派血滴子来刺探我们，手足当作仇敌，天可怜见，都被我们擒住。只是他是君，我们是臣，自古说'君疑臣死'，现在他这么的多心，这么的疑虑，你我弟兄看来终难活命。"允禵道："究竟谁死谁活，此刻也还未定。他有本事谋，我们有本事防，大家瞧是了。"允禟道："擒住的那三个血滴子，该如何办理，请社友们进来，大家商议商议。"允禵道："很好。"随命太监出去请。

雍正帝一听，你们原来还私立着什么社，真是无法无天，亏得我亲自来此，倒要瞧瞧这一班怎么样子的叛逆。正这当儿，外面鞋声历碌，进来了十多个人，与廉亲王等拱手见礼，众口一词，都问："王爷见召，有何吩咐?"

欲知廉亲王等如何回答，且听下回分解。

第十六回

瑞云轩游龙被困
乾清宫天子失踪

却说维止社各社友闻请都到，齐问王爷呼唤有何吩咐。廉亲王道："就为血滴子屡次来家，上头的疑忌，不问可知。君疑臣必死，我们性命都在呼吸之间，请你们来商议商议，可有解救的妙法？"内中有一个绰号"智多星"，姓崔名叫桂森的，第一个开口道："大凡处决大事，总先要具内知外知两种知识，知道人家叫作外知，就是智，知道自己叫作内知，就是明。"廉亲王笑道："那是《老子》上的话，老崔引来做什么？"崔桂森道："知人则智，自知则明，果然出在《老子》，但是人家有着血滴子，咱们知道咱们有着社友，怎么就不知道人家会飞檐走脊，咱们也会飞檐走脊。人家能算计咱们，咱们就不能够算计人家么？"张兰芳接口道："对呀，咱们社中能人不少，也好飞入宫苑去行刺。"

雍正帝暗忖：你们原来立着逆社，胆敢图谋行刺，叛逆显然。也是合该有事，十锦橱中忽然跑上两只耗子，爬上跳下，不住地跑走，震得陈设的瓶炉，都摇摇欲坠动。廉亲王听得声响，回头见是两头耗子，忙道："你们快来，把这耗子驱掉了。"崔桂森应声上前，大声驱逐，耗子见有人来，向后奔逃，奋身一跃，

100

乒乓把一个古窑小瓷瓶，跌得粉碎。崔桂森恨极，一个健步，赶到十锦橱后面，不防黑魆魆伏着一个人，大惊道："哎呀，这里伏着一个人！"众社友听得，都奔入去瞧看。雍正帝此时知道再藏不住，便就挺身而出，大喝道："朕躬在此，谁敢犯驾！"

众人听了，都吃一惊，定睛瞧时，龙颜凤姿，广额丰颐，不是雍正帝是谁呢。廉亲王见是御驾，也就慌了手脚，没作道理处。雍正帝道："尔等胆敢聚众私邸，图谋不轨，朕躬都已知道。"褚贝子、祺贝子也都面如土色，一句话也不敢分辩。只见崔桂森排众直前，向众人道："你们休慌，休上他的当。此人不是皇上，我敢确定他是冒名的。"众人问他何以知道，崔桂森道："这个很易决断，皇上深居九重，如何会到这里来？这厮定是贼子，被我们获住了，不得脱身，才生出贼智，冒称皇上，唬人的。"廉亲王喜道："这话很对，如果皇上驾临，必然堂堂正正，从大门而入，没的静悄悄躲在暗中的。这厮私入邸第罪还小，冒称皇上就是大逆不道，万万不能宽纵，你们快给我把这厮捆了，待明日上朝奏明皇上，请旨定夺。"众人一声答应，立刻上来了四个人，把雍正帝不由分说，反剪了两手，缚了个结实。廉亲王叫推到后轩监禁，特派四个社友小心看守。可怜穆穆天子，变作了羑里周文、汉狱宣帝。

四个社友推拥雍正帝去后，廉亲王竖起大拇指，向崔桂森道："真是识见，亏了你，亏了你。"崔桂森道："这个当儿，不说他是假冒，如何好下手，也没人敢下手呢。"褚贝子道："势成骑虎，现在倒欲罢不能了，这件事该如何处置，大家商量商量。"张兰芳道："凭他有穿云的本领、冲天的能耐，已经闭入笼中，如何再能够施展？"廉亲王道："深宫里走失了皇上，定然要举朝鼎沸，倒先要想一个法子，平下这个风波。"祺贝子道："这倒不

101

难，只消总理大臣严密关防，不露风声，推说皇上有病，臣下概免朝见，一应章奏，代他批阅，就没事了。"廉亲王道："好虽好，只是暂局，总不能够常常推病。"禟贝子道："且过了眼前再商量。"

这夜廉亲王府中会议了一整夜，没有得着好法子。次日五鼓，廉亲王怀着鬼胎上朝，轿子到午门，见已有几乘轿子，歇在午门外，出轿步入朝房，见履亲王允祹、淳亲王允祐、怡亲王允祥、愉郡王允禑、庄亲王允禄、果亲王允礼、慎郡王允禧、诚亲王允祕、贝勒允祎、允祜等，已都在那里待漏了。彼此相见说了几句应酬话，禟贝子、禵贝子也到，一时舅舅隆科多也来了，大家随便就座闲谈，天南地北，不觉天色大明，晓日临窗，不见黄门传呼，大家都有点子诧异。怡亲王道："天色已经不早，怎么还未临朝?"隆科多道："别是失睡了，还没有起身么?"怡亲王道："主子宵旰勤劳，一径朝乾夕惕，哪里会失睡。并且祖爷爷家法，到了五更不起身，皇后可以恭请祖训，道乾清宫开读，那时皇上须跪地恭听家法，这么严决，不会失睡的。"淳亲王道："也许受了感冒，一时不豫呢。"大家互相揣测，只有廉亲王、禟贝子、禵贝子三个人心里明白，一句话也不插口，装作没事人模样。

尽管闲谈，又候了半天，依然不见动静。看看日影已高，大家口里不说，心里都不免有些慌张。怡亲王与隆科多再也耐不住了，齐道："我们两人叩宫门去。"廉亲王道："事情真古怪，我也同你们去。"当下三人径到宫门，见守门的侍卫，一个个挂刀侍立，脸上也都现出惊异的神气。廉亲王站住身，向为首一个侍卫道："烦劳你入宫说一声，说允禩、允祥、隆科多要入宫面见皇上，跪请圣安。"那领班侍卫应了两个是，就入宫去了。隆科多道："廉王爷，你这几个字说得真好，真得体，我真佩服你。"怡亲王也点头称好，并言："我正踌躇呢，心中惦着主子，巴不得一步就到了宫门，又虑主子问及，用什么话回奏。主子性儿又严厉，亏八阿哥想得得体。"一语未了，那领班侍卫已出来了，脸上露出慌张的样子。怡亲王问他如何，那侍卫道："我到寝宫门，叫太监进去转奏，说王爷们要面见皇上，跪请圣安，都在宫门候旨，候了一会子，太监出来说，皇上不在宫，不知道圣驾哪里去了。"

三人听说都一愣，廉亲王道："叫太监再找找，宫苑那么大，不知道主子在哪一宫呢。"怡亲王道："本朝不比前朝，有着三宫六院，祖制通只一后两妃两贵人，并且主子临御哪一宫，召幸哪一宫，尚衣太监都有册子恭记的，何庸找得？"隆科多道："皇上的举动，宛如生龙活虎，一时哪里捉摸得住。廉王爷的话也不曾错，且叫太监们找找再讲。"于是再叫领班侍卫入宫去，传话怡亲王、廉亲王、隆科多就在宫门候消息，候到辰牌时候，回出来，依然是"遍寻不见"四个字。怡亲王就慌张起来，向隆科多道："舅舅，这件事很古怪，别是丢了么？"隆科多道："这么英明的主子，四十多岁人，哪里会丢。并且住在深宫内院，也绝不会丢的。"怡亲王道："果然在深宫内院呢，自然不会丢，我估他绝在宫外出事的。"

廉亲王听了这一句，心里别一跳，赶忙强自镇定，开言道："皇上性好微行，或者乔装改扮，私行出京去了，也说不定。出事是绝不会的，从来说圣天子百神呵护，祥哥儿未免太过虑了。"隆科多道："皇上微行，我总无有不知道，从没有蓦地出京之理。"廉亲王道："据我看来，天子失踪是件千古未有的大怪事，只好慢慢地查访。现在最要紧是严密关防，万万不可泄露开去。

眼前只我们三个人知道，第一，先禁止宫内太监、宫外侍卫向人乱说，大家严严密密瞒起来，免得枝生节外；第二，我们到朝房时，就向众人说知皇上偶有感冒，在宫静养，大小臣工，概免朝参；第三，京内外章奏，没法奈何，只好由我们三个人从权恭代批阅；第四，秘密派遣心腹，四出访寻皇上。事到临头，只有如此办理，你们瞧我的话说得错了没有？"怡亲王与隆科多都很佩服他有识，于是一同出外。到了朝房，大家都问怎么样了，怡亲王道："主子偶有感冒，要静养数天呢，不御朝了。"朝房中除禇、祯两贝子外，都各信以为真。

这日，廉亲王、怡亲王就在养心殿上，恭代批阅章奏，批阅完毕，照例发交内阁，圣驾虽已出狩，政务并不丛脞。回邸午膳，已交未末。禇、祯贝子已与维止社友等候得望眼欲穿了。廉亲王先把朝中的事述了一遍，禇贝子道："此人监禁在后轩，也不过一时权宜之计，总要想一个万妥万当的法子办，结局才好。"廉亲王道："我已想过法子，是有一个，你们瞧可行不可行，妥当不妥当。"众人齐问何计，廉亲王道："天下本来是十四阿哥的天下，圣祖大渐的当儿，口传遗诏，原是传位于十四阿哥，此人偷改遗诏，把'十'字改写作'于'字，篡改了皇位。这一件公案，久已满汉皆知，就为他据着帝座，没人好来审他，其实他这个人对于圣祖，早已成为逆子，对于朝廷早已成为叛臣，我们此刻既然把他拿下，名正言顺，自然该审他一审。只要审出了口供，问实了案情，那就易办了。一面开太庙祭告祖宗，证明他叛逆之罪，一面迎立十四阿哥做主子，岂不甚妙？"禇贝子道："如此办理很好，谁充审官呢？"廉亲王道："事关宗社大计，这个审员，不能别人，只得你我充当了。"禇贝子应诺。

夜饭之后，廉亲王、禇贝子就把瑞云轩改作法堂，设了公

104

座，派定二十名社友充当衙役，又派出两名书吏。廉亲王、禩贝子升了公座，就命带上人犯来，一时四名社友推上雍正帝，向上昂然站立。廉亲王道："你这厮为甚冒充皇上，掩入府中，到底安着什么心？从实讲来！"雍正帝道："你们这一起没主子的叛逆奴才，明明受过朕躬恩典、封号，明明认识朕躬，就为逆迹昭著，叛形显然，被朕躬查明白了，却硬指朕躬是假冒，不是本身，好遂你们的逆志。"廉亲王道："你既然不是假冒，为甚不深居大内，却偷入我府中来？"雍正帝道："朕为密差三个能人，不见回音，所以愈加亲临，侦察尔等的叛逆。尔等试想，天下即有假冒之人，断不会声首笑貌、言谈举止，件件假冒得一般无二的。尔等今日上朝，曾否见过主上？尔等即至愚，当知朕躬无分身术，在此就不能在彼，如何再会有假冒！"

廉亲王等如何回答，且俟下卷书中，再行宣布。

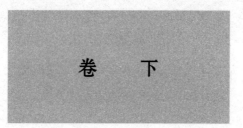

卷　下

第十七回

廉亲王审问雍正
净修僧出访游龙

话说廉亲王听了雍正的话，开言道："尔说不是假冒，究竟是尔一面之词，很难凭信，现在我举出一件事，就可以证明尔是假冒不是假冒，尔可肯据实回答？"雍正帝道："什么事你尽说，我可以回答就回答你。"廉亲王道："圣祖大渐的当儿，遗诏上原写着传位十四皇子，今上把'十'字加上一画一提，改成了'于'字，尔倘然不是假冒，定然知道此事，你且说来，我们就可以决定你了。"

雍正帝听了，心头大大震动，暗忖：我这件机密大事，他们如何会知道？现在把我当作小孩子，想哄出我的话来，我岂不知关系的重大，一认改诏，我就是个罪犯，如何再好君临天下。只听廉亲王道："尔能否据实回答？"雍正帝道："朕受皇考洪恩，拔朕于诸子之中，付朕以宗社之重，皇皇遗诏，天下臣民久已共见共闻，何尝轻改一画半提？此种谰言，究从何来？尔等竟敢据以诬朕！须知朕与皇考实系一体，诬朕即是诬皇考。尔等纵叛逆，究系仁皇帝子，何忍以此诬反圣德如天之仁皇帝，仁皇帝在天之灵，见尔等如此丧心病狂，当亦深为痛心。"廉亲王、禩贝

109

子再三驳诘，雍正帝矢口不承，没法奈何，只得仍旧把他软禁在后轩，派社友轮流看守，且暂按下。

却说怡亲王允祥，自从那日雍正失踪之后，焦急异常，跟舅舅隆科多商议。一面派遣血滴子在近京各地找寻，一面唤出近侍太监盘问失踪这一日的起居动静，遂细探索，依然毫无征兆。廉亲王却道："此种空中探索，类于大海捞针，我看这一班血滴子人员多半是江湖杰侠，枭獍异性，狼子野心，主子忽地失踪，这里头难保不别有关系，我们别被他们瞒过了。据我意思，对于这一班人，倒不能轻易放手。"怡亲王听了，向隆科多道："舅舅听此论如何？"隆科多迟延了半晌，开言道："这一班人都是主子亲自风尘物色搜集来的四方精锐，哪里会有错误。"廉亲王道："知人知面不知心，谁能保得住他一辈子不为非作歹？"隆科多道："廉王爷的话，也不为无见，我来细细查一下子，不难不水落石出。"

从此之后，隆科多就到雍正帝潜邸传集前后左右中五队血滴子，中队队长云中雁、前队队长邓起龙、左队队长张人龙、右队队长吕翔龙，都各到齐，只有后队队长云中鹤，同监器云中燕、副监军云中鹳出差未回，没有到。隆科多先向众人问雍正帝消息，众人都回："京城内外都已找遍，影儿都没有，不知皇上哪里去了。"隆科多道："这一件事情，诸位倒要赶紧办理，无论如何把主子找回来了才好。诸位忠良侠义，身受主子深恩，我深信诸位绝不会有什么，不过外面有不知道的人，最喜欢造言生事，都说诸位出身江湖，野性没有尽化，主子忽然失踪，于诸位身上不能说全无嫌疑，诸位想吧，这种无稽之谈，起初不过一两个人说说，谁有工夫理他，现在说的人渐渐地多了，差不多是众口一词，可叫我怎么样？"

忽见一人回问道："隆公爷，我们这一起都是很粗的，粗人性儿最直，花言巧语绕道儿的话，听了是不懂的。现在请公爷吩咐一声，到底是疑我们不疑我们，就请把我们送交衙门熬审，不必谈寻访的话。从古说疑人莫用，公爷既然疑及我们，何必再用我们这一起人？"隆科多瞧发话的是个和尚，是血滴子监军员净修，遂道："净师父，你不必生气，事情重大，查是不能不查，我也不一定说你们犯罪呢。即如眼前监器云中燕、副监军云中鹧、队长云中鹤都不在，说是出差未回，究竟何日出的差？出差在什么地方？"净修道："我这里有差簿，不过登的是远差，近差一检查就可知道。"当下检出，却见载着近差字样，某月某日云中鹤出差，某月某日云中燕、云中鹧出差。

隆科多一瞧，略一沉思，拍案道："这一件事与姓云的身上大有关系。"净修惊问其故，隆科多道："云中鹤出差的次日是云中燕、云中鹧出差，再后主上失踪，现在三云始终未回，主上始终未见，不是与姓云的身上很有关系么？"净修道："公爷意思，是姓云的干了大逆事情了？"隆科多道："那也不能这么说，姓云的一定藏匿主上。不过主上的失踪与姓云的一定大有关系，请你们多派干员，把姓云的找回一个来，一定大有眉目。"净修也大为醒悟，随道："云中鹤等出的都是近差，如何不见回来，其中定有缘故。"于是当着隆科多，就命后队血滴子二十名，先出去找寻，又在中、前、左、右四队中各派干员五名，分头找去。隆科多见他办事认真，也就辞出。

却说血滴子监军净修，人极干练，派出四十名血滴子，在京城内外严密侦察，查了两日，不但雍正帝音信杳然，连三云的踪迹，也不曾侦着。净修嫌队员不济事，亲自出外侦探。他本来是个和尚，毋庸乔扮的。灰色布僧帽、灰色布僧衣、紫色花布袜、黄布单梁僧鞋，颈间套上一串一百单八颗纯钢制就的牟尼珠，暗带着铁胎弹弓，并两柄戒刀，手持大木鱼，一击一步，口中宣着佛号，向热闹处去行去。

　　市上突然发现了这么一个怪异和尚，行路的人都不免住步闲看。净修口宣佛号，手敲木鱼，一步一步地前进，到虎坊桥，见有一簇人围住，是一个喇嘛僧，在那里射箭靶子，靶有八九十步远近。那喇嘛僧连发五箭，箭都中红心，看的人，雷轰也似的喝彩。净修不禁住了步，只见那喇嘛僧形如虎豹，声若洪钟，射中了张开虎口，哈哈大笑，大有旁若无人的气概。净修究竟豪气未除，冷笑了几声，不意已被那喇嘛僧瞧见了，虎吼一声道："你那和尚竟敢笑佛爷，佛爷的神箭，百发百中，你可能？"净修笑道："靶子是死的，射中了也算不着什么本领。"那喇嘛僧虎吼道："活的是什么，我问你？"净修见空中有一群乌鸦飞来，随指道："我就打这一群乌鸦里的第三只。"说着袖中取出弹弓，拽了个满，喝一声"我打第三只乌鸦的左眼珠"，一弹飞出，就见悠悠跌下一只乌鸦来，看得众人齐声喝彩。那喇嘛僧拾起一瞧，果然乌鸦左眼珠上血淋淋嵌进一颗弹子，不禁也喝起彩来，众人更齐声附和。

　　那喇嘛僧抢步上前，合十道："师兄神弹，真是绝技，佩服，佩服！请问师兄法号，安禅在哪一座寺院？"净修道："小僧名叫净修，披剃在河南嵩山，方到此。"转问那喇嘛僧，才知道这喇嘛僧名叫玛勒吉，奉的是红教，现在京中受裰贝子的供奉。当下净修谈了几句，就打问讯告别。忽见两个家将赶上，拦住去路，口称奉贝子爷命，有请师父到府。净修道："僧人跟贝子也素昧平生，如何忽蒙宠受召？"家将道："我们贝子爷素来敬礼三宝，师父一见就知道了。"玛勒吉也道："贝子爷人极和气，见见何

112

妨。"净修一转念，这几日来，队员派得不少，城里城外都已找遍，只有各王、贝勒、贝子府没有找过，究竟是百密一疏，现在我既然碰着这个机会，不妨就去瞧瞧，相机办理。当下就笑向玛勒吉道："我与师兄都是佛门子弟，既是师兄这么说了，我就结一个善缘是了。"说着就同了玛勒吉行走，两个家将跟着在后。

霎时之间，贝子府已经行到，家将先进去报信，玛勒吉让着进门，净修踏进门，就留心观看，只见家人、太监都是恶狠狠、霸虎虎，不像善良之辈。经过两座殿阁，才到袯贝子起居之所。袯贝子起身相迎，净修打问讯见礼，袯贝子道："闻吾师来自河南，飞弹神妙，钦佩之极，弟子素性敬爱三宝，吾师在京，倘未有安禅之所，就请禅驾在我这里住下。"净修道："贝子爷如此好善，功德无量，就是小僧托着我佛洪福，得荷优待，心里总觉不安呢。"袯贝子请问过了法号、宝刹等几句应酬话，就谈论起武技来。净修本是惯家，自然问一答十，贝子十分快活。净修谈吐之间，很自留意。谈到京师情形，便就假作痴聋，装作不曾认识，不曾到过，开言道："河南人说起北京是天子脚下，如何热闹繁华，现在瞧着，也不怎么样，可知闻名不如见面，见面也很平常。"这几句话听得太监等都笑起来，因贝子爷在前，都不敢插语多讲，不过掩口匿笑而已。

玛勒吉道："师兄，你是初到京城，怪你不得，外边热闹的地方多得很，你都没有到过。正阳门外大街、廊房头条观音寺、大栅栏、煤市街、杨梅竹斜街、琉璃厂、骡马市大街、东珠市口、西珠市口、鲜鱼口、打磨厂、西单牌楼、西四牌楼、东单牌楼、东四牌楼、安定门大街、地安门大街、崇文门大街、正阳门外的香厂等都是热闹去处，过一天闲了，同你去逛逛，就知道了。"

一时已到开饭时光，贝子爷问："净师父用荤用素？"净修道："荤素都可以。"祯贝子就吩咐备酒。一时肴菜杂陈，大家入座。祯贝子举筷劝客，净修动了两筷，觉着肴菜别饶风味，夸赞道："做得好菜。"祯贝子道："这是南菜。我这个厨子是苏州人，他的老子原是鳌拜家的南厨，做得一手好南菜，鳌拜的妾，不是此厨做的菜不吃饭。这个厨子得着他老的秘传，做出来的菜，比众不同。"玛勒吉道："清朝圣人汤斌的中举人，听说是一个南厨替他设的法子，可就是他的老子？"

欲知祯贝子如何回答，且听下回分解。

第十八回

玛勒吉有意结净修
冯福清无心遇瑛特

话说玛勒吉问起汤圣人中举的事，原来这厨子的老子是苏州人，做得一手好南菜。那一年在河南睢州地方堕了水，几乎淹死，被一家人家救起。偏偏落水之后，又患一场大病。那家子姓汤，是做医生的，替这厨子父医药调治，治得他病痊愈身健，还给予盘川，赠予衣服。厨子父感激万分，就此进京，在韩家潭一家南馆子当厨子。此时鳌拜以公爷拜了相，威权赫奕，鳌拜新纳一妾，是苏州人，吃不惯北菜，鳌拜于是传谕京中各南邦馆子，每家做菜一肴，听新姨拣选。偏偏选中了这厨子的老子，于是厨子父被召入相府，专做新姨的饭菜，旁的事情都不要他管，职司很闲散。

这年恰有乡试，各省的正副主考都来拜望鳌相，并请示关节，客往宾来，很为热闹。厨子父私问家人，众多宾客，来此何为，众家人见他如此，有笑他傻的，也有怜他诚实，告诉他真话的。他听了主考请关节，仍是不懂，又问主考是什么官，关节是什么事。那家人只得再告诉他，主考是乡试的主试官，举人中与不中都在他手里。关节就是暗号，有了这暗号，文章平常也好中

115

举人。厨子父听了一愕，就问河南省主考，可也来这里请关节没有，那家人听了笑道："天下乌鸦一般黑，河南主考岂能独异，自然也来的。"厨子父道："那么河南秀才有了关节，也可中举人的了？"那家人道："那又何消说得。"厨子父道："我河南地方有一个恩公，他那少爷是个秀才呢。"

这日开过晚饭之后，厨子父央老妈子通知新姨太，说有事求见。新姨太还没允，早见门帘掀起，一个汉子钻进来，对自己挚挚诚诚，尊了一声新姨太，双膝着地，边匍边匐，磕下头去。新姨太认得是厨子，问他做什么。厨子父求道："我这件事总要新姨太替我做主，求新姨太开莫大之恩，允许了我。"新姨太问他何事，厨子父道："小的在河南地方有一个恩公，救过小的性命，倘没有这位恩公，小的狗命早没有了，如何能够伺候新姨太。现在河南有乡试，恩公的儿子是应试的，求新姨太开恩，赏一名举人。"说毕，碰头不已。新姨太笑道："我当是什么大不了的事，原来不过是要一个关节，那不值什么，你开上名字来，我交给相爷就完了。"厨子父叩头称谢而出。

一时鳌拜进房，新姨太就把厨子求关节的话说了一遍，并言我已允下，鳌拜皱眉道："此事如何不问我一声，就允下人？倘在两三日前，不要说一个，三个、五个都可以，现在人家已经动身到任，如何好办？"新姨太见鳌拜作难，顿时撒起娇来，开言道："本来呢，我也不配求事，一开口就给我一个没脸。你明知我已经允下了人家，却故意地作难我，使我丢脸，我丢了脸你相爷脸上才光辉么？在不知道的人，只道我在府中，相爷如何如何地宠爱，哪里知道连一个三等奴才都不及。"

鳌拜见了，心极不忍，忙用好言安慰。新姨太道："你也不用与我假惺惺，现在我允了人家，你不允我，叫我用什么脸子见人？求你快把我那厨子回掉了，免得我做难人。"鳌拜说道："只有此厨做的菜最合你的口味，回掉了，叫谁做菜？"新姨太道："横竖我不吃饭了，做菜来做什么，连这点子事情都办不了，我还有脸子见人？"鳌拜要讨新姨的好，忙道："快把名字交给我，立刻替你办去。"一面叫传家人预备快马，鳌拜亲笔写了一封信，吩咐家人昼夜兼程地赶去，送到闱场，要主考的回信。飞骑赶到河南，闱场已经封门，听得鳌相专骑送信，监临等赶忙开门出接。顷刻间闱中忙乱起来，正副主考吩咐房官，留心物色，所有荐卷落卷，搜了个遍，搜不到睢州汤斌这一卷，大家面如土色。正主考道："把试卷的弥封都已拆了，找不到如何好回复鳌相。"副主考道："也许此卷早早地中了。"一句话提醒了众人，再把中卷搜看，果然高高地中在魁里，大家一块石头落地。

谒座主这日，汤斌备手本进谒，座主非常客气，不敢以师位自尊，拉他上炕，并问老哥与鳌相是要好的，谅必常常通信。汤公茫然，座主又道："京中鳌中堂与老哥定有关系。"汤公道："师台训谕，门生愚不能解，什么鳌相，什么鳌中堂，门生乡曲下儒，平素不出里门，交游是极少的。"座主道："这就奇了。"遂把鳌拜专差飞骑送信的事说了一遍，汤公不听犹可，一听之下，顷刻怒形于色，大声道："此种奸贼，谁愿意跟他认识？此番荷蒙栽培，倒成了我终生之玷！我明年会试，决不往赴。鳌拜在位一日，我一日不赴会试。"说毕，拂袖而出。这一件事情，哄传京国，成为佳话，所以玛勒吉还在问起。

当下，袯贝子就把这件事约略说了一遍。饭罢，玛勒吉约净修出外闲逛，喇嘛僧不穿僧衣，一般的长袍短褂、小帽缎鞋，不过没有辫子。净修却僧衣僧帽，和尚打扮，两人并肩而行。玛勒吉只道净修果然是初次来京，逐一指示，这是何街，那是何铺。

117

行到大栅栏，忽有一个汉子与玛勒吉招呼，站住了讲话，净修听他们讲的话，不很懂，一时那汉子点头别去。净修问讲话的何人，玛勒吉道："他是廉王府的清客，姓张。"净修道："他讲的话，我不很懂。"勒玛吉道："他是广东人，讲的都是广东话。"这两人逛到傍晚才回。

等到黄昏人静，净修就结束定当，偷偷飞出贝子府，到各处侦察。行未多路，忽见一条黑影，自右而左，一闪就过去了。净修急忙施展轻身术，飞步追赶，那黑影知道有人追赶，跑得愈快。净修也奋力地追，眼看追上，那黑影翻过一个屋脊，一转眼就不见了。净修腾身而前，跃上屋脊，举手向眉上一遮，蔽住了星光，向下面观看。忽闻脚下有人低声道："来的不是净师父么?"倒一愣，问："你是谁?"那人跳起身道："净师父连云中雁都不认识了?"净修道："原来是你，怪道那么迅疾，不是你，谁有这么好身手。"云中雁道："净师父在哪里，现在往哪里去?"净修遂把途遇玛勒吉，被袱贝子留去的话说了一遍，转问云中雁从哪里来，皇上与三云可有点子消息。云中雁道："不能说是确实消息，只好当作风闻罢了。"净修急忙追问。

原来西直门外三十余里，有一座高山，叫作西山，每逢大雪之后，白压压一山堆银积玉，映着阳光，光腾万丈，这风景就叫西山晴雪，列为燕京八景之一。山前有一个村庄，叫作昆明庄，庄上倒也有百十来家人，家内中有一个富户，姓冯名叫福清，家资百万，福冠京西。上代本是开典铺的，在京师河间一带，设有好多家典铺。到福清手里，因为懒怠应酬，淡于名利，把各处的典铺盘顶于人，闭户乡居，享一个清闲之福。每遇风和日暖天气，同了二三知己，有时东游昆明湖，有时西登西山，逍遥自在，宛如陆地神仙。只有一桩缺陷，三世单传，人丁稀少。冯福清年已三十八岁上成的亲，男果女花都不曾见过，连娶三个妾，也没有生育。为了此事，不免郁郁寡欢。

这一年因事进京，在骡马市大街遇见一个喇嘛僧，名叫陀瑛特。这陀瑛特自称会诵各种符咒，善治百病。冯福清见他生得广额隆准，狮口虎目，脸色红紫，精光射人，很像个罗汉模样，不禁心生企慕，遂问："没有儿子可医不可医？"陀瑛特见冯福清衣冠整齐，知道绝非等闲之辈，遂请问姓名住址，福清照实回答。陀瑛特道："原来施主就是京西冯百万大财主，街中不是讲话之处，咱们找一家馆子细谈吧。"两人就近找了一家馆子，拣副座头坐下。

冯福清重新启问，陀瑛特道："天道生生不息，那是最要紧的事，我们为人治病，种子原是第一项，不过种子却不比别的病苦，一要有命，二要有缘。今儿施主遇见了我，不可为非缘，但不知施主命中该几时得子，倘然命中注定应晚年得子，强求也是无益。我的符咒药丸未始不可人力回天，不过命中注定该晚得，早生了不是不易长养，就是忤逆不孝。"冯福清问："要多少银子酬谢？"陀瑛特道："不过是结一个缘，不要银子的。我们喇嘛僧，不比中原的和尚，动不动就要募捐写愿，我们喇嘛是不要钱的。"冯福清见说不要钱，心下大喜，遂问："命中得子该早该晚，如何会知道？"陀瑛特道："这个须细看夫妻两人的相，有无冲克，有无避忌，才能够定当。"冯福清道："我就请师父到舍间，看看荆妻与小妾的相如何？"陀瑛特道："既蒙施主推心见委，自当竭诚效力。"福清大喜，当下会过钞，出了馆子，陪着陀瑛特径回昆明庄来。

一时行到，众庄客瞧见冯福清，都嚷"富家的回来了"。进了庄门，见是很大一片院场，两旁都是厩房，骡马成群，都在那里腾骧嘶叫。冯福清令庄客开启中门，让陀瑛特由中门而入，陀瑛特也不推让，却笑道："冯施主，怪道你做了大财主，住在乡庄，这么知礼，我们喇嘛都是佛弟子，轻易不肯到人家，旁门小户是不走的，只是寻常百姓，不很懂这个规矩，知照了他，还不肯依从。你却不待知照，就开启中门，照你这么聪明，不容说得，定有灵根凤慧，我知道你定能够早生贵子。"

冯福清听了，心更欣然，当下直引陀瑛特到内堂坐定。庄客打上脸水，请佛爷洗脸，洗过脸，泡上两碗清茶。陀瑛特坐下喝茶，就问："施主府上有几位夫人?"冯福清道："弟子共有一妻三姜。"陀瑛特又问成亲日子、年岁长幼。冯福清道："弟子妻房现年二十八岁，三个小姜，一个十九岁，两个都是十八岁。"陀瑛特大喜。

欲知后事如何，且听下回分解。

第十九回

云中雁夜探昆明庄
净修僧巧遇血滴子

话说喇嘛僧陀瑛特听冯福清说出妻妾年龄，心中大喜，遂道："既是这么，就请大奶奶、姨奶奶出来吧，待僧人细心相看，倘是宜男，就可虔祷佛祖，早赐麟儿。"冯福清道："但愿佛祖有灵，弟子总感谢不尽。"说着起身入内。一时大奶奶常氏，姨奶奶景氏、褚氏、蒋氏，都叫小丫头子扶着，袅袅婷婷地出来。冯福清陪着，向陀瑛特道："这就是荆妻子，这就是小妾。"陀瑛特起身招呼，常氏同三个姨奶奶都口尊大师父。陀瑛特道："请坐，请坐。"大家归了座，陀瑛特放出全副精神，逐个细细地打量，只见这一个是沉鱼落雁之容，那两个是闭月羞花之貌，环肥燕瘦，各有各的好处。打量已毕，开言道："四位奶奶都是宜男之相，包在僧人身上，今年都可以受孕。"冯福清再三称谢，陀瑛特知道她们怕羞，忙道："奶奶们有事，请里面去吧。"常氏听说就起身，景氏、褚氏、蒋氏也跟着起身，都入内去了。

这里冯福清与陀瑛特攀谈，询问求子情形。陀瑛特叫先预备两间净室，一间供奉大欢喜佛像，一间为喇嘛诵经之所，佛房的隔壁预备下四个房间，是四个娘娘安歇的僧房，隔壁也预备下一个房间，是冯福清安歇的。冯福清要入四个娘娘的房，必须经过僧房、佛房，四个娘娘要入冯福清的房，必须经过佛房、僧房，这佛房、僧房就是男女交通的大关键。冯福清为了后嗣，无话不听，无令不从，立叫庄丁赶紧布置。不过两日工夫，都已布置就绪。陀瑛特才在佛房中悬挂起大欢喜佛的画像来，张上黄绸幔子，把画轴蔽住，佛前设了案子，案上风灯、香炉，扎上帏桌，无不应有尽有。僧房中一般床帐、几椅、蒲团、钟鼓，各事舒徐。陀瑛特点上香炉，请信士冯福清，信女常氏、景氏、褚氏、蒋氏一同参谒佛像。陀瑛特也穿戴法衣法帽，赤帽朱衣，丹鞋红袜，浑身上下，一赤如火，口诵梵音，念出喇嘛经咒。冯福清见黄幔双垂，瞧不见画上佛像，向陀瑛特道："师父，我们虔诚叩谒，不得仰瞻佛像，可否请你把黄幔子钩起，令我们瞻仰瞻仰。"陀瑛特道："还早呢，我们喇嘛教不比内地禅门，大欢喜佛的庄严，又不比别佛，将来总要请信士、信女瞻仰的，眼前却不能够，这总要请施主们原谅。"参谒过了，大喇嘛又到信士、信女房中念咒，每个房间都念上了咒，随请冯福清与常氏、景氏、褚氏、蒋氏各自归房安睡，各归各房，不准私相来往。

到了黄昏，大喇嘛诵经叩佛，信士、信女随同叩拜，大喇嘛陀瑛特在佛前取出葫芦，拔去了塞，倒出七粒梧子般的药丸，又喃喃念上几遍咒，正色道："这是种子金刚灵丸，施主服下了，定有奇效。"冯福清大喜，就佛前一气吞下，过了几口清茶。陀瑛特道："此药迭著奇效，连服三次，就能成功。"不意吞下不到半个时辰，少腹就觉一阵一阵微微的痛，痛了一会子，也就过去了。次日早晨，又叫他服，临睡又叫他服，一共服了三次，服一次，肚子痛一次，到第三夜，大喇嘛即叫信女褚氏在佛前叩拜，给予一丸灵丹妙药，叫她在佛前吞下，这一丸药真灵，吞下不到一刻工夫，就觉丹田中热气上腾，芳心摇摇，不能自主。陀瑛特就叫她到冯福清房中去，褚氏巴不得一声，欣然去了。不过半个时辰，重又出来，脸上现出万分失望的样子。大喇嘛道："姨奶奶，你有不如意事，只消到佛堂求祷，包可如意。"褚氏依言再入佛堂，见黄幔子已经挂起，显出佛像。不瞧时万事全休，只此一瞧，就瞧出大乱子来，什么大欢喜佛，竟是一幅大秘戏图，偏偏是活色生香，神情欲活。褚氏瞧得出了神，忽闻背后有人叫道："姨奶奶，别尽出神了。"褚氏回头见是陀瑛特，问师父做什么，陀瑛特道："快跟僧人房中参禅去。"褚氏身不由主，跟了他就走。

原来陀瑛特本来不怀好意，冯福清不合引狼入室，服了他三回药丸，竟然成了个阳痿之症，就此残废，可怜中计。褚氏第一个吃他骗上手，不过四五天工夫，冯福清的一妻三妾，都做了大喇嘛入室弟子，福清究竟不是聋瞽，具有耳目，岂无闻见，就想大开交涉，收回主权。偏偏万恶番僧，淫凶狠毒，不但奸占他的妻妾，并且霸据他的资财，生防福清有什么举动，将他锁闭一室，只说是静养，一应家人都不许进见。

冯福清此时举动已失自由，号令不行，身外回想前情，懊悔莫及，没法奈何，只有静坐自忏，默诵《妙法莲华经》而已。果然我佛有灵，经卷神效。这夕夜深，福清正在闭目诵经，忽闻窗格响动，张眼一瞧，见一个汉子探身而入，那人背插钢刀，浑身穿黑，跳进身，先把案上如豆的灯火剔了个亮，然后轻声喝问："你这厮，姓甚名谁，为甚这么夜深还不安睡，坐着做什么？"冯福清道："我被人锁住在此。"那人诧道："你为甚被人锁住，你的家在哪里？"冯福清道："此间就是我家。"那人更为诧异，追问其故。冯福清两泪交流，遂把如何遇见喇嘛僧，如何请他到家，如何受他暗算，陡成阳痿，并眼前妻妾之被他奸占，资财之被他霸据，细细说了个尽。那人不听则已，一听之下，顿时愤火上腾，拔刀在手，喝了一声"我去取他的脑袋"，猴子般一蹿，早已没了个影踪。

　　看官你道此人是谁，原来就是血滴子队长云中雁。这云中雁在城内城外访了个遍，不但雍正帝影迹杳然，三云也绝无音信，于是到四乡来查问。这日访到昆明庄，因见冯福清家房屋高大，人口众多，颇为触眼，俟等夜深人静，腾身上屋，走脊飞檐，前来侦视。恰恰闯进囚所，遇见了冯福清，询知一切，不禁愤火上腾，拔刀在手，问明陀瑛特的住屋，腾身而出，飞一般地找出。偏偏陀瑛特不在屋中，排间儿找去，找到一室，见是灯火通明，室中还有笑语之声。云中雁伏在窗外，瞧着只见一个番僧，四个女娘，团坐一桌，正喝酒呢。不觉大怒，拨开格扇，大喝一个字道："呔！"就这"呔"字中间纵身一跳，已跃入了室内，振臂一扬，刀光四射，冷气逼人，屋中男女五人唬得不约而同地"哎哟"一声。

　　云中雁喝道："你这万恶淫秃，认得我么？"

　　陀瑛特惊得面如土色，慌道："英雄爷，僧人并不曾得罪你老人家。"

　　云中雁不等他说完，霍的一刀，直掠过来，陀瑛特急忙跪下求饶。

　　云中雁道："你这秃驴，既做了佛门弟子，很该严守戒律，为甚奸占人家妻妾，霸据人家资产，讲来！"

　　陀瑛特道："英雄爷在上，喇嘛教不比禅门，酒肉女色，原不戒绝，不过不能够荒淫无度，僧人怜念冯施主不能生育，大发慈悲，代他种子，似也无甚不合。"

　　云中雁怒道："淫秃，还敢饰辞巧辩，请尝我钢刀滋味。"手起一刀，寒光闪闪劈将下来。

　　陀瑛特一边躲闪，一边求道："请英雄爷瞧我主子分上，饶我一命。"

云中雁收住刀，喝问："你主子是谁？"

陀瑛特道："我主子就是廉亲王。"

云中雁道："你既然是喇嘛僧，为甚不住喇嘛寺中，倒投在亲王邸第？"

陀瑛特道："就为王爷敬礼三宝，才投奔他的。"

云中雁道："你在王府中干过多少不法事，害过多少人，讲来！"陀瑛特回说没有，云中雁道："不信你会不干坏事，你到底干过多少不法，害过多少好人？"

陀瑛特道："我们喇嘛从来不会打诳语，我在廉王府，不但不曾干过坏事，还立了一件大功呢。那日王府中来了两个飞贼，触动了削器消息，是我帮同拿住，跟上一日拿住的那飞贼，一同监禁的。"

云中雁忙问："上一日先拿住了一个么？"

陀瑛特道："上一日拿住一个，下一日又拿住两个，一并监禁在地穴里。"

云中雁道："拿住三人之后，又有人来过没有？"

陀瑛特道："我因遇见了冯施主，要紧来此做功德，王府的事，不很仔细。"

云中雁大怒，举手一挥动，只听得咔嚓一响，血花飞溅，万恶番僧早挥作了两段。常氏等四个妇人唬得直跌倒地下。云中雁纵声狂笑道："爽快，爽快！"说一声"我去也"，也纵身上屋，转瞬就没了踪迹。这里常氏等见一个死和尚倒在血地里，又羞又恨，又怕又惊，只得到信士室中，放出丈夫冯福清，告知一切。冯福清听说恶僧已死，心中大快，随叫庄丁在天井中掘了一个深窟，把僧尸埋掉，洗去地上血渍，一语交代，不再提起。

且说云中雁从喇嘛口中听得廉王府两夜中连获三人，很属可疑，想亲到那里探一个究竟，因此蹑足腾空，施展夜行本领，不意恰被净修瞧见。当下，两人招呼过了，净修问圣驾与三云有无消息，云中雁道："不能当作确实消息，只好说是风闻呢。"随把探到昆明庄遇见万恶番僧陀瑛特一节事，一字不瞒说了一遍。净修道："番僧的话如果确实，三云准在那里。"云中雁道："三云不在那里便罢，如果准在那里，我知道圣驾也一定在那里。"净修道："何以见得？"云中雁道："必是廉王府有甚不端事情，被皇上闻得了，才派人去侦探，王、贝勒府究竟不比寻常百姓家，不奉旨意，谁敢私自窥探，必是先去的一个没有回报，才续派两人去的，派往那里干什么事，只有皇上知道。皇上必因派去的人一去不回，才亲动御驾的。据番僧说来，削器消息拿住人，那么廉王府的布置必很周密，能人必不少，不然三云与皇上也绝不会遭擒的。净师父，你听我这一番话，说得错了没有？"

欲知净修如何回答，且听下回分解。

第二十回

窥削器双杰入花园
隐姓名五雄投王府

话说净修听了云中雁的话，点头道："你的话不为无见，现在咱们商量一下子，该从何处着手。"云中雁道："廉王府既有消息削器，能人决然不少，我想先去探探情形，再定办法。不过你我此去，须要步步留心，时时着意，一触着消息，就纵上屋去，屋上总不会有消息的。"净修道："此计甚妙。"于是二人各施飞行本领，径向廉王府进发。

霎时之间，都已行到，净修道："谁先上去？"云中雁道："净师父先请。"只见扑扑两条黑影，一先一后，都上了墙头，分左右两路探去。如今先表左路的净修在墙头雀步蛇行，走到三五十步，望到地下，见是一条甬道，星光之下，瞧去很是洁净，一个健步腾身跳下。忽闻吱喽喽吱喽喽一阵怪响，两旁奔出两只木狗来，张口奋牙，向人奋扑。净修大惊，喊一声"哎哟"，急忙腾身跳上了屋口中，连说："厉害！厉害！"雀步蛇行，游过两个屋脊，重又跳下，不意才一着地，一声奇响，上面斫下一把大刀来，净修急忙倒退，一缩身，踏在阶石上。忽觉脚下活动起来，阶石正沉下去呢，只得疾步退出，蹿身上屋，站住了喘气。知道遍处消息，动

127

辄遭殃，不敢再行冒险，只在屋上侦察。查到右侧，瞧见云中雁也在那里探头，净修拍手招呼，云中雁也拍了两下手。

两人走得近了，云中雁问："撞见消息没有？"净修把经过的事情告知了他，云中雁道："厉害！厉害！我也撞着了三回削器，第一回是木狗，第二回是木人，第三回是飞箭。亏得抽身疾退，不曾着得道儿。"净修道："此间竟实施铜墙铁壁，瞒埋消息，削器众多，可不能够轻易刺探。"云中雁道："不如回报本部，候怡王爷、隆大人示下，你我两个人凭有通天本领，要破这廉王府终也难。"净修道："这话很是当下。"两人不过在屋面上察看一周，随回潜邸，告知血滴子各队长，一面飞报总理大臣怡亲王允祥、舅舅隆科多。

次日清晨，怡亲王与隆科多先后都到潜邸，血滴子人员，监军净修，队长云中雁、邓起龙、张人龙、吕翔龙，都来谒见。怡亲王道："这么不法的事，竟然是他所干，真是出人意料之外。"隆科多道："难怪那日布置各事，安闲镇静，一丝不乱，原来说是非者，就是是非人。"怡亲王道："话虽如此，究竟主子是否在他家里，还没有知道。"净修道："据僧人看来，如果正大光明，何必安置消息，埋藏削器消息，布置得这么周密，就可见是无私有弊。"隆科多道："云中燕这么巧，削器消息什么不懂得，尚然一去不回，要破这廉王府，倒是很费事的一件事。"众人听了，齐都踌躇。

怡亲王道："主上蒙尘，做臣子如何再好爱惜生命，说不得养军千日，用在一朝，事到如今，诸位血滴子是义不容辞的。只好劳你们了。"云中雁道："王爷的钧谕自该谨遵办理，断不容稍有疑虑，某等受恩深重，就是肝脑涂地，也难仰报万一。不过事关救驾，总该谋出万全。皇上圣驾果然在那里不在那里，且提开

128

不必讲，就算在那里，这座廉王府铜墙铁壁，那么坚固，消息削器，那么厉害，咱们血滴子就全军都去，也无非自投罗网，一个个被他擒住。在我们草木一般的人，原也不值什么，但是兴师动众，突然地损兵折将，于圣驾依然丝毫没有利益，那又何必。"怡亲王道："照你说来，主上尽管蒙尘，咱们尽管自在，这件事尽可丢开不管，是不是？"云中雁道："王爷恼我，我知道王爷为着爱主情殷，凡是吃饭的人，自不敢稍怀怨恨，但是血滴子已有三个遭擒，白送命也无济于事，总要想一个万全之策才好。"

说到这里，忽见众人中有一个大声道："哎哟，不得了，坏了事也！"众人齐吃一惊，云中雁回头，见这发话的不是别个，就是监军净修。隆科多就问："净师父做什么？"只见净修睁着铜铃般两个眼珠子道："闯下祸恶，如何是好？"众人齐问其故，净修道："现在天色已经大明，叫我如何处置？"隆科多道："究竟为了什么事？"净修道："我遇见玛勒吉，引见了祧贝子，昨日夜里明明住在祧贝子府，今儿他们入房不见了我，岂非要怀疑的么？这件事如何是好？"

众人见话，齐都低头思索，还是隆科多想出了一条计，遂道："既是净师父投在那府里，正好将计就计，这座廉王府布置得这么周密，非内应外合，决难攻破，现在不妨多派几个，就叫净师父做引头，投入那边去。祧贝子与廉王府是一党，进得祧贝子的门，就可以借势入廉王府，到了那里，就可以明察暗访，查着了，就可以内应外合，一举手攻破它。"

净修道："隆大人想的果然是妙计，只是我昨夜不曾回去，如何再能替人做引子？"

怡亲王道："昨夜在外，才是好机会。你就可说遇见了两个朋友，谈得高兴，不及回来。他们必然要问睡在府中如何会遇见朋友，你就可以说我的朋友都是飞客，走脊飞檐，高来高去。他们必然要问你那友进京来干什么，你就回他无非偷富济贫，那么他们自然不会疑你，有别事自然要你引你那朋友入府，那不是昨夜在外，正是好机会么？"

净修见说有理，也就高兴起来。当下，众人互相推举，推出了四个人，是云中雁、邓起龙、吕翔龙、张人龙，都是血滴子军中出类拔萃的人才。推举已毕，隆科多就向云中雁等道："偏劳你们五位，无论如何，总要将真实消息探出，使主子早早回宫，奸王早早正法，上安宗社，下快人心。"云中雁道："某等人非草木，身沐皇恩，自当竭智尽能，赴汤蹈火，以急君父之难。隆大人尽管放心，到了那府里，总望神明保佑，凡是顺手。果然探着圣驾所在，最要紧第一件自然是救驾，救出了圣驾，再请旨办理别事。"怡亲王听了，点点头。净修道："咱们就此起行吧。"于是净修、云中雁、邓起龙、吕翔龙、张人龙一行五人，起身就走。

隆科多唤住道："你们姓名都不更换么？奸王既然造逆，府中能人必然不少，你们声名太大，他们虽未必认识你们的人，难保不知道你们的名，那就很不妥了。我看真姓名万万不能说出，假姓名万万不能不预备。"吕翔龙道："隆大人心思周到，所见真不差，我们快斟酌斟酌。这么吧，我们改名为姓，当作同胞弟兄，都姓了龙，邓大哥就唤龙大，张二哥唤了龙二，我做了龙三，云兄做了龙四，彼此叫着也很顺口，你们看是如何？"众人齐说"好极"。

当下净修同了四龙不走前门，就潜邸后门出去，径投禩贝子府来。一时行到，净修闯门而入，不意行到仪门，已被守门侍卫拦住，不许进去。净修道："我是府里的宾客，昨日进府的。"侍卫问："由谁引入？"净修回明是玛勒吉引入的。侍卫道："我们新奉贝子爷钧谕，严防奸宄，稽查出入，府中宾客人等，都给有符号，师父既是本府宾客，请符号出来一验。"净修道："我不曾领得符号。"侍卫道："没有符号，可就不能放你入去。上命所在，不能通融，休怪，休怪。"净修道："我昨日到此，还不曾有符号。"侍卫道："才奉到贝子爷钧谕呢。"净修没法，只得道："烦你报知玛勒吉，说净修要见。"侍卫入内通报，不多会子，就见喇嘛玛勒吉同了侍卫出来。

净修急忙趋前，打问讯见礼。玛勒吉道："净师兄，你怎么倒在这里？"净修道："一言难尽。我昨夜因起来解手，瞧见屋上人影，遂上屋瞧看，不意来客是熟人，就是旧友龙二，来京做买卖，飞行过此，我就告诉他这里贝子爷礼贤下士，十分好客，我已投奔了来，邀他同来做客。龙二告诉我，龙大、龙三、龙四都在京中，我知道他们弟兄义气，绝不肯分拆，就跟他同去。偏偏四龙住的所在远在京西玉泉山上，飞行往来，到此刻才到。虽然忙了一夜，亏得四龙闻得贝子爷贤名，都乐投奔效用。"玛勒吉听说迟延，半晌开言道："偏有这么巧的事，倒是我不合，错疑了好人。"净修此时，早命四龙上来与玛勒吉相见，各自通名自述，喇嘛僧究竟性直，听了这一席话，竟然信以为真，遂道："如此，请诸位里面来谒见贝子爷。净师兄，贝子爷问你话，你照实陈明是了。贝子爷倘要保人，由我作保是了。"净修大喜，连称"全仗，全仗"。

玛勒吉引净修等入内谒见裓贝子，玛勒吉附了裓贝子耳，低低说了一会子，裓贝子问了几句话，净修照方才的话，重说一遍。裓贝子道："玛师父，你肯作保，我就相信。"玛勒吉连称"愿保"。裓贝子喜道："那就好了。"遂问四龙："尔等来京，意欲何为？"龙大道："回贝子爷话，我们在河南地方受过血滴子的

131

亏，练技三年，蓄心报复，此番来京，就想报仇雪耻，跟血滴子拼一个死活。"祺贝子喜极道："你们在我这里包可报仇雪耻。玛师父引他们下去，好好当差就是。"四龙齐都叩谢，退下来就与众英豪相见。

贝子府中英豪很不少，一个山东马镖师，绰号玉蜈蚣；一个江南金拳师，绰号小辫子；一个铁嘴老鸦杜兰，是四川著名响马；一个穿云燕子彭胜，是湖广头等飞贼。与四龙互通姓名，互称钦佩。这夜祺贝子备酒替龙大等接风，过了两日，龙大等各显本领，各自称能习练飞檐走脊之功，施展蹑足腾空之技，祺贝子瞧得大喜，于是示意玛勒吉叫他邀净修等五人入维止社，玛勒吉遵命拉拢。净修等都各大喜，满口愿意，龙大偏问维止社是怎么一个宗旨，玛勒吉道："维止社宗旨就在铲除血滴子。"龙大道："那是我们求之不得的。"

欲知净修等入社以后，有何举动，且听下回分解。

第二十一回

五豪杰加入维止社
两大臣催救雍正皇

　　话说净修等应允了加入维止社，禊贝子就亲到廉王府报告。廉亲王细问来踪，禊贝子道："尽管放心，我也知道关系重大，轻易不敢引进。经社友玛勒吉作保，我又暗中留神，侦察了他好几天，果然本领高强，心地诚实，才敢邀他入社。"廉亲王道："本领也还是罢了，最要紧就是心地，即如那人，论到他本领，聪明才智，咱们弟兄三十五人，谁比得上他，就为心地一坏，弄成现在这个局面。此刻社友中有不得一两个心地不端的人，贪图富贵，一走漏风声，我和你的身家性命，就都断送在他手里，所以搜罗社友，本领一层还在后，第一要心地好，第二要口齿紧。"禊贝子道："我已经考察明白，万妥万当，绝无妨碍。"廉亲王道："十阿哥既然做得保人，我也就此深信不疑。"禊贝子道："兄弟回去，就叫玛勒吉陪他们来，八爷亲自盘问一遍，才知我所引不误呢。"

　　到了这夜黄昏，净修、龙大、龙二、龙三、龙四更换好衣服，与玛勒吉坐着闲谈，忽闻一阵哗闹之声，灯球火把，拥进十多名番役来，玛勒吉大惊，正欲讯问一个晶顶武官，向净修一指道:"在这里了,给我都拿下!"就只一声喊,众番役抖出铁链,将玛勒吉、净修、四龙一起上链下锁,拖了就走。走到大门已有五六乘骡马候着,推上骡车,驱车起行,但闻蹄声嘚嘚,轮声辘辘,车帏四罩,望去漆黑,宛在妈肚子里一般。好久,车始停下,也不知是什么所在,即有番役呼喝下来,拉铁链下车,却是一所很大的衙门,净修等都莫名其妙,只得跟随番役进衙门,直到二堂,只见堂上设着公案,签筒、笔架、朱墨、笔砚一应俱全,案上点有两盏明角灯,公座上坐着一个翎顶辉煌的什么官员,两旁番役站得刀斩斧截,各式刑具全备,威风凛凛,严肃异常。只听番役道:"这里是步军统领衙门,尔等上堂须得好好供认。今日是总兵大人亲自审问。"

道言未了,上头吩咐带上净修、龙大、龙二、龙三、龙四齐到公堂,两旁番役齐喝"跪下,跪下"。净修道:"某等并不曾犯法,跪什么?"

那官员一拍案道:"现有人告下你结党联盟,图谋不轨,到底何人为首,结盟何地,从实供来,本官还能替你开脱。本官知道你们本是安分良民,一时受愚,被人勾结,只要供出为首之人,就可与你们无涉,准你们具结悔过,释放出去。倘不招供,本官的王法是不能用情的,快讲,快讲!"

净修道:"僧人素来安分,不犯王法,就这几位也都是安分良民,并未结党,何有联盟,叫我供出什么来?"

那官员大怒,喝令用刑,左右番役答应一声,掷上夹棍,连催快供招了,免得受苦。净修闭口不语,那官员忽命把该僧带过一旁,改讯四龙,四龙也不招认,齐呼冤枉。那官员又命带过,带上玛勒吉,细细熬审,不意玛勒吉畏惧官威,竟然一口招认。那官员勃然大怒,提上净修等五人,喝道:"你们这一起刁恶囚徒，现有番僧玛勒吉供词为证，本官问你们，还有何说？"

两旁番役都道："番僧已经供认，你们不招认也是个死，不如早早认了，免受苦恼。"

净修等依然矢口不承，那官员拍案道："这一起该死的囚徒，不招认也罢，已有玛勒吉供词做证，不如推出斩掉，立正王法。"遂喝速速捆绑，推出斩首，就走上了十五名番役，三个服侍。一个霎时之间，净修等五个人都被捆成个馄饨样子，番役拔出刀，耀眼争光，很是怕人。净修等依然面不改色，那官员喝令推出，众番役推着就走。才走得十多步，忽闻后面一阵笑声，都说"靠得住，靠得住"，就见走上十个人，给净修等解去捆缚的身子，祶贝子笑着上来，向净修道："廉王爷深虑你们不能谨守机密，想出这法子来试验，现众位的铁石心肠已经大明，再没有人疑虑了，就请入社吧。"玛勒吉也上来再三告罪。

原来官员、番役都是社友假扮的，这里并不是步军统领衙门，就是廉亲王府。言明之下，彼此一笑。祶贝子引净修等五人谒见廉亲王，就大殿上点起香烛，立誓结盟，言明扶助大清，诛奸除佞，有福同享，有难同当。誓毕，社友张兰芳宰鸡一头，滴血酒中搅了个和，双手捧与廉亲王，廉亲王喝了一口，递与禟贝子，禟贝子喝过，递与祶贝子，祶贝子喝了，递与恂郡王允禵，允禵喝过，才及众社友。因净修等五人是新人入社的，张兰芳就递过来请他们先喝，新社友喝过，老社友才接着逐一挨次地喝。一时喝毕，计点人数，老社友一百三十七人，新社友五人，合计一百四十二人。从此净修等做了维止社社友了。

次日，觑一个便，龙四偷偷地奔回潜邸报告，来去迅速，幸喜无人撞见。净修私问玛勒吉这"维止"两个字怎么解释，玛勒吉道："这'维止'两字就是雍正去掉头的意思，差不多就是雍

135

正杀头呢。"此时净修等虽然做了社友，究竟新来晚到，没有老社友的信任，重大事情廉亲王总不肯派他，不过叫人关照花园中晚上各处都开了消息，不能随便行走，谨防受伤。偏偏龙四是刁钻古怪，探知各处消息，各种削器，都是广东人张兰芳所造，就虚心下气，交结张兰芳，有意无意刺探他的秘密，想谋着这一张花园削器总图，就可以逞心如愿。无奈张兰芳也是个刁客，地北天南讲些不相干的话，谈风极健，谈到有关系的地方，却就绝口无言，龙四也奈何他不得。究竟是听者无心，言者有意，十句话中总不免有一二句走漏，龙四就谨记在心，久而久之，竟被他查探着一大半，知道有水牢，有地窟，地窟中现在囚禁着三个人。龙四暗暗告知净修，净修道："囚禁的是什么人，这三个人中有无皇上在内，还都要细细探听。"龙四道："我也这么想呢，但是问得急了，他们就要动疑，反为不美。现在我想一个法子，在此，我们五个人分段探询，譬如，上一段的事，由你询问，下一段就该我询问，再下一段就该由他询问得的消息，既多又可免去他们的疑虑。"净修道："此法甚妙。"于是暗中知照三龙秘密进行。果然不到几天，又探着瑞云轩后轩又囚着一个人，囚的是谁，再也探问不出，不过知道这一个囚异常重要，廉王爷每日亲自前来察看，老社友日夜轮班看守。瑞云轩左近都有多人往来巡逻，昼夜不绝。

净修偷回潜邸，告知大众，隆科多道："关防得这么严密，定是皇上无疑，倒不能不细细探一个明白。"净修道："我们在里头总尽心竭力做去，不过现在囚禁后轩的人，究竟是谁还不曾知道。"隆科多道："皇上失踪了这许多日子，我们做臣子的急得什么样子，茶饭无心，坐卧不宁，说不得只好靠在你们身上，无论如何总要给我把皇上找回来，万万不能规避，万万不准迟延。"

净修才欲回答，忽报怡亲王到，大家迎出。怡亲王一见净修，就问消息如何。净修据实回报，怡亲王皱眉道："万不料血滴子英雄办事这么迟缓，主子断然不会到别处去，我今日叫太常卿陈祖抟卜一课，他说不必找寻，准在京里。"隆科多听了一愣，遂道："陈景希太常果然是皇上特旨拔擢的，但是他究竟是汉人，口齿能否严密尚未可知，其实我也是过虑，王爷这么圣明，叫他卜的课，还有什么可虑呢？"怡亲王道："舅舅虑我把皇上失踪的事告知陈景希么？我再不济些，也绝不会如此颠顸，我叫他卜课，只说是寻人，并且我自己还不去，派一个内监去的。他回我此人现在京师，毋庸找的。不过眼前举动，他自己不能做主，现在照净修说来，这囚禁在后轩的重要人，决然就是主子。"净修道："僧人回去赶紧侦探，在这三日里好歹总要送一个确实消息过来。"说罢，纵身上屋，一道青烟转瞬就不见了。这里怡亲王与隆科多商议了一会子，决定等候净修回信，再定办法。

却说净修回到廉亲王府，趁左右无人，就告知四龙怡亲王、隆大人都很焦急，我已允下三日中探报确实消息，偏偏此间关防紧急，侦探不很容易，如何着手。四龙道："现在我们所知的，不过是囚禁着四个人，后轩中是一个，地窟中是三个，究竟有没有皇上在内？"龙大道："我倒有一个法子，可以探明究竟。这里屋面上盖的都是筒瓦，虽没有琉璃瓦那般坚固，揭取也非容易，所以我们的惯技揭瓦偷窥，断断是行不去。地窟做在屋中，我们新来晚到，情形不熟，偏又无从寻觅。我们现在的难处，正是为此。"净修道："确有此种难处，你又何从想法子呢？"

龙大道："我年来久历风霜，饱尝世故，已经不是五年前的邓起龙了。"龙四道："老大讲话，总是这么唠唠叨叨，不切题的。你说有法子，爽爽快快把法子说了出来就是，余外的话，讲他做什么。"龙大道："何必这么性急，两处囚人，一日三餐，是不会缺的。我们只消暗暗跟在搬饭小子背后，偷偷跟到没人的地方，把他一拳打倒，夺过他的饭盒，替他代送了去，不就乘势可以探一个究竟了么。"众人都称妙计，议定等候明日晚餐开饭就行。

一宵易过，转瞬已是明朝。净修等五个新社友，专盼天夜，好动手行事。自辰至午，自午至申，好容易已交酉刻，厨房中已在预备开饭，龙大、龙四担任后轩送饭，龙二、龙三担任地窟送饭，净修担任监视搬饭小子，不使他奔去报信。五个人身藏了快刀，径投大厨房来。

欲知后事如何，且听下回分解。

第二十二回

用奇谋双雄送晚饭
掣差签三杰管花园

　　话说龙大等五人身藏快刀，径投大厨房来。此时府中已经鸣钟请饭，维止社各社友都已齐集饭堂候吃，并且大厨房这一条路并不是紧要处所，所以进出的人很少。龙四打头，霎时已到大厨房门口，看菜的香味，一阵阵喷出来。龙四就向背后摇手叫龙大等别跟上来。净修腾身向上，只一蹿，早蹿上了屋椽，一手扳住椽子，把身子反贴在望板上。龙大、龙二、龙三跟随上蹿，都贴身望板，宛如四只蜻蜓。龙四向厨房一张，只见二三十个小子掇着食盒，在那里伺候。有三个厨子在那里配菜发放，只听厨子道："这是王爷的，这是福晋的。"就见两个小子捧着盒子出来了，打头更有一个掌灯的，掌灯前行。龙四隐过一边，候他们过去了，再行探视。各社友、各宾客的菜一一发出，各小子一一走过，才见他发付道："这一盒送往瑞云轩后轩，这一盒送往地窟。"随见两个人掌灯，两个人掇食盒走出厨房来。

　　龙四放轻脚步，紧紧跟随，椽子上贴着的四个人，也就跳下，轻灵便捷，寂无声响，五个人跟随几个小子，亦趋亦步，走到转弯地方，回望厨房，相离已远。龙四突然一个虎跳，纵过掌

139

灯小子面前拦住去路，拔刀在手，喝一声道："呔，要命的休嚷！"雪亮的刀就掠出来。那几个小子见面前有人横刀拦路，急忙回头向后奔跑，不意龙大、龙二、龙三、净修齐喝"站住"，那两个小子可就慌了。龙大道："谁送后轩的饭？谁送地窟的饭？快说。"一个小子道："小的是送后轩去的。"龙大道："不必费心，把盒子交给我，我替你代送了就是。"那人只得交过盒子。龙大道："你那衣服也暂时借给我一用。"那人没法，解下那件青绸罩衫。龙大放下食盒，接衣披上，掇了盒，向龙四道："走吧。"龙四就向掌灯的道："掌灯前导。"两豪杰押着一个掌灯小子，大踏步去了。这里龙二、龙三摆布那送饭地窟的小子，自然也这么如法炮制，把两个解去外衣的小子，都交给净修一个儿管理。

如今先提龙大、龙四押了那掌灯小子，曲曲弯弯，将到后轩，就有巡逻的家将上来盘问。龙四隐过一旁，掌灯的回称是送晚饭，巡逻的人就放他进去。龙大捧了食盒，跟着掌灯的家人，又转两个弯，已到后轩。只见轩中火光映射，出来掌灯的停住步，龙大掇盒子直闯进去。守轩门的家将问是谁，龙大道："厨房叫送饭来。"那家将一面掀门帘，一面咕噜道："怎么也不知照一声儿，往常到门，总是先行知照的。"龙大并不回答，踏进轩中，抬头见只有两个社友坐在那里闲谈。社友一见龙大，就向内道："菜来了，请出来用饭吧。"一个社友就向龙大道："你放下食盒子就出去，不必站在这里。"龙大装作不曾听见，呆呆地站着。正这当儿，只听得一阵脚步响，踱出一个龙颜凤姿的丈夫来。龙大陡吃一惊，此人不是别个，正是当代圣人、天下共主、血滴子全军大元帅雍正皇帝。雍正帝见了龙大，也吃惊不小，

"邓起龙"三个字几乎脱口而出，极力忍住了。但是唇掀舌动，那个"邓"字已经吐出音来。那个社友齐声呼喝："盒子还不放下，快滚，快滚!"龙大只得慢慢地放下了盒子，徐徐退出门来，依旧同了那掌灯的小子，从原路回来。

净修等早都在那里等候，龙二、龙三也恰回来。于是大家脱下那件罩衫，还给两个小子，嘱道："你们四个儿倘把今晚的事露泄了开去，我们立刻取你们性命。要命不要命，悉听你们自己处决。"四个小子都道："众位放心，今晚的事倘被外边知道，我们也都担着不是的，绝不会露泄。"净修道："不露泄就有命活，去吧。"四个小子宛如得了皇恩大赦，抱头鼠窜而去。净修瞧见他们去远，才道："我们回房去吧。"于是五个人飞步回房。

刚才坐定，还未讲话，就见喇嘛僧玛勒吉进来，净修急忙起身让座。玛勒吉道："你们五位为甚不吃晚饭?"净修道："恰在外边闲逛，吃了个锅贴儿，此刻还不饿呢。"玛勒吉闲谈了好一会儿，方才辞去。龙四道："这番僧真可厌，跟他敷衍了好一会子。"遂问龙二、龙三："你们到地窟中，可曾瞧见?"

龙三道："是我掇盒子下去，瞧得很明白。你道这囚禁的三个是谁?"

龙大接问道："谁呀?"

龙三道："就是咱们的监器云中燕、队长云中鹤、副监军云中鹞。"

龙四大跳道："可怎么样?"

龙二冷然道："已经囚了，要怎样呢，只好慢慢地想法子援救是了。"

龙三又问："你们探得怎么样?"

龙大也把后轩中瞧见皇上的事，说了一遍。众人齐吃一惊，都道："这厮们胆敢如此造逆，该如何办理？"五个人你望我，我望你，望了好一会子，依然是一筹莫展。还是龙四想出一个主意，主张回到潜邸，报知隆科多，请示办理。大家齐称很好，当下即由龙大、龙四两个腾身上屋，分出廉王府，径向潜邸而来。

何消片刻，早已行到，两人一先一后，飞进围墙，径投血滴子住宿的院子来。恰好隆科多在那里与众队员讲话，遇见龙大、龙四回来，就问邓起龙、云中雁，主子消息已否查得。龙大道："查着了。"遂把送饭后轩，瞧见皇上的事说了一遍，又道："三云也在那里，都囚禁地窟中。"

隆科多大惊道："竟然这么做出来，胆大叛逆，不法已极，实为天地所不容，人神所共愤。现在事不宜缓，可调齐御前侍卫与步军统领，赶往廉王府，奋力杀入，救出圣驾及被囚的血滴子。要紧要紧，赶速赶速！"

龙四道："救驾果然是最要紧不过的事，但是眼前调动人马，攻打王府，恐怕不能不有顾虑。"隆科多问是何故，龙四道："圣驾现在那里，咱们率众进攻，万一奸王被逼得紧，肆无忌惮，加害起圣上来，可怎么样？"

隆科多一听此言，就为难起来，很是踌躇，遂道："你们先回去，等候怡亲王到来，大家商量商量，再定办法。你们明日晚上同到这里听示。"

龙大应了两个"是"，回道："不瞒隆大人说，我们今日还没有吃晚饭，敢求赏一顿饭吃。"

隆科多道："哎呀，我竟忘记了，你方才不是告诉我临开饭就去办事的么，果然饿了。"随传话小厨房，做一锅锅贴儿来。

一时锅贴儿做好，两龙坐拢吃喝，吃毕已经三更时候，告辞起身，飞行同回廉王府去了。

次日黄昏，潜邸中大开议会，怡亲王允祥、舅舅隆科多，并各血滴子人员无不齐到。一时净修等五位英雄也都奔到，隆科多就把主子受难廉王府被困后轩，要派兵往救，难免投鼠忌器，要听其自然，又非心所能安，大家有高见，不妨说出来，我们斟酌而行。怡亲王道："据我意思，第一总要盗着廉府消息地图，就可以知道破它的法子，这一件事说不得只好遍劳净修师父等五位了。"

净修道："消息地图我早想过好多时，怎奈关防严密，不易偷盗。"

隆科多道："你们在里头总易设法，万万不可畏难，万万不能推托，能够救出圣驾最好，倘一时不能救出，就偷盗消息地图也好。"

净修等到了此时，真是义不容辞，只得勉强应下，回到廉王府，细心探视，白忙了一日夜，依然毫无眉目。

怡亲王焦急异常，重又召集会议。隆科多道："我现在想起，必候偷盗地图到手，夜长梦多，知道几时才能够办到？这一策失之太缓；立刻派兵围府厮杀，投鼠忌器，反致误事，这一策失之太急。我此刻想得一策，不急不缓，又稳又快，你们以为如何？"

众人齐问："计将安出？"

隆科多道："约定一个日子，派遣侍卫步军围住廉王府，血滴子军飞行上屋，内应外合，齐伙儿动手，内应的血滴子由净师父等五人统领，外合的军由我与怡亲王分着统领，怡王爷当着领侍卫内大臣，就统带侍卫队，我总算是步军统领，就统带步军队，攻其无备，出其不意，一举手就救出圣驾，拿住奸王。"

怡亲王连称很好，遂问："期定在几时呢？"

隆科多道："此事谋定即行，万万不能迟缓，怕的是人多口杂，难免泄露机密，机密一泄露，可就要坏事。明晚三更就动身。"

怡亲王道："很好，黄昏取齐，三更动手。"

计议已定，各人分头进行。净修等回到廉王府，依然谈笑吃喝，没事人一般，维止社众友一点子破绽都瞧不出。到了晚饭过后，廉亲王抽签派差，抽着六支签，恰恰是穿云燕子彭胜、小辫子金拳师、龙大、龙四、张云如、净修，派他们巡查各处。穿云燕子彭胜道："今晚差事派得真公道，三个旧社友，三个新社友，一点没有偏劳。"

龙四道："同是社友，谁计较劳不劳偏不偏呢，也没什么旧呀新呀。"

龙大道："公事果然是共同办理，最好总要划一划汛地，庶几职有攸归。"

小辫子金拳师道："汛地如何划分呢？"

龙大道："前后分作两汛，前汛专管府里，后汛专管园里，看是如何？"

众人齐称很好，随议定新社友管后汛，旧社友管前汛。张云如绰号是叫飞毛腿，金拳师绰号叫小辫子，彭胜绰号叫穿云燕子，当下穿云燕子彭胜、小辫子金拳师、飞毛腿张云如担任府里三面的防务，净修、龙大、龙四担任园里三面的防务，各自分地巡查。净修见时已黄昏，向两龙道："你们且守着汛地，我飞回潜邸取齐去。"两龙应允。净修说声"去也"，一道黑光早已没了影踪。

却说潜邸中怡亲王允祥早把御前侍卫调齐，计调到头等侍卫四名，二等侍卫十二名，花翎侍卫一百名，蓝翎侍卫一百四十名，共计二百五十六名。一个个弓箭腰刀，十分威武。隆科多点选精壮番役三百六十名，一个个钢刀铁尺，异常灵捷。都到潜邸取齐，并且怡王、隆公办事都极细心，出去何事，出发何方，一个字也不宣布。

欲知后事如何攻破廉王府，且俟下回书中再行讲解。

第二十三回

血滴子飞救三豪杰
侍卫军打破廉王府

　　话说怡亲王允祥统着二百五十六名御前侍卫，舅舅隆科多统着精壮番役三百六十名，浩浩荡荡，直向廉王府出发。那班御前侍卫都是鼎甲出身，四名头等侍卫都是武状元，十二名二等侍卫都是武榜眼、武探花，其余花翎侍卫、蓝翎侍卫也都是武进士，龙骧虎跃，没一个不弓马娴熟，武艺精通。霎时之间，已抵廉王府第。隆科多道："怡王爷请你围前门，我围后门。"怡亲王道："我已思得一计，索性从大门而入，传呼开门，只说有旨，着允禩接旨。如果他来接旨，乘间就好把他拿下，拿到允禩，事情就易办了。"隆科多道："好，果然好，就恐允禩未必中计呢。"一语未了，一百多个血滴子也都跳跃而来。隆科多就率同番役，沿墙脚向后去了。血滴子一到园墙，就腾身而上，一个个势如奔马，捷若猕猴，纵上了墙，知道墙内都是削器，只望屋顶上飞腾跳跃。

　　净修在内巡查，瞧见黑影，抬头见屋上有人，急忙打号招呼，屋上也打还号。净修腾身上屋，问："都来了么？"血滴子队员回都来了。净修引他们下地，从平安地方行去，走了好一会子，遇见龙大、龙四，打过暗号，龙大道："你们都来了，我们就后轩去救驾吧。净师父可分一半人去打地窟，龙四也跟去帮忙。"净修应了一声"是"，向龙四道："老雁去么？"龙四道："我帮邓大哥救驾去，净师父请自便吧。"当下净修分了一半血滴子，自去地窟救人，龙四向龙大道："邓大哥走吧。"龙大道："好。"随道："兄弟们留意，地下都有消息，我们上屋行走，平稳点子。"说话才毕，扑扑扑，陆续飞腾而上，宛如几十头燕子，穿林飞掠，到了屋面，拔步飞行，屋椽不动，踏瓦无声。

霎时已抵瑞云轩后轩，龙四第一个轻身跳下，抬头见轩中窗门洞开，灯火全无，满间漆黑，大惊道："怎么这个样子？"龙大与众兄弟也都跳下，打开了火扇，大踏步闯入，四下一照，哪里有半个人影？轩后、轩前搜了个遍，别说圣驾影踪全无，连维止社社友都不曾遇见过一个，不禁众口齐声说了一个"呀"字，面面相觑，不作一语。龙四道："别是我们来迟了一步，早被他人救去了。"龙大道："断不会如此凑巧，定然别有他故。"

看官你道雍正帝软禁在后轩，一霎时怎么会不知去向？原来怡亲王率同侍卫，突然叫门，说有旨意，穿云燕子彭胜纵身上屋，见黑压压二百多人，弓箭腰刀，来势很不善，急忙报知廉亲王。廉亲王疾命先把后轩那一个移入寝宫，多派社友看守。彭胜立刻奔入后轩，指挥众人把雍正帝从床上拖下连被褥移向寝宫而去。这里劫驾的才去，那边救驾的就来，前一步，后一步，只差得一步。当下龙四道："我们快到别处找找去。"一个血滴子道："试听这是什么声响？"龙大、龙四侧耳细听，觉着喊杀之声，一阵阵风吹送将来，龙四道："不好，那边在厮杀了，我们快去。"众人闻声迎去，一个不留意，踏着机关，触动消息，突见两个木人拦住去路，手里都执着大刀，使得同雪花一般。龙大忙喊："仔细削器，上屋吧。"扑扑扑，众人都登了屋，忽见对面一个黑影如飞而来，龙大忙打暗号，那人回号，才知就是自己人龙三。

龙三道："前面厮杀得十分厉害，快助战去。"

龙大听了，即率了众队员，飞奔前去。

原来廉亲王叫人把雍正帝移到寝宫之后，急下号令，维止社各友起家伙埋伏两旁，布置完备，才命大开中门，迎接天使。怡亲王带同侍卫，昂然直入，到银銮殿站住，宣言道："允禩何在？为甚不出来接旨？"廉府侍卫跪禀："廉亲王少有感冒，已经睡下，听得突降谕旨，勉强挣扎起身，现在内殿恭候，请王爷内殿开读吧。"怡亲王见说有理，率了侍卫向内，廉家人掌灯前导，一时已到内殿，不过几个家人站着，廉亲王依然影儿都不见。正欲发话，听得家人哗说："王爷出来了。"

随见廉亲王大踏步进来，一见怡亲王，就喝问："更深半夜，你来此做什么？"怡亲王道："我钦承上命，到此宣旨，早已讲明，你还假作痴聋么？"廉亲王道："哪里来的旨意？你我同为总理大臣，万机共同代理，旨意是真的，我也应该知道，我既丝毫不知，可见就不是旨意。你深更半夜，到此假传圣旨，究竟是何意？"怡亲王道："我到此宣得旨，自然奉有旨意，尔我做臣子的，自该遵照仪注接旨，不该问旨意从何而来。一问到旨意何出，就不免心存疑虑，心存疑虑就是目无君上，你这厮胆敢目无君上，侍卫们给我拿下！"廉亲王也怒道："你胆敢假传圣旨，家人们也给我拿下！"怡亲王一声令下，四个武状元出身的头等侍卫，就上来抓廉王，穿云燕子彭胜、小辫子金拳师、飞毛腿张云如、铁嘴老鸦杜兰，一见侍卫动手，也就拔刀而出，大喊："谁敢伤害吾主？"就在内殿中与侍卫打起对子来。

侍卫武艺精通，社友身体灵捷，恰恰打一个平手。众侍卫一齐出手，玉蜈蚣等各社友也一齐出手，两边打成个蜘蛛团，越战越勇，难解难分。怡亲王道："我奉旨拿捕允禵，并查抄他的家产，允禵胆敢抗旨拒捕，实属目无法纪，尔等助逆群徒听着，步军统领隆科多已经督率步军，把你们的后门围住，尔等都是从逆，余奉旨只拿首逆允禵一人，余众一概不问，尔等又何苦甘心从逆呢！"龙二就众社友中开言道："众位社友，我们前后被围，寡不敌众，抗拒到底，势必同归于尽。现在既然王爷开恩，说余众一概不问，我们不如各寻生路，大家散伙吧。"廉王道："龙二临敌变心，必是奸细，给我先拿下这厮，除去害群之马。"龙二听说，立刻反戈相向，向龙三赶忙奔向后面做内应，恰巧遇着龙大等血滴子军，知照出外救应。

龙大听说，立刻率同血滴子，飞腾向外，雀步蛇行，半飞半走。一霎时，已到内殿，但见刀光闪闪，棍影幢幢，一片喊声，满间杀气。龙大发一声喊，单刀直入，径取廉王。喇嘛僧玛勒吉急忙横刀格住，大喊："勿伤吾主！"众多英雄聚在一间中厮杀，究竟社友人数有限，官兵愈聚愈多，廉亲王被困垓心，冲突不出。正在着急，忽闻一声虎吼，奔入三个人来。廉亲王大惊失色，原来奔入的不是别人，正是云中燕、云中鹤、云中鹞。

你道三云囚禁在地窟，如何会破壁飞出？原来净修分领了一半血滴子军，径来攻打地窟。这地窟就在仓间底下，地窟门口也有两个社友，执刀把守，禁不起大敌当前，手都不及交，就被净修拿下，捆了个结实。打开窟门，一拥而下，从地窟中声喊将去，里面云中燕听得，就喊："我们救兵到了，快杀出去接应呀！"云中鹤、云中鹞齐声答应，三条大虫就在地窟中动手，扭去了锁链，发一声喊，一齐杀出窟中。虽也有几个看守的，哪里是他们对手。此时净修已经率众杀入，云中燕等打一个招呼，并为一起，齐伙儿出外。净修道："地下防有消息，屋上走吧。"说

149

着腾身而上，众人也都上屋，向外飞行，听得喊呐厮杀，就循声找来。

到内殿屋面，听得玛勒吉高喊："勿伤吾主！"云中燕、云中鹤、云中鹞向队员各要了一柄钢刀，分身下扑，宛如鹞鹰抓鸡的样子，虎吼一声，飞刀直取廉亲王。廉亲王一见云中燕等，知道地窟已经打破，大惊失色，大喊："吾势去矣！"回身向内。穿云燕子彭胜、小辫子金拳师、铁嘴老鸦杜兰、飞毛腿张云如，眼光都很尖利，早已瞧见，也忙虚刺一刀，跳出重围，紧跟廉王向内，从寝宫走入花园。但闻园墙外喊声大起，知道有人围住，不敢从园门出去，径向一堆杂物的小屋子走去。明明打开屋门，不意廉亲王等走入一会子，就没了影踪。原来这一间堆放杂物的小屋内，掘有一条地道，通到墙外，廉亲王见事机急迫，丢下众人，就从地道逃走。穿云燕子彭胜等紧紧跟随，一同逃出，且暂按下。

却说怡亲王允祥督同御前侍卫奋力捕拿，维止社各社友见廉亲王已走，蛇没了头，军没了将，顿时没作道理处，纷纷上屋逃走。云中雁一见，腾身上屋追赶，血滴子队员都各上屋喊拿，飞镖袖箭，乱发暗器，霎时打倒了三五个，余众四散，再欲追时，地上云中燕、净修齐喊："贼众逃走，不必追赶，快下来搜查，圣驾还没有着落呢！"

屋上血滴子闻声跳下，怡亲王道："屋面上厮杀，可曾擒住贼子？"

云中雁说暗器打倒了三五个，怡亲王问："可曾捆住？"

云中雁道："都已捆缚。"

云中燕道："既然捆缚，你就去提他下来。"

净修、云中雁都道："圣驾不知移往何处，提下来审问审问。"

怡亲王道："我也这么想。"

道言未了，扑扑扑，三条黑影飞上屋去，才一转瞬，云中燕、云中雁、云中鹞早各提一个，自屋飞下，掷于怡亲王跟前。净修、云中鹞重又腾身上屋，又各提了一个下来。

怡亲王询问圣驾所在，五个社友都回不知，怡亲王逐一盘诘，绝无他供。云中雁插问："后轩囚禁的那一位，现在在哪里？"

一个社友道："那是王爷叫穿云燕子彭胜移送到寝宫去的。"

怡亲王道："此话可真确？"

那社友道："我知道是移向寝宫去的。"

怡亲王就命他引导到寝宫去。当下由云中燕、云中雁押着那社友引路，怡亲王率领大队御前侍卫跟着前进。

欲知遇见圣驾与否，且听下回分解。

第二十四回

廉王府雍正帝失踪
隆福寺云游子论字

话说云中燕、云中雁押同那社友，引着怡亲王及大队御前侍卫径行入内，进了寝宫宫门，守宫太监人等一见这副势派，唬得魂不附体。云中燕喝问："圣驾在哪里？"太监惊回："不曾知道。"云中雁喝道："尿囊狗养的，要死别讲实话，要命快讲实话，快讲快讲！"那太监唬得瑟瑟抖一个不住。云中燕、云中雁连连催促，那太监更慌得一个字都说不出。那社友道："我眼见穿云燕子彭胜到后轩移那位入寝宫的，不曾知道就是圣上，倘然知道是圣上，再不敢帮忙廉王了。"

怡亲王此时已经走进，那社友说的话都已听得，各侍卫齐集左右，揎拳捋袖，静候怡亲王示下。怡亲王道："移了来，怎么又会失踪，给我细细地搜。"一声吩咐，众手齐动，各侍卫分头搜索，一间间搜索将去，翻箱倒笼，搜了一个整夜，哪里有个影踪。到天色大明，依然毫无动静，面面相觑，大家没有指望，忽见云中雁欣然而入，向怡王大道："廉府花园削器总图已经搜得了。"怡王问："云中燕呢？"左右回："还在访寻皇上。"怡亲王道："叫他来，我有话吩咐。"左右急忙奔去传话。

霎时唤到，怡亲王道："云中燕，这一张地图交给你，着你率同队员赶紧把园中各处所埋的削器、所安的消息，悉数除掉。"云中燕应了两个是，然后道："有了这一张图，眼珠子就明亮了许多，从此园中就可以通行无阻。只是拆下来的削器，如何处置？"怡亲王道："拆下来一件件给我检点一过，登明账籍，放在一间里。"云中燕应着，接了地图自去督众办理。怡亲王又命众侍卫分头寻觅，"不寻见圣驾，休来见我。"众侍卫领了钧旨，各执兵器四出找寻，寻到晌午，差不多把个廉王府翻了个转身，依然影子全无，只得空身复命。怡亲王无奈率着侍卫回宫，叫隆科多督率步军，帮同血滴子搬运削器。这夜隆科多报告："削器堆放了三间屋，关闭严密，经我写好封条逐一地封闭好。"怡亲王道："舅舅劳苦了，回去歇歇吧，明日咱们再商量大事。"

　　次日，各亲贵大臣又在潜邸聚集会议，说廉邸逃走，不知去向，圣驾被劫在何处，无从根究。隆科多道："东西牌楼隆福寺中遇到一个测字先生测几个字，非常灵验，现在驾临何处，既然无从根究，不如且去问一问。"怡亲王道："舅舅如何知道他灵验？咱们从前不是问过陈景希么？"隆科多道："这位测字先生不知他是何方人氏，也不知道他姓甚名谁，到京不过半个月，招牌上写的是云游子，大概就是他的别号了。我就因陈太常说起，方才知道陈景希太常也很佩服他呢。"怡亲王道："陈景希倒也佩服他么？"隆科多道："很佩服他。"怡亲王道："陈景希佩服的，总也不会差什么，咱们就去测一个字也好。"随命取笔砚来写了一个字，封了个固密，派一个侍卫持往问字。

　　原来这云游子的测字，比众不同，叫人随意写一个字，却就能照着这个字体，离析而言，无不奇中。到京之初，在隆福寺中设台测字。一日，来一个家人送来一函，拆开一瞧，却是个

153

"朝"字，云游子把那家人打量一回，开言道："这一个字不是尊驾所书写，这个字的人定是登朝上殿的贵人。其出世之日，当系十月十日。"那家人问他缘故，云游子道："'朝'字拆开看，恰是十月十日四个字，并且此位当系水利上当过差的，因'朝'字加上水旁，是个'潮'字，今去水成朝，已不在水而在朝中了。"那家人大惊道："我们老爷新由河督内调，授为户部侍郎，老爷的生日可不是十月十日么！"瞧热闹的人听了他这判断，无不称奇。又有一人前来问事，即席挥毫写一个"可"字，云游子问他为什么用，那人回说是问病。云游子道："依字判断，病人定是女子，其病定是火症。"那人惊道："先生真是神仙，但不知如何会知道？"云游子道："'可'字系'丁''口'两字合成，男为丁，女为口，现这'可'字笔画太不紧凑，虽由写的时候，过于草率，我已可断定，病在口，不在丁。丁在五行属火，口紧倚丁，就可知她所害的是火症。"那人道："先生断的真是不差，病者是我妹子，所病果然是火症。先生，此病不妨么？"云游子道："不妨不妨，'可'加'疒'旁为'疴'，疴即是病，有病为'疴'，无病为'可'，既然是个'可'字，病就没有了。"众人无不惊异。

此时翰林院编修史贻直的诰命，怀妊过月，还没有产，听得云游子测字这么神奇，乃写字一个，叫她丈夫持往问测。史编修到时，宾客满座，有认识史编修的，都起身让座，史编修略一招呼，即取出字来请教。云游子瞧时，写的是一个"也"字，遂向是翰林详视一回道："此字是尊夫人所写，是不是？"史编修惊道："先生如何会知道？"云游子道："谓语助者，焉者乎也，因知是公内助所书，尊夫人盛年，当是三十一岁，是不是？"史编修道："是的。"云游子道："细观'也'字，上为三十，下为一，合之不是三十一么。"史编修道："我正谋干迁动，能否如愿?"云游子道："'也'字着水则为'池'，有马则为'驰'，现在池运则无水，陆驰则无马，如何能够迁动呢! 再细瞧此字，尊夫人父母兄弟近身的亲人，当无一存者，是不是?"史编修问："如何会知道?"云游子道："'也'字有'人'为'他'字，今独见'也'不见'人'，所以断定她家已无人了。"又问："尊夫人母家家业谅已荡然，确不确?"史编修道："确极。"云游子道："'也'字着'土'则为'地'，现'也'只见'也'，不见'土'，所以知道她已无家产。"史编修道："先生断得非常真确，但是我此回来意，就为内子已经怀孕过月，究竟何时方能生产，所以问一声呢。"云游子道："总要十三个月方才产生，因'也'字中有'十'字，并两旁两竖，及下面一画，恰成为十三呢。再有一事相告，屈指十三个月恰值春令，春令属'风'字从虫，'也'字着'虫'，正是个'蛇'字，尊夫人所孕当是蛇胎呢。"史编修大惊回家，就请太医，用下胎药，堕下果然是一条蛇，还为开眼。从此云游子的声名就洋溢京国，远近称为神仙。

现在那侍卫领了怡亲王钧旨，持函径投东四牌隆福寺。只见左廊下一簇人围着，一个白布招儿高高吊起，上写着"云游子论字处"。那侍卫排众直入，向云游子拱手道："先生，我要请教一个字。"随开函取出递与云游子。云游子接来一瞧，却是个"仁"字，问有何用处，那侍卫道："找个人，找得到找不到?"云游子问："不见了几天?"那侍卫就照实而说，云游子道："据字而断，此人并未离京也，也不很好找。'仁'字加一撇一竖，成为'行'字，现在是'仁'不是'行'，可以断定他并未曾行，'仁'字加一画一竖，成为'在'字，现在是'仁'不是'在'，可以断定他不很好，'仁'字分开是'二''人'两个字，必是有两个坏人算计他，他本身是不能够做主，所以不能出来。再者仁者本也，所以桃仁、杏仁凡由核中生芽成树的东西，都叫作仁，现在算计他的坏人，就与此人是一脉相关的，千朵桃花一树生，决是一个仁上所出。"那侍卫问："两个坏人算计，有妨碍么？"云游子道："不妨不妨，断然不妨。仁为百善之长，仁民爱物，此人帮手必然不少。"那侍卫又问："于性命没有妨碍么？"云游子道："仁人与义士相对，既是仁人，必有义士帮助，并且仁人丧于非命，是从来没有的，放心放心！"那侍卫大喜，回报怡亲王，怡亲王也略略放下了几分心。

一时隆科多到，怡亲王把云游子论字一节事告知众人，众人都称灵验得很。隆科多道："验不验且由他，既与性命无妨，仁人须有义士帮助，现在可就在义士身上了。你们这班义士，可有什么法子？"云中雁、邓起龙相语道："廉王府已经破掉，只要禟贝子、禵贝子、恂郡王是跟他一起的，总在那三个府中了。我们的假投降已经闹破，现在也只好在暗中活动了。"云中燕道："大家破点子工夫，今晚分作三队，一队探禟贝子府，一队探禵贝子府，一队探恂郡王府，好歹总要探一个究竟。"怡亲王道："但愿一举成功，我当置备盛筵，替众位庆功。"云中燕道："我们靠着朝廷洪福，定要领受王爷赏饭的。"当下推定邓起龙、张人龙、吕翔龙三人率领血滴子队员二十名侦探禟贝子府，云中燕、云中鹤、云中鹞三人率领血滴子队员侦探禵贝子府，净修、云中雁两人率领血滴子队员二十名侦探恂郡王府，推举已毕，各个磨刀擦剑，整理夜行衣服，预备出发。

转瞬之间，天色已夜，大家吃过夜饭，穿扮结束，等到鼓楼报打二更，知道街上行人已少，三队血滴子各由头领督率，飞身上屋，蹿房越脊，身轻如燕，踏瓦无声，离了潜邸，就分作三队，各奔前程而去。怡亲王见他们轻灵便捷，来去如风，知道总有佳音回报，就约舅舅隆科多在潜邸中静候。两人据案斟酒，坐而待旦，到天色微明，有声飒然，宛如落叶堕地，才待出视，有两人突然进来，正是邓起龙、吕翔龙。一见怡亲王即道："我们到褚贝子府，府中人还未睡尽，我们就把队众分作四小队，一队在外巡逻，一队探视花园，一队探视外院，我们两人领了五个弟兄，亲探寝宫，没一院没一处没一间不细细探视，影踪杳然。现在我们先回，张人龙当着压队，立刻就到了。"道言未绝，又有三人飞腾而入，却是云中燕、云中鹃、云中鹤，怡亲王问他如何，云中燕道："真奇怪，别说圣上影子全无，就逃出的廉邸同那几个维止社逆党，也都不见。"怡亲王道："两处都已失望，只要听净修的消息了。"

欲知后事如何，且听下回分解。

第二十五回

廉王改组维止社
京师发现剥皮人

却说怡亲王在潜邸中静候佳音，霎时张人龙压队回来，又候了一会子，净修、云中燕飞跃而入，云中燕道："皇上不见，廉邸却在恂王府里，穿云燕子彭胜、铁嘴老鸦杜兰、喇嘛玛勒吉也都在那里。探着一个紧要消息，他们正商议把维止社重新改组的法子，很是细密。"

原来廉亲王允裸同了穿云燕子彭胜、铁嘴老鸦杜兰、小辫子金拳师、飞毛腿张云如从地道逃出之后，忙忙似如丧家之犬，急急如漏网之鱼，不知投奔哪里是好。走了一二里，不见追兵，方才住步商议，经杜兰出主意，叫金拳师张云如分投褚、裰贝子家报知失败情形，并嘱他们小心防备，保持镇静，装作没事人模样，自己同了彭胜，保护廉王到恂郡王府，再行计较。不意奔到恂王府，因天色过早，王府还未开门，廉亲王道："前门耳目众多，不必叫门，咱们改走后门好得多。"三个人沿墙根兜到后门，敲了好一会儿，没人理会。穿云燕子彭胜望了望天道："旭日东升，怕有人来了，我来跳进墙去开门。"说着腾身而上，霎时之间，后门洞开。只见彭胜走出道："王爷快请进来。"廉亲王跟了他走入，杜兰急忙把后门掩上。

此时恂郡王在陵工差，恂府中上下人等还都没有起身呢。好在彭、杜两人都会飞檐走脊，一层层开进去，把廉亲王安顿在书屋内。恂府家人起来，瞧见门户洞开，只道有了贼子，齐都怪叫。穿云燕子彭胜急忙向众说明道："休要惊慌，咱们王爷在此。"恂府家人都道："八王爷几时到来，我们怎么全未知晓？糊涂透顶，真是该死。"彭胜道："这原不能怪你们，我们王爷为有要紧事，等不及开门，是我跳进墙，代你们开门的。"恂府家人道："这就该死了，亏得二位都是好人，倘然遇见歹人这个样子，这府里就完了。我们王爷问起来，如何回答，那不是该死么？"彭胜、杜兰听了，都没的说。廉亲王问："你们王爷在家没有？"恂家人回："我们王爷不在家，在差次。"廉亲王道："在差次也罢，我此回来此，身负重大的职务，异常紧要，异常机密，你们在外面万万不可泄露。"众家人齐声应是。廉亲王道："谁替我陵工差次去一趟？"就有两人应声愿去，廉亲王道："去一个也够了，见了你们王爷，悄悄禀告，休得声张。"那家人应诺而去，一面派铁嘴老鸦杜兰回廉王府去侦探情形，并知照维止社社友，叫他们秘密来此商议大事。

这夜开议，社友到的只有三五个，其余逃的逃，被擒的被擒，兴致很是萧索。褥、袯贝子也回说："外边风声紧急，晚上防人侦探，我们都在嫌疑地位，举动很要谨慎，这里的事情八王爷做主，裁度着办就是，只消决定之后，知照一声儿。"一时恂郡王也回称过两三天才能回家。廉亲王没法，只得就眼前几个社友商议，举眼瞧时，是穿云燕子彭胜、铁嘴老鸦杜兰、喇嘛僧玛勒吉，并金拳师、张兰芳、张云如几个人。廉亲王道："此回遭祸，总因做事不密之故，人心叵测，祸福无门，今后须加大改

159

革，最要提防奸细，大家想想可有甚好法子？"

彭胜道："据我意思，只消着重保人，有愿投身入社的，总要有社友三人连环具保，倘有不测情事，唯该保人是问。这么一办，可就谨慎了。"

廉亲王道："不行，不行。即如此回这五个人不是都有很大的保人么，现在闹了这样的大乱，可把保人怎么样，并且我知道保人实在不知情，就使他情甘惩办，自请处分，我也断然不肯办，他这保人一层是没中用的。"

张兰芳道："我倒有一个法子，可以提防奸细，万无一失，恁敌人弄百十个奸细投身入社，也绝不能够损我毫末。"廉亲王听言大喜，忙问计将安出，张兰芳道："把维止社重行组织，改成一个秘密社，秘之又秘，密之又密，不但社外的人，不能知道我们社里有几多人，就是在社的社友，也不能知道社里有几多人，不但社外面的人不能认识我们社友，就是在社的社友，也不能够认识谁是在社，谁是不在社。譬如一家之人父子两人都在社，我能够使其父不知其子之在社，其子不知其父之在社，社友的面貌只有社长、副社长认识，社友彼此不能自相认识，社友的姓名、年岁，只有社长、副社长知道，社友彼此不能自相知道，并且众社友都遵奉社长、副社长命令行事，不准稍有迟延。社长发令叫谁做事，只有做事的人知道这命令，余人概不知。社友除老社友不算外，新人入社各友，不但不能认识社长面貌，连社长的姓名、年岁也不会使他知道。这么机密，这么神秘，恁他阴谋鬼算，也奈何我不得。王爷瞧我这个法子，可行不可行？有利不有利？"

廉亲王不信道："天下哪里有这种神秘的事，果然能够如此，还怕谁呢？"

张兰芳道:"王爷,我从前要造消息、削器,大家也不很信,直至造成了,才都说巧妙便利,现在的事情又与从前的削器何异?"

廉亲王道:"你的话也很有道理,但是如何办理呢?"

张兰芳道:"王爷请你把耳朵凑过来,我讲给你听,使得使不得,你听了再裁度吧。"

廉亲王果然俯下头来,张兰芳附着廉王的耳,细细说了一会子,廉亲王喜道:"端的真是好法子,我们决定照此实行吧。"

在商议的当儿,附耳低言,总以为秘密已极,不意隔墙有耳,窗外岂无人?竟被屋上云中燕、净修探听明白,飞回潜邸报告。当下怡亲王询问用什么法子,能够这么秘密。净修、云中燕齐回:"他们附耳低言,发声很低,委实无从侦探。"问他圣驾所在,都言不曾瞧见,怡亲王道:"逆社如何改组,如何秘密,咱们都可以不管,皇上是最要紧的事,着在你们几位身上,无论如何总要访看的。"净修等只得诺诺连声。

不意从此之后,京城地方就连出了几件无头案,大兴、宛平两县五城兵马司、步军统领各衙门中,每日总有三五起来衙控告。舅舅隆科多当着步军统领,瞧见无头案子接二连三地来,心下万分纳闷。第一件案子,发现在打磨厂,打磨厂一带都是客店,内中有一家三泰店,是很大的大客店。一日,忽来两个住店客人,口操山西音,不意住了一宵,就不知去向,同时客店中一个小二哥失了踪,三泰掌柜四处找寻,杳无消息。却在北坑上发现一个血人儿,那人衣服全部剥去,浑身是血,面目也已模糊,掌柜大惊失色,急忙报官。官府带仵作到店检验,验出死者确系生前被人活剥人皮而死,又在坑上搜得衣服一身,鞋袜全副,叫人认出说是店小二哥的,知道这血模糊尸体就是店小二官。于是细询掌柜的，这店小二做了几年，平日做人如何，有无冤仇。掌柜的回称，这小二哥在店做了五年，人极和气，素无冤仇。官判验得店小二某某，生前遭人活剥人皮而死，因无家属，着三泰掌柜买棺成殓，听候缉凶惩办。

不意才隔得一日，隔壁三义店，又出了件活剥人皮的血案，不过死者是旅客，不是店小二。同时巾帽胡同兴隆店也出了这么一件血案，都被剥得血肉模糊。两日之间连出三案，可煞作怪。那遭人剥皮、死于非命的，都是胖子。天子脚下，京城里头，闹市中间，化日光天，偏偏连出这谋杀剥皮血案，弄得几个胖子都人人自危起来，谈虎色变，群惊怕有，官场中也都诧为奇事，研究不出所以然之故。

说也奇怪，京中胖子越是怕，惨案出得越是多。西河沿谢宅丧掉一个家丁，杨梅竹斜街元记号丧掉一个伙计，琉璃厂古董铺丧掉一个小主人，其余如施家胡同、西珠市口、李铁拐斜街、骡马市大街等热闹处所，没一处不发生剥皮惨案，弄得阖京的人，人人着急，个个惊惶，晚上不敢安睡，睡下不敢合眼，终夜厮守，锣鼓喧天。

步军统领隆科多见奇案迭出，严饬番役，立限缉凶，究竟何尝稍有迹象。这一日，丞相胡同黄宅又报一个管门的被人剥去人皮，血淋漓死。在门房里，隆科多惊道："又出惨案了，我倒要亲自去检视，见一见如何情形。"一面传请云中燕、云中雁同去相验，以便从长商酌破案之法。霎时燕、雁两人应传而至，见过礼，随问："大人呼唤，有何吩咐？"隆科多道："近来活剥人皮的惨案，连连发现，各处闹得沸反盈天，你们大概总也闻知。"云中燕道："闻是闻得的，就为事不关己，不去留心罢了。"云中雁接语道："我们为了皇上的事，精神心力全注在这上头，此外，

162

恁是如何奇怪的事，都不在意。"隆科多道："本来我也不来烦你们，就为案情太觉离奇，步军统领衙门几个老于办案的老番役，对于此案都已没有办法，恁你立限严缉，大海捞针似的，没个确实消息，办案办老了的老番役尚然如此，其余寻常番役，更可不问而知。前日府尹悬了重赏，谁能知道凶手，擒送来衙，立赏银子三百两，到今已经三日，也是杳无音信。偏偏丞相胡同黄宅又出了事，今儿我欲亲到那边检验，见识见识，想起你们是夜行惯家，眼光上必然比众不同，所以要你们同去瞧瞧。"二人听了齐称："很好，我们也不懂什么，跟了大人学学办案，多少总增长点子见识。"隆科多大喜。

一时轿马齐好备，隆科多坐了轿，云中燕、云中雁都上了马，众番役排齐对子，一对对前行，好一会子才到丞相胡同。此时大兴、宛平两个知县已带齐仵作，都在黄宅等候了。

欲知如何检验，如何破案，且听下回分解。

第二十六回

乌京兆乔装访案
娄道人炼瓦为金

话说隆科多到黄宅,停下轿子,大宛两县早都迎接出来,此时瞧热闹的人,已是人山人海,万头攒动,打成一圈的人墙。众番役执鞭驱逐,才让出一条甬道来。隆科多出轿,云中燕、云中雁下马,众番役簇拥着进了黄宅的门。

大宛两县请示道:"黄姓主人卑职等已经问过,据供死者充当门役已逾一年,因是个傻子,平日家人们都不和他计较,也不曾成家,为他人虽傻,却很忠心,所以叫他管门。昨日为主人生日,赏他酒饭,黄昏时候还见他喝醉了,一个儿在门房唱山歌,不知怎么今日门儿也不开,家人进他的房,要叫他起来开门,揭开帐,赫然一个剥皮血人儿躺在床上,就此闹起来,大家都知道了,卑职等反复驳诘,并无他语。"

隆科多道:"谅已相验过了?"

大宛两县齐道:"大人钧谕,说要亲临检验,卑职等未曾请示,不敢擅动。"

隆科多道:"仵作可曾齐备?"回称:"都已齐备。"隆科多道:"人呢?"即见两班仵作上来叩头见礼,隆科多道:"番役把

164

住门，闲杂人等都不准放进一个，两位云义士带同宛平仵作随本统领检验去。"即有黄宅主人上来叩见，预备询问一切，隆科多就命他做引导。

一行人走入管门的房，就觉一阵阵血腥臭触鼻喷来，熏人欲呕。举眼瞧时，只见榻上躺着一个精赤血人儿，自头至足，一点子皮都不留，全都剥去。看官那种剥皮人儿，在当时实是无可言语形容，到这会子确有蜡人肉体标本，可以取作样子了。隆科多惨不忍视，随命仵作如法检验。仵作遵命，把尸体细细检视，翻转来，覆过去，验了好一会儿，如法喝报，验得死者确系生前被人活剥皮而死。

隆科多道："人皮生得极薄极薄，如何可以活剥得下？"

仵作道："大凡活剥人皮，是用快刀在额上先划一刀，然后取水银一大碗，从划开处所慢慢倒下，水银性滑体沉，倒下后就用手把那人浑身轻轻敲拍，候水银都已周遍，水银所过，皮与肌肉相连的膜络，尽数断绝，皮与肉就此脱离。那么只消向下一脱，就剥去了。"

隆科多道："人皮活剥，必然惨痛无比，难道那人不会挣扎，不会叫喊，听凭人家处置的么？"

仵作道："小的用银针刺入该尸胃中，知道他生前曾经服过麻醉药，被麻药醉倒，剥皮的时候，已经人事不知。"

隆科多道："麻药醉倒，还是不过这一次，还是回回验尸，都是如此？"

仵作道："回回都是如此。"

隆科多点头不语，随命云中燕、云中雁细勘出入路径，贼子从哪里进来的。云中燕腾身上屋，细细地勘视，云中雁就在下面勘视，一时勘毕，隆科多传上大宛两县，吩咐赶紧缉凶，不得延缓，致干未便，随命提轿。两县送隆科多上了轿，也就坐轿回衙。

却说隆科多回到步军统领衙门，就问云中燕："贼子进出的路径总勘明白了？"

云中燕道："勘明白了，这剥皮的贼子是会飞行的，不过飞行的本领很平常，屋上瓦爿踢翻了好几处，后窗有挖扺痕迹，那一定是从后窗出入的。"

隆科多道："这案子很奇，猜详他不透，杀命不取财，断然非盗，连犯数十案，人非一姓，地非一处，断然不是仇怨，这一个谋杀的道理，你们可能猜详得出么？"

云中燕道："不是盗，不是仇，大人指示得已经非常明白，我看总是一个什么匪党，他的剥取人皮，总是另有什么用处。犹之从前白莲教徒，专行挖眼摘心，现在的剥皮，总也是这个道理。"

隆科多道："本衙门的番役，多半是无用之徒，这件事只好借重你们二位，替我好好地访查，同是国家公事，说不得总要劳苦劳苦。"

云中燕、云中雁应下，兄弟两人从这日起，就随处留心，逐步着意。

一日在廊房头条，瞧见一个虬髯老人，举动粗疏，语言朴野，只见他头戴草笠，身穿布袍，独自一身，并无伴当，在街头蹚来蹚去，闲逛不像闲逛，找人不像找人，形迹很可疑。云中雁急忙报知云中燕，云中燕跟来侦视，断不透他是何等人物，跟了他一段路，忽见他上馆子去了。云中燕、云中雁紧紧跟入，即在虬髯老人的对面一席上坐下，要了几肴菜，两角酒。二人哪里有心吃喝，全神贯注地注视那老人，只见他坐在那里吃喝，杯箸井然不乱，唉啜绝无声息，并且目不斜视，身不倚侧。不过有一桩奇异处，那人虽然端坐，两足却屡屡蹑空，饭毕出外，却又走入了一家茶坊去。云中燕、云中雁紧步跟随，那人登楼，二云也就登楼。茶博士送上茶，那人手持茶盏，倚栏眺望。云中燕俟他望得出神的当儿，在他背后缓步走上。那人一时忘了形，慢慢把茶盏儿向后递来。云中燕伸手接盏放下，瞧那人时，依然在闲眺，绝不回头瞧视。云中燕忙向云中雁丢一个眼色，退出茶楼来。

云中雁问是如何，云中燕摇头道："不是歹人，那定是私行察访的贵人呢。"

云中雁问："何以知之？"

云中燕道："我见他坐如泰山，行如流水，气度先就不对，他的两足蹑空，是用惯脚踏的，递盏不回头，是跟惯仆从的。就在这地方，瞧出他华贵气象。"云中雁听了，还不很信。后来仔细探听，才知道这虬髯老人，就是顺天府尹乌克斋也。为了剥皮人案，出来察访的。

原来这位乌克斋，是山东登州人，探花出身，官至顺天府尹，为人方刚清正，不畏豪强，乌府尹到任之初，就遇着一件宛平县申详上来的杀人重案，还没有仔细翻阅，廉亲王就派人来关说，说此案的凶杀是冤枉的，定要府尹翻案。乌府尹回称："勘明案情，定当按律办理。"王府来人讨了个没意思，告辞而去。乌府尹细勘案情，觉着县里办得情真罪当，毫无隙漏，不意这夜里，一个儿在签押房秉烛独坐，忽闻窗外隐隐有哭泣之声，自远而近，渐渐要进来似的，忙呼当差的出去瞧视。一个小童应声出视，不意才开出窗，大喊一声，跌倒在地，人事不醒。乌府尹亲自起身瞧看，月光之下，一个鬼浑身鲜血淋漓，跪在阶上叩头道："我死得好苦，求大人申冤。"乌府尹虽然正直，倒也毛发悚

167

然，喝问："你是谁？"那鬼回称："我是某某故魂，被宛平县所害，现在却把罪名移卸在某某身上，我冤不申，我目不瞑的。"乌府尹点头道："知道了，我与你申冤是了。"那鬼称谢而去。

次日，亲自提审，众供死者衣服与夜里所见相同，愈益深信不疑，下笔改判，尽翻前案。偏偏宛平县也是个强项令，心不甘服，百端申辩，乌府尹执意不听，批下案成铁铸，毋庸强辩。幕友见府尹如此固执，疑有他故，暗问所以，乌府尹就把夜来见鬼的事，说了一遍。幕友问："鬼从何处来？"乌府尹道："我瞧见时，已至阶下。"问："鬼从何处去？"乌府尹道："腾身越墙而去。"幕友道："大京兆，你上了贼人的当了，凡鬼总是有形而无质，去的时候，总是奄然而隐，不会腾身越墙。现在此鬼既是腾身越墙，就可断定他是人不是鬼。"乌府尹闻言恍然，立派干役登屋验看。一时回称："虽然甃瓦不裂，屋上都隐隐有泥迹，直至外墙脚下，这明是新雨之后，有飞贼经过呢。"幕友道："这定是狱囚弄来的，不问可知。"乌府尹大怒，仍从原断定案。从此之后，乌府尹对于廉亲王虽很尊敬，不过面子上尊敬罢了，到剥皮案发现之后，乌府尹因案情离奇，十分注意，接二连三，继续发现，就出示悬赏，缉拿凶手。又扮乔装，出来察访，巧被二云撞见，倘不是云中燕细心，险些闹出一桩大笑话。你想此种离奇惨案，高来高去的血滴子首领且难侦探，一个文弱书生，乔装京尹，如何侦察得出，且暂按下。

却说云中燕、云中雁侦察了几天，毫无影响。这日经过韩家潭，忽见一家门首贴有门条，上写"浙西娄寓"，进出的人很是不少。云中雁道："咱们进去瞧瞧。"云中燕应诺。才待举步，就听得出来的人纷纷议论，一个道："这道士真有点子道理，明明是铅锡，经他入炉一炼，就会变成金子。"一个接口道："可不是呢，我们邻居周德明，在茶坊中遇见他，不过替他会了一回茶钞，娄道士就探囊取出一个小小药瓢，赠予周德明道：'此瓢夜间以水银一两投入，过了一宵，就会变成一两纹银。'周德明接瓢称谢，心下却不很相信，拿回家中姑且试试。放了两许水银下去，次日清晨，取药瓢一摇，其声董董然，依旧是水银，随又放下，索性置之不问。又隔了两天，恰巧有什么用，要水银，倒出一瞧，已经坚凝成纹银了，取向银号估看了，无耗折，才知水银在瓢不凝，出瓢始结。从此每夜放入水银，每晨倒出纹银。周德明本来是个穷光棍，现在已变了个富翁了。"

云中燕听了，就向云中雁道："听来此人颇有妖术，或者与剥皮案有关，也未可知，我们且进去瞧瞧。"二云举步进门，见房屋很是深邃，直到第四埭屋，见黑压压挤了一天井的人。一个三十来岁的道人，向外而坐，一个老婆子跪在阶沿叩头，口称求娄大师天恩，赐一块炼金，救救老命。那道人笑道："我固不妨恩赐，只恐你福薄，不能消受，倒反害了你呢。"老婆子叩求不已，道人只是不睬，忽向众中一人指道："此人可有半块金瓦之福。"随叫他向庭中取一瓦来。那人依言，就庭中取了一块瓦片，送与道人，道人接到手，见是一片新瓦，起手一劈，劈去了小半块，回身取出一瓶，开去塞，倒出少些药末，糁在瓦上，执杯溁洒。随见两个道童，掇出一个药炉，满炉火炭已经通红，道人即把半片瓦放上了炉，好一会子，只听得天井中人齐声喝起彩来。

欲知为甚缘故，且听下回分解。

第二十七回

娄近垣指点迷途
云中燕侦探贼窟

却说娄道人把半片瓦放入炉中，霎时之间，早见药末糁处，已变成金色，只一个小角儿还是新瓦，不曾变金呢。娄道人遂向那道人取回家去，好好地珍藏。云中燕就道人手中，凑过头去一瞧，见半块金瓦，瓦上布纹犹在呢。那人接了金瓦，再三称谢而去。云中燕见了很是纳罕，站了一会子，见有求治病的，也有问事卜疑的，娄道人一一判治，无不各如其愿而去。二云回报隆科多，隆科多道："哎呀，我倒忘记了，这娄道人是现世的奇士，皇上失踪，我们正可请他来此一问。"

云中燕道："大人怎么知道他是奇士？"

隆科多道："我前儿据番役报告说韩家潭一个南边道人，行踪很诡秘，不很可靠，我才欲派人去拿捕，幕友李粹庵急忙阻止，不叫去捕，才知道这人姓娄名近垣，浙江嘉善县枫泾镇人氏，年纪虽然不高，却是道行非常，善能呼风唤雨，捉怪擒妖，前知五百年，后知五百年，炼丹炼汞，还是他的余技。这都是粹庵告诉我的。不知怎么出了这么大事，竟忘记了他，不曾请来问一问，我这人真是昏了头了。现在亏你们提起。"遂叫家人传话：

"番役拿我的名片，快到韩家潭娄道爷公馆，说我多多拜上他，本来我要亲自来拜访请教一切，为身子上略有感冒，吹不得风，请他老人家法驾到衙中一叙，请他的示下，什么时候打轿子去接。"家人应着出去。

一时番役回来说："娄道爷应允，立刻就来，并言大人的名片断乎不敢当，叫小的拿了回来。打轿子接也不消得，道爷自己有车儿，坐了就来。"

隆科多喜道："愈是有道的人，愈会谦恭，能够就来最好。"

云中燕道："他老人家既能前知五百年，后知五百年，眼前的剥皮案，咱们也问问他可好？"

隆科多道："俟他来了再瞧瞧吧。"正在讲话，门上飞报"娄道爷到"，隆科多急忙抢步出迎，迎入里面，见娄道人年纪虽轻，气宇澄清，仙风道骨，宛如仙露明珠、松风水月，飘飘然有神仙之概。隆科多十分敬礼，亲手奉上香茗，云中燕、云中雁也都上前参谒。

隆科多道："某闻吾师有前知之明，行无为之教，启请法驾，务望指点迷途，唤醒痴梦。"遂把皇上失踪、迭生奇案的话，从头至尾说了一遍，又把云游子论字的话也说了一遍。

娄道人道："云游子论字，倒很有点子道理，他说行不成行，在不成在，果然不错，但是仁字加一竖，就是个仕，足见有仕官之人帮助。"

隆科多道："我们唯求吾师明白指示。"

娄道人道："皇上原有百日之灾，这也是天数，没法挽回的。你们不必着急，到那时自会平安回宫。"

云中燕道："百日么？差不多了，从失踪这日算起，可也有三个月光景了。"

171

娄道人道："大凡事由前定，都是个天数，人力万万不能勉强。倘然违天硬做，反要发生别种事故。"

云中燕问起近日剥皮惨案，娄道人道："此事与至尊失踪颇有关系，该有生肖属龙、属马的两个好汉出来破这件案。"

云中雁喜道："我是庚午年出世属马，我哥哥是戊辰年，恰巧属龙。"

娄道人道："今儿初一是戊午，后儿初三就是庚申，你们可于晚上亥初一刻，到东安门外，坐南朝北的宅子，数到第十三座，门上有白粉圈儿的，留心侦察，总可以侦着实在凭据。"

隆科多大喜。娄道人谈了一会子，就起身告辞，隆科多备斋坚留，十分恳挚，娄道人只得坐下。一时开出斋饭，幕友李粹庵也出来相陪，斋毕，隆科多用自己轿子恭送娄道人回寓。云中燕、云中雁等不得初三，就到东安门外闲逛，逛了大半天，毫无所见，败兴而回。心下疑惑，再到韩家潭娄寓请教。娄道人道："这原是天机，不能事前泄露，二位总要到了时候，才好侦察。倘时机未至，频频奔走，反要坏事呢。现在最要紧，总要忘记此事，不到庚申亥初一刻，万万不能前去，二位谨记，我言自有效验。"二人应诺。

有事即长，无话即短，才一转瞬，已到了初三日戊末亥初。此日此时，北京东安门外，突现两个身穿黑衣的英雄，轻行浅步，背南面北地在那里找什么，一个道："别是这牛鼻道人谎我们么?"一个道："老弟，那边门上一大圈儿，不是白粉圈儿么?"那个听说，用手向额上一遮，遮去了星光，回言："不错，真是白粉圈儿。哥哥，娄道爷真不错。"一个道："休讲话，那边有人来了。"那一个回头，果然见有灯光，二人腾身，扑扑，早都纵上了屋面。看官们明眼，不用在下交代的，早知道这两个是云中燕、云中雁了，那一座白粉圈儿的屋是东安门外第十三座住宅了。

却说云中燕、云中雁纵身上了屋面，向里面望去，灯火辉煌，不知在干什么。云中燕道："倘然说没人在内，怎么会灯火辉煌？倘然说有人在内，怎么会寂然无声？"云中雁道："我们且进去瞧瞧。"两人蹿房越脊，直向灯光所在走去。见灯光从大厅中射出，二人蹿上大厅，屋面侧耳听时，踏碌踏碌，脚步声往来不绝，只是讲话之声，一个也没有。心中纳罕，云中雁揭开瓦片，取出望板，开成一个小窟穴，向下张时，只见厅中聚有三四十个人，都是一般大小的年纪，一式穿扮的衣服，最奇怪不过衣服上都编有号码，三号、四号、七号、八号以及十几廿几不等，人数虽多，静悄悄的，鸦雀无声。云中燕瞧了一回，猜不出所以然，暗叫云中雁瞧看。云中雁也瞧不懂，云中燕道："还是外面去瞧瞧。"云中雁点点头，二人向外蹿出，越过两重屋脊，已到第一埭房的屋面，听得下面有人讲话，急忙跳下蹑足潜踪。到纸窗跟前，见窗纸上灯火映出两个人影儿，云中雁叫云中燕站在天井中把风。

原来这第一埭屋是倒座朝南的，一个长天井，两边是廊房，廊里的窗有一半儿开着，所以要人把风。当下云中雁面对着左廊把风，云中燕伏在窗上，用舌尖舔破窗纸，向内一张。只见屋中共有两人，正在讲话回答，讲出的话不知是哪一国语言，听来不很好懂，讲到结末，见一个起身开橱，取出一件衣服，递给那一个。那一个接来穿上衣服，上有着"廿七号"三个字，穿着既毕，就见他探手怀中，取出一件小小的东西，对准了壁间悬的着衣镜，把那件小东西直向脸上套，一套毕，原来却是个假面具，恍然大悟道："怪道里面的人，年纪、衣服都是一般模样，原来脸上蒙的是假面具，身上换的号衣，但是他这假面具是什么东西做的？蒙在脸上，一点子都瞧不出。"正在思索，早见那蒙假面

173

具的人，从旁边的门走了出去，云中燕再要瞧时，觉着肩上有人轻轻拍打，回头见是云中雁，知道是风紧，急忙扑身下地，踢碌踢碌。果然左廊里有人经过，一时又听得有人叩门，云中燕起身张看，见又是一个人进来，那人又与他讲话，讲的又都是听不懂的话，讲完之后，又取出一件衣服来，进来的那人接来穿上，又从怀中取出假面具蒙上，向内而去。

　　云中燕附着云中雁耳低言道："咱们里面去吧。"云中雁点点头。于是二人回身腾上屋面，蹿房越脊，向内而去。越过两个屋脊，已到大厅屋面，就伏在方才揭去瓦片的窟穴上张视。瞧见那些穿号衣蒙假面具的人，已经团团入座，坐成个双重的大圈儿，就见一个同样打扮、同样穿戴假面具的人，越众而出，探手怀中，取出一纸，也不知上面写点子什么话，递与就近第一个人，那人瞧过，转递下去，第二个瞧过，照样递与第三个，这么内圈里的人，个个接来瞧过，那人收回了，回身向案上取一签筒在手，筒里满满都是竹签，随便向内圈里招手，瞧他意思，是要人挚签的样子。果见一人起身挚了一支签，随递与那人，那人一边放下签筒，一边接签在手，瞧视一过，向众人做手势，是表明九十三号，才知他所挚的签，是九十三号。即见外圈中站起一人，衣上的号码，正是九十三。那起首的人又向大众做了一个手势，表明十二的样子，这一表明众人就站起身散了。可煞作怪，他们的散也很有秩序，一个一个出去，并没有两人同走的。见众人陆续散去，那起首的人却把九十三号留住了，入内取出一只小小箱子，开去了锁，揭取了盖，取出了簪子似的一件东西，光闪闪，亮晶晶，耀眼争光，笔一般长短，簪一般粗细，也不知是何东西，有何用处。只见那起首的人取在手中，很郑重地交给那九十三号，又做了一会子手势。九十三号接来藏好，才点头作别。

此时众人都已散尽了，云中燕、云中雁急忙飞行跟出，依旧到那第一垛，倒座朝南那一间。轻轻纵身下地伏在窗上瞧看，见那个九十三号已经在里面解下号衣，脱下假面具，交与那人，那人检点明白，把衣服折起，将假面具藏在号衣之内，随手开橱柜放好。那九十三号脱去号衣，却是个黑汉子，开门走了出去。云中燕低言道："老弟，你守在这里，候他们散尽之后，替我入内把橱中的衣服假面具偷两副出来，我要出去跟那人。"云中雁点头应允。

　　云中燕一个虎跳，腾身上蹿，跳出围墙，向两边瞭望，见西面一个黑影疾步跟上，跟了一会子，离得近了，果然是个人。瞧那身形长短，与那个九十三号不甚相差，心想：这厮们鬼鬼祟祟，总不是好东西，既然今儿被我探出，不如就此下手，拿住了，解他们到步军统领衙门，请隆大人究问。

　　欲知曾否拿住，且听下回分解。

第二十八回

云中燕勘破人皮案
隆科多熬审纪秋生

话说云中燕主意已定，腾身上前，把那人夹领一把抓了个住，拔出钢刀低喝一声："要命的休嚷！"那人突然被抓，眼见冷森森、光闪闪寒气逼人的钢刀，离身只三寸有余，唬得胆都炸了，抬头见一个梢长大汉，站在面前，自己颈项被大汉压住，动弹不得，不禁上下床牙齿，捉对儿厮打起来，只说得一句："好汉爷饶命！"

云中燕道："你要我饶命，快快将藏的那一支钢针儿交出来。"

那人回："没有钢针儿。"

云中燕道："我明明瞧见你接受的，如何回没有？是那屋里的人交给你，怕我不知道么？"

那人无奈，只得从怀中取出来，递与云中燕。云中燕接来藏过，随道走，那人道："好汉爷，叫我走哪里去？"

云中燕道："跟了我走。"

那人道："你抓住了，叫我如何会走？"

云中燕道："我就放掉你，不怕你跑掉。"说着，随即松手，那人果然不敢走。云中燕押住了，叫他南就南，叫他西就西，直押到步军统领衙门。那人见是衙门，站住了不肯走，云中燕道："你不能走，我帮助你。"说毕，一把抓住，拉进门来。

此时仪门已闭，云中燕叫番役报进去，隆科多听说捉住一人，立命带进来。云中燕亲自解进那人，回明一切。隆科多道："偏劳云义士了。"云中燕谦逊了两句，隆科多随命预备酒肴，请云中燕喝酒。一时酒肴搬出，请云中燕上坐，自己主位相陪。就在席间，带上那人，隆科多温言询问："你几岁了？哪里人氏？做什么生理？家中还有何人？"

那人回："年已二十八岁，剃头为生，本京苑平人氏，家中只有老婆，并没有子女，两个兄弟是分房分户的。"

隆科多道："你姓甚名谁？"

那人道："我姓纪名叫秋生。"

隆科多道："你今夜聚集的那些人都是姓什么，叫什么？哪里人氏，做何生理？今晚聚集为的是什么事？"

纪秋生支支吾吾，不肯实说。

隆科多道："那一个为首的发下一张字，写的是什么？"

纪秋生回称："不很识字，不知道，不敢妄说。"

隆科多道："你们为什么要穿号衣，要戴假面具，深夜聚集到底为点子什么？"

纪秋生瞪着双目，一个字也回不出。

隆科多又问："交给你一支钢针儿做什么用处？"

纪秋生只装作假傻，一句话也不答。

隆科多道："你倘是好好供出，姑念尔等无知盲从，可以加恩免究，还可以立刻放你家去。倘然游赐搪塞，本大臣就要升座法堂，严刑审问了！"

纪秋生道："我是一个手艺工人，不会讲什么，严刑治我，也很冤枉。"

隆科多叫带过一边。忽见云中雁奔马似的走入，挟着一卷什么衣服，一见隆科多，就道："号衣、假面具都已取到，请大人鉴察。"说罢，即把挟着的那卷衣服呈上。

隆科多抖开一瞧，号衣也还罢了，那假面具，其薄如纸，其韧如革，不知是什么东西做的。瞧去瞧来不识，递给云中燕，叫他瞧看，一面叫云中雁一同坐下喝酒。

云中燕接到假面具，在烛光之下，覆去翻来，审视数次，拍案道："隆大人，这假面具是人皮做的，迭次发现的剥皮案，可破获了。怪道呢，做得这般细窄，这般美观，他们中定然有巧人。"

隆科多道："这厮们真是惨无人理！"随道，"二位可多喝一杯，我可要暂时少陪了。"一面传话预备夜堂，熬审纪秋生。

看官，步军统领问案，可不比州县法堂，本辖各将弁、本衙各番役，全都分班伺候，站立两旁，大杖、小板、夹棍、天平、手铐、脚镣、木枷、铁链各种刑具，无不全备。刀斧手、捆绑手、刽子手，整整齐齐。堂上挂起膨灯，案上点齐角灯，签筒、笔架、朱墨、笔砚，一应全备。隆大人公服升座，两旁站立的人，齐齐呼起堂威，真是威风凛凛，王法森森，恁是大胆的人，到了这个地方，见了这副势派，也要唬得六神无主，不由你不吐真情实话。

当下，隆科多红顶花翎，补服朝珠，坐了出来。两旁齐呼一声："大人升堂了。"百口齐呼，千声一气，真是惊天动地，撼岳摇山。隆科多举笔，在纪秋生名字上轻轻点了一点，吩咐带纪秋生。两旁齐声传呼："带纪秋生，带纪秋生！"一时纪秋生带上，当堂跪下。隆科多喝道："纪秋生，你若不真言直供，须知法堂之上，王法无情。"众番役又齐齐呼喝。纪秋生究竟不是江洋大盗，瞧见这副势派，已经唬得骨软筋酥，连连叩头，称愿招。此时招房已经磨好了墨，执笔舒纸，连催快快招来。纪秋生于是将此事始末缘由，一字不瞒，细细供了一遍，把高坐堂皇的大金吾隆科多唬了个目瞪口呆，没作道理处。

原来这号衣与假面具，都是维止社里发出的。那纪秋生也是维止社社友中之一个，该社共有几多社友，并各社友的姓名、年龄、面貌，就是同在一社的人，也都不能够知道，为的是社友除了聚会之外，没有晤会之机；聚会的时候，脸蒙假面具，就不能认识他的真面目；身穿编号衣，就不能知道他的真姓名；聚会的地方，上一回在那边，下一回在此处，南北东西，没有一定的方向；开会的时候交换意见，不准用语言，只准用文字。地址既难寻访，声音又难听闻，每一回开会，就有一个旧社友管理盘诘暗号、收发号衣之事，这一个差开一回会，调一个人脸上蒙有面具，仅能辨别声音，调易频频，苦难记忆。该社只有四个首领，只蒙面具，不穿号衣，其余新旧社友，一概穿着号衣，就为蒙着面目，首领何人，究竟不曾认得。

隆科多问到这里，暗忖，逆党如此神秘，竟无隙漏可寻，叫人如何下手呢？不禁目瞪口呆起来，一会子心机一转，随命把纪秋生押到里头，交与云义士看管，一面向堂下道："今晚审问这一案，关系十分重要，尔等都是在官人役，须要严密关防，在外不准私相谈论，走漏风声。好在我外边也有人在密查的，谁要泄露了，我立刻就会知道。"论毕退堂，踱了进来。

云氏弟兄接着，云中雁道："方才为了要紧，不曾仔细禀闻，我等候他们全数出去而后，只剩一个管衣服、面具的在那里，就腾身飞入。那厮一见我就逃去，我也不去追逐。见橱门未锁，开了门，随便取了几件，就回来了。"

隆科多道："难为你办得妥当，现在纪秋生口供已经招认，我为他关系重大，怕有机密泄露，就此退堂，钢针儿的用处不曾根究。"

云中燕道："逆党如此机密，本衙门各番役，难保不有受该党蛊惑的，提到里面审问，很是妥当。"

隆科多道："我们同到签押房问吧。"

云中燕向云中雁道："老弟，你去带这纪秋生签押房来吧。我伺候隆大人先走一步。"说着，陪了隆科多径到签押房，叫当差的都走出去。

一时云中雁带了纪秋生进来，此时签押房中，只隆科多、云中燕、云中雁和那纪秋生，共是四人。隆科多也不叫他下跪，依然和颜悦色地问他道："你在维止社中是不是九十三号？"

回称："是的。"

隆科多道："你那首领给你的那支钢针儿，是做什么的？"

纪秋生道："这一支钢针儿是毒药针，针锋上炼足毒药水，锋利无比，毒烈无比，一着人身，见血封喉，只消略略刺伤，一见血，毒性由血外传络脉，内传脏腑，立刻就要失命。首领交给我，是要我刺死一个人呢。"

隆科多问他："要刺死谁？"

纪秋生道："是府尹乌大人。"

问他："你们跟乌大人有甚仇怨？"

纪秋生回："维止社跟乌大人毫无私怨，不过乌大人办事太顶真，于维止社的行事，多有不便，才要刺死他呢。"

隆科多问："你会武艺么？"

180

纪秋生道:"我不会武艺。"

隆科多道:"不会武艺,怎么叫你去行刺?"

纪秋生道:"皆因我执业是剃头,府尹衙门的头都是我剃的,首领瞧我能够与乌大人近身,所以把行刺的事,交给我去办。"

隆科多道:"你们那社中,上下三等的人都有么?"

纪秋生道:"怕都有么?就为太机密了,社友们不能晤会,不能通问,所以不很明白。"

隆科多问:"你是谁引进的?"

纪秋生道:"是一个太监,姓何的。"

隆科多向云中燕道:"逆党中太监都有,可见人类很杂。"

云中燕道:"就为他人类杂,防备倒很容易。"随向纪秋生盘问了好些社中暗号,问毕,鼓楼已报四更,隆科多叫把纪秋生收了禁,各自散去歇息。

次日起身,时已近午,隆科多因起身得太晚,觉着有些头晕,当差的请示开饭,隆科多道:"我吃不下,叫他们先吃吧。"原来隆科多与幕友们本是同桌会食的,现在传话出去:"师老爷们尽请先用,大人不吃了。"厨房照例开饭,当差的照例伺候。不意众幕友才吃得一碗饭,就一个个大呼腹痛,有痛得厉害的,竟然跌在地上,滚来滚去,伺候的仆役一见这个样子,大惊失色,急忙报知隆大人。隆科多疾出瞧看,见两个幕友在地上打滚,其余三人都是双手捧着肚子,愁眉锁眼地呼肚子疼痛。此时云中燕、云中雁也放掉了饭碗,奔进来瞧看。云中燕是久历江湖的好汉,什么不曾见过,一见就喊:"了不得,中了毒了,快请大夫去,谁下的毒,倒先根究根究。"一句话提醒了隆科多,遂一面差人去请太医,一面叫把做菜的厨子、搬菜的仆役,都拿下,听候根究。

一时太医请到，云中燕陪来诊视一过，太医道："这是中毒。"

云中燕问："中的什么毒？"

太医道："大有似乎砒石毒。"

欲知幕友性命如何，且听下回分解。

第二十九回

解砒毒药求黄防风
破逆党兵困驸马第

却说太医说是大有似乎砒毒，遂书方防风一味，煎汤速服。云中燕问："怎么只有一味药？"那太医道："防风能解砒毒，药贵中病，不贵味多。"说毕，告辞而去。

这里众幕友服了药之后，果然渐渐地一个一个都好了。隆科多叫把厨子、仆役提上，隔别了细心询问，知道仆役是无干的，释放不问。问到一个厨子，名叫胡三的，很有重大的嫌疑，于是余人一概不问，专把胡三细心拷问。胡三被逼不过，供出也是维止社社友，奉首领的令，下毒药在肴中，毒死隆大人。因大人喜欢四喜肉，今儿恰好做这一肴菜，才把砒末掺在肉内，哪里知道大人偏不曾吃，真是罪该万死。

隆科多就要把他照律问罪，云中燕心机一动，走到隆科多身旁，附耳低言，说了好一会子话，隆科多点点头，随道："胡三，你知道朝廷王法，谋毙大臣，该当何罪？谋毙主人，该当何罪？"

胡三碰头道："小的该死，小的应该千刀万剐。"

隆科多道："你既然自己知道所犯是死罪，我把你送县究办，也不为过。现在加恩赦免，许你将功赎罪，你可知道感激？"

胡三闻言，连连叩头道："小的人非草木，蒙大人恩宥，自当赴汤蹈火，糜骨碎身，图报万一。"

隆科多道："能够如此，非特无罪，还有功呢。现在你用剩下的毒药总还有，快快交了出来。"

胡三立刻从怀中取出一个小瓶，呈与隆科多。隆科多接来一瞧，还有大半瓶药末，问："尽在于此么？"

胡三回："尽在于此。"

隆科多道："你当厨子很劳苦，我现在派你一个闲散差事吧。你在客厅上，当一个值客厅，以后社中有甚举动，你须要立刻报我知道。"

胡三喜得没口子地答应。当下隆科多就叫云中燕到怡王府，怡亲王闻报也吃一大惊，从这日起，起居饮食就格外地小心留意，不在话下。

这日是九月初八，纪秋生获案已有六整日，依然毫无眉目，毫无办法。隆科多很是焦灼，晚饭之后，胡三忽然请见，说有要事。隆科多唤入问他有何事，胡三道："初九晚上，社友又要聚会，聚会的地方在彰仪门大街驸马第内，新旧社友都到的。"

隆科多问："晚上什么时候？"

胡三道："是黄昏时候。"

隆科多问："此外还有什么？"

胡三回："没什么了。"

隆科多道："知道了，你去歇歇吧。"

胡三退出之后，恰巧云中燕走来，隆科多就把胡三报信的事，向他说知，云中燕道："逆党全伙成擒，就在今夜，皇上圣驾回宫，也就在今晚。"

隆科多道："真个能够如此？"

云中燕道："实心做去，自然能够。现在请大人会同怡王爷，率领侍卫番役，都不要穿着公服，一更时候，在驸马第四周暗暗地埋伏下，约计逆党到齐之后，把他前前后后一围，再由我率了血滴子弟兄腾身入内，动手拿捕，逃出来，外面拿捕，见一个拿一个，见两个拿一双。大众齐心，认真办理，逆党不是全伙成擒么？逆党既然全伙成擒，大人细心熬审，圣驾藏匿在何处，不是一问就知么？知道圣驾所在，不是立刻可以迎驾回宫么？"

隆科多大喜，随道："怡亲王那里，就烦你去知照吧。"云中燕应诺自去。

到了初九这日，怡亲王与隆科多依然登高酌酒，庆赏重赐，宛如没事人一般，谁又知道他要去破获逆党呢？晚饭之后，怡亲王点了三百名侍卫，隆科多点了四百名番役，都叫青衣小帽，乔装作寻常百姓，三三五五，都到彰仪门内大街取齐。怡王爷、隆大人也只坐车，并不乘轿。云中燕等一班血滴子，全都夜行衣靠，背插钢刀，一个个腾身上屋，贴伏在驸马第屋面之上，只可怜维止社这一班社友，蒙在鼓里，一点子消息都没有，还是问答暗号，还是穿号衣、戴面具，还是用文字宣通意见，悄悄潜潜、静静穆穆地开会。

正这当儿，陡闻屋顶上轰砰一声巨响，就这巨响里，四面喊呐之声震天动地，撼岳摇山，齐喊："休放走了，休放走了！"

众社友大惊，两个头领到这时光，只好破例发言，才说得"休慌"两个字，早见窗格四动，扑扑扑，扑扑扑，跳进了不少的人来，都是衣黑如墨，刃白如霜，雄赳赳，气昂昂，横目四顾，凶光射人。为首的两个把刀向众人指道："要走道，留下了脑袋去。"众社友见了这一副势派，唬得都不敢逃走。

这为首的正是云中燕、云中鹤，二云指挥众弟兄："快给我一个个都捆了！"血滴子队员一齐动手，维止社社友是文武对半的，那班文的手无缚鸡之力，没奈何，只好束手受缚；这一班武的，腾身逃走，血滴子队员如何肯放手，拔步飞追，前有伏兵，后有追兵，如何还能够漏网？到三更左右，所有维止社社友早已部分首从，全伙获案。云中燕还怕有漏网的，叫众弟兄掌了灯，逐间逐间地搜查，搜了一个更次，又搜着了三个，全伙逆党共计一百九十三名，经怡亲王、隆科多亲自押着，送到步军统领衙门来。这一伙人犯，依然脸戴面具，身穿号衣。到了衙门，隆科多立刻下令，叫把该犯等假面具揭取，露出来本来面目，再行审问。番役答应一声，两个服侍一个，霎时之间，一百九十三个假面具全部揭下。众番役逐一细瞧，不禁"哎呀"了一声，飞步入报，回大人："廉亲王与禩贝子也在里头。"

隆科多道："只把允禩、允禵提进来，先行问话，余犯分头看管，听候审问。"

番役应着出去。一时提上，隆科多回过怡亲王，怡亲王叫提到签押房问吧，于是把允禩、允禵提到签押房，叫番役人等尽都回避，只云中燕、净修、云中鹤、邓起龙四个伺候。

怡亲王、隆科多并肩坐下，廉亲王、禩贝子向上昂然挺立。怡亲王先问道："允禩，你们的结伙造逆，叛上作乱，种种逆迹，我都不暇究问，现在第一桩问你，把主子藏匿在什么地方，快快供出，我还可以做主，从宽发落。"

廉亲王道："你的话都是含血喷人的勾当，我素来谨慎，安分守己，你自己要造逆，知道我公忠体国，很不便你所为，大遭你忌妒，竟然假传圣旨，率领凶恶番役，无端围我府第，破我的家，我不跟你计较，引身下野，暂避你的凶锋恶焰，无非等候圣明回朝，据事直奏，听候圣明的处断。不意你爪牙众多，今晚又

186

遭毒手，现在在你手中，我的性命生死悉凭你做主，不过要诬我藏匿主子，我可不敢承认。"

隆科多道："廉王爷，我说一句不怕你恼的话，你老人家果然安分守己，怡王爷断不会诬蔑你；必是你老人家果有不是的地方，不尽安分，不尽守己，才说到你的身上。就说种种都是诬蔑，你难道私结维止社，家中安置削器消息，私禁云义士等，私设地窟地道，剥人皮做假面具，私造秘密暗话，都是假的不成?!"隆科多这一番话，问得允禩哑口无言。

隆科多又道："廉王爷，我替你算计，机关已经破掉，身子已经获案，就使没有口供，按律科罪，也断难末减。皇上总要回宫的，你老人家不肯说出，我们难道就此寻访不着么？那么你的不说实话，未必与你有益，也未必与我们有害，并且还与你自己有大害呢！为什么呢？你倘说出了皇上的地方，我们因此访得了皇上，无论你所犯如何弥天大罪，我们总替你求恩，皇上与你究竟有手足之情，或者天恩浩荡，就此准我们所请，不把你办罪，也说不定。廉王爷，我劝你还是说实话的好。"

允禩低头细想，默默无言。怡亲王道："舅舅的话，真乃仁至义尽。你是聪明人，岂会不明事理，自己裁度着行吧。"允禩到此，真也没法，只得从头至尾，细细说了一遍。

原来大破廉王府，骚乱的当儿，社友中有一个黑翅蜻蜓李三，正在寝宫门外防获，听得风声一阵紧似一阵，知道大势已去。李三本来是个猾贼，诡计多端，急中陡生贼智，带同贼伙四人，闯入寝宫，向雍正声称："甘愿护驾出险。"雍正帝不知是计，点头允许。这黑翅蜻蜓李三即把雍正帝从那地道内拥出，这里侍卫番役入宫搜索，只差得一步呢。李三拥雍正帝出宫，就在附近民家投宿了一宵，次日叫人报知禟贝子。禟贝子立刻打轿子来接，把雍正帝直送到康熙老佛爷的皇陵上安置，因此找遍九城，杳无影迹。后来维止社改组，张兰芳发出巧思，活剥人皮做假面具，他的剥皮法子，把那人先用麻药麻倒，然后用剃刀在额上轻轻割开，即用水银从割开处注下，水银质沉，下流极速，只消用手向四周轻轻敲拍，皮肉自会分离，注到两足，只一脱，就完了。现在廉亲王尽行供出，一字不瞒，隆科多道："那都是李三的不是，与王爷无干，现在主子是否在陵上？"

廉亲王回称："确在陵上。"

怡亲王道："咱们先到陵上去接驾吧。"

隆科多道："自然先接驾，接了驾，再问案。"遂派四名血滴子好好伺候廉王爷、褦贝子爷，其余人犯，概交番役严刑看管，一面传话提轿子。

怡亲王与隆科多督率侍卫、番役，就步军统领衙门出发，浩浩荡荡，径向皇陵而来。行抵城门，已经黎明时候，传令开城。霎时城门大开，番役在前，侍卫在后，最后三肩大轿，一肩是怡亲王乘坐，一肩是隆大人乘坐，一肩是空轿，预备迎接圣驾的。行了好半天，康熙的皇陵已经在望。

欲知雍正帝果然在内与否，且听下回分解。

第三十回

怡亲王迎驾回宫
娄道士剪绸戏帝

话说怡亲王、隆科多等一行人众，行抵康熙皇陵，怡亲王、隆科多都下了轿，带同侍卫二十名闯进陵来。守墓军士急忙报知恂郡王允禵，恂郡王大惊，才待出去瞧看，怡亲王等已经走了进来。恂郡王问："你们来此何为？"

怡亲王更不搭话，吩咐搜寻。二十名侍卫分头搜去，一时报称："皇上在配殿里坐地。"怡亲王与隆科多疾步奔入，只见雍正帝闭目而坐，允祥、隆科多奔至雍正帝面前，双膝着地，碰头道："皇上被困在此，奴才等救驾来迟，罪该万死。"

雍正帝开目见是允祥、隆科多，大喜道："好极了，你们竟会找到这里来，朕躬无恙呢。"

怡亲王就把经过的事，约略奏了一遍，雍正帝道："难为你们，朕很嘉悦，现在允禩、允禟既都获案，允禊、允禵也是他们一起的，允禵近在陵差，给我先拿下，咱们也就回宫吧。"隆科多应了两个"是"，带领侍卫立刻把允禵拿下，进来复旨。于是怡亲王请雍正帝登了轿，传令回京。

一行人众簇拥着圣驾，一路回京。虽不曾警跸，比了出京到陵时光已经风光万倍了。一到京城，雍正帝立谕宗人府，叫把允禩、允禟、允䄉都收了禁，候旨办理，一面降旨收捕允禵。次日，雍正帝临朝，朝见满汉臣工，特派总理政务王大臣怡亲王允祥、舅舅隆科多，会同宗人府、刑部审理允禩、允禟叛逆重案。审实具奏，奉旨允禵革去亲王，允䄉革去郡王，允禵、允禟俱革去贝子，并令查抄家产。后来又命革去黄带子，圈禁高墙，又把允禩削去宗籍，改名阿其那，允禟削去宗籍，改名赛斯黑。满朝文武都请把阿其那、赛斯黑明正典刑。雍正帝偏是不准，降了几道很长的旨意，说得很是婉曲，很是仁厚，却暗地里叫血滴子飞去，都结果了残生性命，只说是恶贯满盈，遭了天谴。

隆科多密奏："圣驾蒙尘之时，奴才等四出问卜，遇着云游子的论字、娄道人的前知，才能破获奸谋，接回圣驾。"雍正帝立刻下旨，命访召云游子与娄道人。近侍奉旨去讫，一时回奏："娄道人已经回南，云游子不知云游哪里去了。"雍正帝道："云游子既然不知去向，只索罢了。娄道人在南中，可降旨征召，务要他来京一见。"遂命内阁撰诏，一时撰成进呈，只见上写着：

师栖身岩壑，抗志烟霞，观心众妙之门，脱屣浮云之外。朕奉希夷而为教，法清净以临民，思得有道之人，访以无为之理。久怀上士，欲观觌真风，爰命使车，往申礼聘，师其暂别林谷，来仪阙庭，必副招延，无惮登涉，钦此。

隔了一个多月，娄近垣应召来京，雍正帝恰在畅春园驻跸，就命舅舅隆科多带领引见，在勤政殿召对。娄道人照仪注三跪九叩，嵩呼"万岁"。雍正帝问："以神仙黄白修养之道？"

娄近垣道："皇上乃旷代圣人、当今贤主，受祖宗之付托，臣愚以为该以苍生为念。臣遁迹草野，无用于世，区区末技，何补盛治？"

雍正帝听了，心下好生不快，随命赐斋，却暗叫毒药酒倾入壶中，试他的道行，中毒身亡，便非真道，服毒不毒，才是神仙，本系山野术士，生死无足深论。哪里知道御赐药酒，娄近垣当着雍正帝一饮而尽，扬扬谈笑，竟如没事人一般，雍正帝倒也骇然。

一时饮啖已毕，娄近垣向雍正帝道："臣愿乞借软绸一匹，剪刀一把，臣有小技，愿博皇上一笑。"雍正帝立命取绸一匹，剪刀一柄，付与娄近垣。娄近垣接到手，把绸随意剪去，剪成一片片蝴蝶，随手剪成，随剪飞去，霎时之间，满宫中都是蝴蝶，飞舞纷纷。雍正帝衣袂上都聚集了好几只，随举手捕一只瞧视，见双翅栩栩，是很活泼的一只蝴蝶，可爱得很，遂藏于袖中。只见娄近垣道："怕失掉皇上的软绸。"随举手一招，轻呼"蝴蝶归来，蝴蝶归来"，即见庭院中蝴蝶纷纷归集，霎时之间，依然完成软绸一匹，毫无散痕。不过中间缺一个蝴痕，雍正帝想起，举袖一瞧，一只绸蝶在袖中，随问："此一蝶还可以回复原状么？"娄近垣道："不能。随呼随回，可以凑集，留在外面既久，势就不能再合了。"雍正帝大为欣赏，随命舅舅隆科多陪到府第去，好生管待。隆科多领了旨，陪娄近垣到家，方才坐定，娄近垣道："公爷，我欲吐了。"说着呀的一声，就呕吐出来，可煞作怪，吐出的东西，尽化作小雀，冲天飞去。隆科多很是称奇。

看官，北地早寒，十月中已经见雪，一日京中大雪，积地一尺多高，隆科多正在拥炉向火，家人入报："娄道人在园中卧雪浴冰，怕要冻死呢。"隆科多慌忙奔入花园瞧时，只见他卧在雪

191

地里，热得正汗出，额上热气腾腾，不住手地用冰块拭汗呢。一见隆科多，就笑道："公爷，热得很，还是雪地里凉快点子。"隆科多笑道："我师又在戏耍人了，如此严寒，何来酷热？"

隆科多把娄近垣种种异迹，奏知雍正帝。雍正帝再命召对，降旨敕封为垣妙真人。娄近垣谢过恩，仍旧伏地不起。雍正帝问他还要什么，娄真人道："臣愚求皇上浩荡洪恩，准放还山。"雍正帝道："士各有志，朕亦不能相强，准尔还山是了。"遂命皇子们出来与娄真人相见，一时弘晖、弘昀、弘时、弘历、弘昼、弘瞻、弘盼、福宜、福惠、福沛十个皇子，都出来相见。雍正帝道："娄卿，你有前知之明，瞧朕这十个皇子中，最有福的是谁？"娄真人略一瞻视，胸中早已了然，遂奏："都很有福，不过内有一位是洪福如天的，臣愚知道他是六十年太平天子。"雍正帝问："他是哪一个？"娄真人道："这是天机，臣不敢泄露。"雍正帝也只索罢了。当下娄真人奉旨恩准还山，一路官迎官送，异常风光。江西龙虎山张真人闻得他名气，就特派法官，聘他到山，纂修《龙虎山志》。这都是后话，按下不提。

却说田文镜自蒙特旨拔擢之后，一帆风顺，年年升迁，此时已做到河南总督。田制军因自己出身不由科目，见了科甲出身的属员，很不欢喜。到任之初，第一回劾折，就参掉科甲州县数十人，阖省官员无不凛然。一日有一个邻省制台过境，特来参谒，见面之下，那人就厉声道："明公身任封疆，有心蹂躏读书人，这是什么意思，说给我听听。"田文镜白受其辱，竟然奈何他不得。

又一日，有一个新任祥符县知县王士俊的，来辕谒见，头回儿见面，照例庭参，田文镜问他出身，这王县令攒眉嗫嚅，故意做出羞愧的样子，停了好半天，才答道："卑职不肖，读了几句

192

圣贤之书，某科举人，某科进士，某科散馆翰林，实系科甲出身，惭愧得很。"这几句话明明是当面讥刺，田文镜不禁大怒，斥骂了一顿。王士俊知道必不能免，回到衙门，立刻办稿，办了一个很长的公事，详请免掉河南碱地税田。田文镜见了详文，果然大怒，请幕友办折参劾。恰巧藩台杨文乾来拜田文镜，谈起王令的事，并言已经办折参劾，杨藩台笑道："制军中了王令计也。"

田文镜道："我参掉他功名，怎么倒又中他计呢？"

杨藩台道："大凡书呆子最是好名，他明知制军跟他要过不去，故意动这公事，挑逗得参劾，才好沽名钓誉。此刻参他不是中他的计，成他的名么？"

田文镜道："这厮如此可恶，我偏不中他的计。"随命办折的幕友把折稿撕了。不意恰恰中了那位藩台的计，不到两个月，杨藩台升了广东巡抚，就把这王县令指调了去。田文镜事后方知，自己也很好笑。因见李卫由云南布政使升为浙江巡抚，兼管两浙盐务，现在升为浙江总督，又新奉恩命，江苏所属七府五州一切盗案，多叫他管理，恩眷这么隆崇，相形之下，很是见绌，忖到吏治的振作，一个儿心思才力，究属有限，幕府中几位幕友，又都是庸才，只能循例办公，绝难出奇济变，于是虚心延访，广求奇才，访来访去，竟被他访着了一位不世出的奇才。

此人是浙江绍兴山阴人，姓邬名叫进德，游幕公卿，已逾十载，大河南北，都称他作邬先生。这邬先生有个叔父，素无赫赫之名，偏有庸庸之福，人很木讷，一径在杭州教读。前年靠进德的交情，荐在浙江抚台衙门幕府中吃一碗清闲现成饭。抚院问他，这也不晓得，那也不知道，简直是一无所能的木人儿，到了年终，叫他代写了一个请安折子，因为请安折子的字少，不过只

"浙江巡抚臣某某跪请圣安"这几个字就完了。哪里知道隔不上几时，原折发回，上有雍正帝御笔亲书朱书大字，写着"朕安，邬先生安否"七个字，抚院大惊失色，忙问："老夫子名闻九重，圣上也认识老夫子大笔么？"那邬先生仍是木然，从此抚院就不敢轻视他，送与千金重修。

这位老邬先生终年不办一事，不过写一个圣安例折。有一年老邬先生恰巧病了，跪请圣安的折子，由别个幕友写了，忽奉廷查问："邬先生是否健在，有无他故，着即复奏。"抚院大骇，一面据实奏闻，一面急忙延医替他诊治，后来李卫接了任，也就请他当这个圣安折子的要差，也不知道他与雍正帝有什么渊源，问他他也不说。

现在这邬进德却是奇才多智，与乃叔大不相同。田文镜请到了他，也就刮目相看，待以国士之礼。一日河南府来一角详文，叙的是孟津县居民翟世有，向来耕种为业，本年四月，有陕西三原县人叫作秦泰的贩买棉花来孟津，遗失纹银一百七十两。翟世有在路上拾获，归告伊妻，寻过原主给还，不取分毫，并不受谢，义举清操，合当仰恳宪恩，给匾嘉赏等语。邬进德就向田文镜道："翟世有这一件事，可以专折入告，请旨立碑嘉励。"

田文镜道："题目不无太小？"

邬先生道："正唯小题，才可以大做。折子上去，定有好音到来。"

田文镜心上颇不以为然，因邬先生入幕以来，第一件主张，不好意思不从他，遂道："既是邬先生要这么办，就这么办是了。"

邬先生办好折子，随即发出，不多几时，上谕到来，田文镜正冠开读，只见上写着：

194

天下之治平，在乎端风俗，而风俗之整理，在乎正人心。若人之存心，果能守法奉公，安分知足，则不贪苟得之财，不为非理之事，衾影无愧，俯仰宽舒，而和气致祥，自然灾害潜消，诸福毕至，子孙并获安享。所谓积善之家，必有余庆也。朕爱养黎元教诲谆谆，至详且悉，唯期薄海内革，外薄从忠，以成荡平正直之治，而地方大吏有司等，既不能躬行礼让，以为民之倡复，不能恳切周详，以宣朕之训。是以还淳返朴之风，不多概见，朕心实企望之。今见孟津翟世有之事，乃风俗休美之明征，国家实在之祥瑞也。朕心深为嘉悦，夫秉彝好德，人心所同，十室之邑，必有忠信宇宙之大。兆民之众，岂无崇廉尚义之人？止因大吏有司，不以民风醇薄为念，或遂至湮没不彰耳，果能化导训迪于平时，而遇忠孝节义之人，敬礼表扬以为众人之劝，则奋发兴起，岂不成比户可封之俗乎！翟世有着给与七品顶戴，仍赏银一百两，以旌其善。凡人境遇之丰啬贫富，皆有一定之数，不可以幸而致。假若贪者有余，而廉者不足，则是定数不足凭而天道不可问矣。无奈世人贪心一萌，遂以明白浅显之理，不能知觉，而见利思义，不拾遗金，便为古今罕觏之事。如翟世有者，乃耕田力作之农民，未必备读圣贤之诗书，法古人之行谊，而天性朴诚，不欺暗室，用能化导其妻，共成义举。是以令闻达于朝廷，拜章服帑金之赐，如但计一时之利，所得不过百余金，用辄易罄，较今日之荣名，岂啻霄壤之分哉！倘人人观感兴起，皆能如此存心，则不但成让路让畔之休风，而本人亦必受上苍之嘉祐，荷国家之恩荣，讵不

195

美欤！上年京城内有铡草夫役六十一者，于伊草车内拾得银五十两，不肯私取，当官呈出，随经该管官员奏闻，朕已降旨奖赏。此事与翟世有之还金相类，朕为人心风俗起见，特颁赐谕，通行晓谕内外官民人等知之，钦此。

田文镜大喜，向邬进德拱手道："佩服！佩服!"过不多几时，归得府商丘县卖面贫人陈怀金，拾获遗金二十四两，又全数付还银主，力辞酬谢。田文镜又欲专章入奏，邬先生道："这一回可不比头儿了。"

田文镜道："不得嘉奖了么?"

邬先生道："虽也得着嘉奖，总没有头回的得利。"

田文镜不信。不意折子上去之后，朱批下来，不过陈怀金赏着一个九品顶戴，并五十两银子，并无另旨。文镜至此，更把邬先生佩服到个五体投地。

欲知后事如何，且听下回分解。

第三十一回

田文镜特疏劾亲臣
雍正帝加恩宽元舅

话说河南总督田文镜把邬进德佩服到个五体投地，邬先生谦让了几句，随问："明公要做名督抚呢，还是要做寻常的督抚?"

田文镜笑道："那自然要做名督抚，谁甘做寻常督抚呢。"

邬先生道："明公既然要做名督抚，一切事情由我做主，别来掣我的肘，还你做成功很有名的名督抚。"

田文镜道："自然悉听先生裁。"

邬先生道："那么我就要办一件事，先替公明起草一个章奏，由我起草，由我发誊，由我拜发，折中的话，一个字也不许明公瞧见。这一个奏折到京，明公的大事成功了，不知能够信我?"

田文镜道："先生替我划的策，总不会有错误，完全拜托，费心替我办理，我总不来问信就是。"说着兜头一揖，邬先生笑着还礼。

正下邬先生回到房中，闭了房门，一个儿精心办理折稿，埋头伏案，整整的两日才把折稿办好，唤折奏老夫子到房中，眼看他誊写。誊写完毕，叮嘱他严守秘密，不准走漏风声。随即封固钤印，恭代拜发。田文镜当在上房，听得辕门上突发炮响，骇问："什么事？"

　　家丁忙出察看，一时回称是邬师老爷拜折呢。田文镜道："折底不曾见过，你去见邬师老爷，说我的话，要折底来一看。"家丁应着出去，依旧空手回来。问他怎么了，那家丁道："邬师老爷叫回老爷话，这件事邬师老爷与老爷当面说过，老爷答应他不问信，邬师老爷才敢放胆做去，老爷要瞧折底，早呢。现在才只拜发，隔掉三日，料此折已经到京，邬师爷自会送与老爷瞧的。这都是邬师老爷吩咐的话，小的不敢不回。"

　　田文镜没法，只得罢了。候到第三日，依然不见把折底送来，不能再耐，派人去取。一时回称："少停，邬师老爷亲自送来。"

　　田文镜道："我可没有那么大工夫等他，我亲自问他要去，看他还用什么法子来搪塞。"说着，起身就走，那家丁跟着出来。只见邬进德正与幕友们谈天呢，田文镜跨进就道："邬先生，三日之约已到。"

　　邬先生一见，忙道："明公这么性急，我正要亲自送进来呢。"说着，就怀中取出那折稿，双手递与田文镜。田文镜接来一瞧，见写着"奏为国戚重臣贪婪不法，紊乱朝政，欺罔圣明，谨据实列款纠参事"。瞧到这里，心里先一跳道："弹劾谁呢？"再瞧下去，见写着"窃太保吏部尚书一等公舅舅隆科多自受任以来"，唬得直跳起来，连喊："吾命休矣！邬先生，我这回吃你葬送了也，非但丢官，怕性命都要不保呢。"

　　众幕友见田文镜如此着急，不知邬先生闯的是什么祸，也都替他捏一把汗，各人都目注着田文镜，静听他的发话。田文镜瞧折稿，越瞧越唬，越唬越急，竟然急出满头大汗来。一时瞧毕，把折稿递于众幕友，众幕友见了，也都伸出了舌头，半晌缩不进去。

看官，隆科多是雍正帝元舅，又建立下这许多大功，受康熙帝顾命，扶雍正帝登基，带领血滴子打破廉王府，问卜娄道人侦破维止社，驸马第捉住奸王，皇陵中寻获真主。既封公爵，又加太保，本职吏部兼管步军，这么的亲信，这么的恩荣，田文镜一个外省总督，又是汉军，动折弹劾，不要说田文镜要唬，当时众幕友要唬，就是看官们也要莫名其妙呢。

原来隆科多人极机干，但是廉王诛殛之后，官高爵显，既加太保，又赏黄马褂，开气袍，宝石顶，就不免恃功骄恣，渐渐地横行不法。雍正帝虽也闻知，悉与隐忍，偏偏隆科多还不知谨慎，语言鲁莽，举动粗疏，跟雍正帝闲谈，自拟为诸葛亮，并言白帝城受命之日，即是死期已至之时。又言现在各省提督之权甚大，一呼可聚二万兵，又言汉人俱不可信。雍正帝要调取年羹尧来京，隆科多又言调取年某来京，必生事端，竭力谏阻。雍正帝已经是忍无可忍，偏偏他还不知自检，对于满汉百官，总是遇事需索，累万盈千，不厌不倦。雍正与怡亲王密议出一个法子，侦察他举动，叫怡亲王荐一个仆人与隆科多。隆科多见是怡亲王所荐，自然另眼看待。偏那仆人做事十分勤慎，应对十分敏捷，不由人不信任，又谁知是雍正派来的侦探呢。此公府中虽大的小事，无不立刻上闻。雍正帝很不为然，要把他办罪，偏偏中外大臣没一个敢弹劾他的，无从发端究办。不知怎么九重的隐情，竟会被这位邬师老爷探听得明明白白，所以放胆办这一个参折，列款纠参，参到他四十一款。田文镜不曾知道，自然要心慌意急，大大发跳。

当下邬先生道："明公不要着急，仔细急坏了贵体。好在晚生不会逃走，倘有处分，我邬某一个儿承当，明公尽可把邬某奏

199

请正法也。"田文镜见事已成事，埋怨他也没用，只好听其自然。

过不多几日，旨意下来："隆科多深负朕恩，着即革职，发交顺承郡王锡保、刑部尚书史贻直按款严行审问，并谕锡保等破除情面，不得稍有瞻顾。"

田文镜到此时候，一块石头方才落地。邬先生笑问道："明公，今日可以信得过晚生了？"

田文镜道："了不得，你老夫子真是智多星，料事如神，佩服！佩服！"

邬先生道："料事如神呢不敢，当总算晚生不曾有误明公前程。"

过了几天，京中寄来邸报，只见有一折是顺承郡王锡保等遵旨审奏隆科多罪案，田文镜留心瞧下去，只见列举出大不敬之罪五款，欺罔之罪四款，紊乱朝政之罪三款，奸党之罪六款，不法之罪七款，贪婪之罪十六款，共四十一大款。摇头道："厉害！厉害！"遂瞧下去，只见上写着：

查隆科多私钞玉牒，收藏在家，大不敬之罪一；将圣祖仁皇帝钦赐御书，贴在厢房，视同玩具，大不敬之罪二；妄拟诸葛亮奏称白帝城受命之日，即是死期已至之时，大不敬之罪三；盛京兵部主事马岱之事，屡奉圣谕，隆科多明知干犯，复行妄奏，大不敬之罪四；皇上赏银三千两，着令修理公主坟墓，隆科多迟至三年，竟不修理，大不敬之罪五。圣祖仁皇帝升遐之日，隆科多并未在御前，亦未派出近御之人，乃诡称伊身曾带匕首，以防不测，欺罔之罪一；狂言妄奏提督之权甚大，一呼可聚二万兵，欺罔之罪二；时当太平盛世，臣民戴德，守分安居，隆科多作有刺客之状，故将坛庙桌下搜查，欺罔之罪三；妄奏被参知县关陈原系好官，欺罔之罪四。皇上谒陵墓之日，妄奏诸王心变，紊乱朝政之罪一；妄奏调取年羹尧来京，必生事端，紊乱朝政之罪二；妄奏举国之人，俱不可信，紊乱朝政之罪三。交结阿灵阿、揆叙，邀结人心，奸党之罪一；保奏大逆之查嗣庭，奸党之罪二；徇庇傅鼐、沈竹、戴铎、巴海，不行查参，奸党之罪三；比昵伊门下行走之蔡起俊，奸党之罪四；徇庇阿锡鼐、法敏、将仓场所奏浥烂仓米，着落历年监督分赔之案，巧为袒护具奏，奸党之罪五；曲庇菩萨保，嘱托佛格免参，奸党之罪六。任吏部尚书时，所办铨选官员，皆自称为佟选，不法之罪一；纵容家人勒索财物，包揽招摇，肆行无忌，不法之罪二；徇庇提督衙门笔帖式詹泰，嘱托吏部侍郎勒什布，改换成例，不法之罪三；发遣西安人犯，应给口粮，并赤金等处，应裁应补兵丁之处，故行推诿，欲以贻误公事，不法之罪四；因系佟姓捏造唯有人冬耐岁寒之语，向人夸示，以为姓应图谶，不法之罪五；自知身犯重罪，将私收金银，预行寄藏菩萨保家，不法之罪六；挟势用强，恐吓内外人等，不法之罪七。索诈安图银三十八万两，贪婪之罪一；收受赵世显银一万二千两，贪婪之罪二；收受满保金三百两，贪婪之罪三；收受苏克济银三万六千余两，贪婪之罪四；收受甘国璧金五百两，银一千两，贪婪之罪五；收受程光珠银五千两，贪婪之罪六；收受六格猫睛映红宝石，贪婪之罪七；收受姚让银五百两，贪婪之罪八；收受张其仁银一千两，贪婪之罪九；

收受王廷扬银二万两，贪婪之罪十；收受吴存礼银一万二千两，贪婪之罪十一；收受鄂海银一千五百两，贪婪之罪十二；收受佟国勷银二千四百两，贪婪之罪十三；收受佟世禄银二千两，贪婪之罪十四；收受李树德银二万一千四百余两，贪婪之罪十五；收受菩萨保银五千两，贪婪之罪十六。以上罪状昭著，隆科多应拟斩立决，妻子入辛者库，财产入官。

田文镜瞧毕，不禁骇然，见朱批是"另有旨，钦此"寥寥数字，暗忖：这姓邬的真是能人，他早知道皇上厌恶隆科多，特借我的官衔，施展他的本领，但是外面不知道的人，只道我言听计从，在朝廷有非常的权力，才上得一个折子，就把势焰腾天的隆科多参掉，以后见了我，不知要怎么怕惧呢。想到这里很是得意。

不言田文镜在河南得意，且说北京雍正皇帝，自从大难夷平之后，对于那班功臣很是不满，拿住一个不是，先把年羹尧抄了家，赐了帛。然后想一个法子弄得那班血滴子自相残杀，风流云散，在下因在《八大剑侠》《血滴子》两书中已经详细叙述，不再赘笔。现在有着凑趣的田文镜，动折纠参，就狠狠下旨究办隆科多。顺承郡王锡保复奏上来，雍正帝龙颜大喜，却故意做出不忍的模样，召集议政王大臣、内阁、九卿问道："隆科多系朕之元舅，现在所犯四十一款重罪，已经审实，究竟是否情真罪当，万一稍有屈枉，或失之过重，或失之过轻，尔等应知失之轻，果不足论，失之重，朕何以对皇太后乎！虽惩办奸贪，是祖宗定制，国家大法，朕断不敢以一己之私情，稍抑国法，总要于行法之中，不悖推情之谊，尔等可据实奏闻。"

雍正帝才语毕，阖殿中满汉臣工齐奏，实系罪状昭著，法无可宥，请照原拟将隆科多斩立决，妻子入辛者库，财产入官，以戒奸贪而快人心。雍正帝道："隆科多所犯四十一款，实是罪不容诛，但皇考升遐之日，召朕之诸兄弟及隆科多入见，而降谕旨，以大统付朕。是大臣之内，承旨者唯隆科多一人，今因罪诛戮，虽于国法允当，而朕心则有所不忍。隆科多忍负皇考及朕高厚之恩，肆行不法，朕既误加信任于初，又不曾严行禁约于继，今唯有朕身引过而已，在隆科多负恩狂悖，以致臣民共愤。此虽伊自作之孽，皇考在天之灵，必昭鉴而默诛之。隆科多免其正法，于畅春园外附近空地造屋三间，永远禁锢。伊之家产何必入官，其应追赃银数十万，尚且不足抵赔，着交该旗照数追完。其妻子亦免入辛者库，伊子岳兴阿着革职，玉柱着发往黑龙江当差。"

满汉诸臣齐声道："皇上仁慈宽厚，尧舜所不及也。"雍正帝遂下旨着工部派员在畅春园外建造住屋三间，把隆科多禁锢在内养老送终，也算是国戚功臣的收场结果。

雍正帝见年羹尧、隆科多尽行摧灭，自己改诏谋皇的痕迹揩抹得干干净净，再没有人知道的了，心下不禁快然。不知若要人不知，除非己莫为。阿其那、赛斯黑两人的余党散在外面的，难保其必无。原来维止社各社友在驸马第破获之日，恰值天色黎明，人事扰攘，大家忙乱着拿人，社友飞毛腿张云如本来是个飞贼，他见上屋的同党，都被生擒活捉，知道屋面上这一条路不很稳妥，仰首见大厅上有只匾额写着"恩荣堂"三个大字，很可以藏身，遂蹿身上匾，躲在里头，静悄悄不发一声。下面番役虽众，倒都不曾留意。张云如直躲到次日晚上，才钻出来，跳下地，浑身上下都是灰尘，抖了个干净，才偷偷逃出。在京不敢停留，想起江南大侠甘凤池跟自己有一面之缘，现在无处存身，不如到南中找甘凤池去。

行到江南，听得路人纷纷议论，说江南主考查嗣庭为了出了个"维民所止"试题，大触忌讳，已经奉旨革职，拿交三法司究问了。张云如心中一动，暗忖："维止"两个字是我们的社名，取意是雍正杀头，怎么这位大主考与我们同心起来？因要紧访寻甘凤池，不暇研究别事，不意访来访去，都说甘凤池带了他内眷陈美娘出外去了。张云如资斧告竭，没法奈何，只得假称精于符咒，善治百病，在宁、镇、苏、常各城镇设摊卖符，糊口而已。一日在常州府城卖符，忽来一个老者，问："癫狂病也治得好么？"张云如一见那人，不觉大吃一惊。

欲知老者是谁，且听下回分解。

第三十二回

能臣封章完夙案
明主垂拱庆升平

却说飞毛腿张云如在常州城中设摊卖符，忽见一老者问癫狂病会治不会，张云如见那老者面貌，活似顺天府尹乌大人，吃了一惊，忙道："可以治，一切疑难杂症都能够治。尊驾贵姓呀？"

那老者回称："姓乌。"

云如道："莫非就是乌大京兆乌大人么？"

那老者道："那是舍弟。"

云如才知道他是同胞兄弟，遂道："府上谁有贵恙？"

老者道："是家慈。"

云如道："原来是老太太，最好先到府上见见老太太，给老太太请请安，再定治法吧。"

那老者道："可否请先生就此小衙去？"

张云如应诺，立刻跟着那老者前去。

原来这位老者，名叫乌申伯，甲榜出身，官为常州府学教授，与大京兆乌克斋是同胞弟兄，老太太年已八旬，因年老多病，不愿居京，所以倒是教授迎养在任。登州原籍，只剩下人们看守房屋而已。当下乌教授陪张云如到学署，告知老太太的病。为了瞧京报的张云如道："敢是令弟大京兆有甚变端么？"

乌教授道："舍弟幸无事，舍弟的好友查嗣庭坏了事，家慈怕舍弟牵连受祸，大致是忧出来的。"

张云如道："京报在否，可否借来一观？"

乌教授道："便当，便当。"随检出那张京报，递与张云如。

张云如接来瞧时，见是一道皇皇谕旨：

谕内阁九卿翰詹科道等查嗣庭向来趋附隆科多，隆科多曾经荐举，朕令在内廷行走，授为内阁学士后，见其语言虚诈，兼有狼顾之相，料其心术不端，从未信任。及礼部侍郎员缺需人，蔡珽又复将伊荐举。今岁各省乡试届期，朕以江西大省，须得大员以典试事，故用伊为正考官。今阅江西试录，所出题目显露心怀怨望，讥刺时事之意，料其居心浇薄乖张，平日必有记载。遣人查其寓所及行李中，则有日记二本，悖乱荒唐、怨诽捏造之语甚多，又于圣祖仁皇帝用人行政大肆讪谤，以翰林改授科道为可耻，以裁汰冗员为当。厄以钦赐进士为滥举，以戴名世获罪为文字之祸，以赵晋正法为因江南之流传对句所致，以庶常散馆为畏途，以多选庶常为蔓草为厄运，以殿试不完卷黜革之进士为非罪，热河偶然发水，则书淹死官员八百人，其余不计其数，又属雨中飞蝗蔽天，似此一派荒唐之言，皆未有之事，而伊公然造作书写。至其受人嘱托，代人营求之事，不可枚举。又有科场关节及科场作弊书信，皆甚属诡秘，今若但就科场题目加以处分，则天下之人必有以查嗣庭为出于无心，偶因文字获罪，为伊称屈者。今种种实迹见在，尚有何辞以为之解免乎？尔等汉官读书稽古，历观前代以来，得天下未有如我朝之正者，况世祖、圣祖重熙累洽八十余年，深仁厚泽，沦肌浃髓，天下亿万臣民，无不坐享之福。我皇考加恩臣下，一视同仁。及朕即位以来，推心置腹，满汉从无异视，盖以人之贤否不一，各处皆有善良，各处皆有奸佞，不可以一人而概众人，亦不可以一事而概众事。朕唯以至公至平之心处之，尔等当仰朕心，各抒诚悃，交相勉励，殚竭公忠，无负平日立身立德之志，或一二新书不端者，亦宜清夜自省，痛加悛改。朕今日之谕，盖欲正人心，维风俗，使普天率土永享升平之福也。尔等承朕训旨，当晓然明白，勿存疑愧避忌之念，但能恪慎供职，屏去习染之私，朕必知之。朕唯以至诚待臣下，臣下有负朕恩者，往往自行败露。盖普天率土，皆受朝廷恩泽，咸当知君臣之大义，一心感戴。若稍萌异志，即为逆天下之人，岂能逃于诛戮？报应昭彰，纤毫不爽，诸臣勉之戒之。查嗣庭读书之人，受朕格外擢用之恩，而伊逆天负恩，讥刺咒诅，大干法纪，着将查嗣庭革职拿问，交三法司严审定拟，钦此。

张云如瞧毕，遂道："公绎谕旨，并无累及克斋京兆的意思，即使平日朋友要好，已有痛加悛悔，恪慎供职的训语也，绝不会牵累。现在老太太如何模样，晚生拟进去望望。"乌教授道："家

207

慈哭笑不常，语无伦次。"当下陪张云如到内堂。

只见乌老太太正在那里骂人呢，乌老太太一见张云如，即道："这位是神仙，神仙来了，快快救我，这里的人都要谋害我性命。"

张云如道："老太太别怕，有我在此，谁也不敢轻惹老太太。"

乌老太太忽然两眼一愣道："给我快快跟出去，要谋害我性命的，就是你。"

张云如见老太太两眼发直，知道无非是痰迷心窍，遂从怀中取出一个药瓶，倒出些丸药，叫她用水吞服。

乌老太太道："我没有病，不吃药。"

张云如道："老太太果然无病，但是操劳家务，身子是亏了，这是补药呢。"

乌老太太听说是补药，倒也要吃了。乌教授倒上一杯开水，老太太果然一撮一撮地吞下。一时吞毕，张云如念动咒语，画了三张符，叫她焚化吞下，辞别出来。

次日乌教授来说，老太太吞过神符之后，吐出了不少的痰，清醒了好些。张云如大喜，叫她再吞丸药。原来张云如的丸药，是礞石滚痰丸，对于老太太这病，恰巧是对症发药。偏偏事有凑巧，乌克斋新承恩命，升了礼部侍郎，老太太心里一欢喜，病就好得快了。从此，张云如神符治病之名，传遍常州一府。

事有凑巧，常州府知府马世烆的儿子病了惊风，也请他去诊治，偏偏张云如拿板作势，不肯应允，马太守爱子情殷，只得派丁持片，并掮了轿子来接，云如才允了。遂坐官轿子入府衙门，马太守春风满面地接出。张云如见马太守银盆白脸，浓黑胡子，

208

眼角眉梢，生得很是威严，彼此大恭通话。马太守说了无数仰慕的话，随请张云如到上房。只见少爷才只三四岁，睡在床上，两眼上翻，形势很怕人。云如走近身，伸手向少爷肚腹上一候，觉着肚腹坚硬，知道是食厥。马太守问："可治不可治？"张云如道："病极危险，但是还有一线生机。"遂书符三道，叫焚化了，用枳实六曲汤冲服，服过符，能大便就有希望，病势不便，可就没有法子。马太守大喜，一面置酒款待，一面叫快快煎汤吞符。

看官，这食厥的病，食一消下，病自然会好。这张云如符咒虽是胡话，他却深明药性，识得病机，所以诊治各症，都能应手辄效。不过他不肯说医药，总说是神符，为的是神符治病能够轰动一时呢。

当下马世炘的儿子服下神符之后，不过半个时辰，腹中就辘辘大响，连放臭屁。马太守大喜，疾令焚服第二符，服下之后，臭屁放得更多，连环不已。接服第三符，却就便了。势急气进，不及上马桶，便了一床，被褥淋漓，都是粪水。马太守得信，顾不得污秽，踏进上房瞧看，只见少爷已经起坐，大呼腹饥，要东西吃。快活得什么相似，走到外面向张云如再三称谢，连称神符，真是神效。张云如异常得意，从此之后，马世炘太守替他逢人称道，到处表扬。张云如的符咒就此传遍常州一府，渐渐地愈传愈广，常、镇、苏、松四府地方差不多每一个人都知道。云如往来南北生意，很是发达。北至江宁，南及松江，无不争先恐后地延请他。

一日，有一少年来访，那人生得剑眉星眼，虎背狼腰，并且举动倜傥，语言豪爽，很像是个英雄模样，问他姓名，偏又笑而不说，张云如很是心疑，再三请问，那少年笑道："我们萍踪浪迹，不过是暂时聚首，又何必寻根究底，定要通姓道名。"

张云如道："不是这么讲，咱们英雄结识，最要的是露胆披肝，现在连殉葬的姓名都不肯真实说出，哪里再谈得出肝胆呢？"

那少年点点头道："说得也很有理，不过一个人要人真心待己，须自己先真心待人。现在尊驾的神符治病历著奇效，果然真是神符之力？自己挟诈欺人，倒责备人不披肝露胆。"

张云如听了猛吃一惊道："符咒不神，哪里有如此效验，哪里会有这许多信服的人？"

那少年道："治病应手辄效，不能说你不神，但是天下之大，难道都是无目之人？究竟是药的神灵，还是符的神灵，我也不必说出，大概施术的自己总会明白。"

张云如向少年打量了一会子，恍然有悟，遂道："你这位英雄这么灵心慧眼，这么义侠，英雄莫非就是江南大侠甘凤池兄么？不是甘凤池绝不会如此磊落，如此潇洒。"

那少年大笑道："张云如兄眼力真是不错。"

原来这少年果然就是江南大侠甘凤池。这甘姓本是江南大族，是三国时东吴大将甘宁之后，祖大枝繁，各省都有分支。凤池之祖甘辉，在明朝赐姓延平王部下，官为中军提督，爵封崇明伯。永历末年，死于金陵之役。凤池的老子甘英，在延平嗣王郑经部下，当一个中军守备。康熙二十二年，清兵入台湾，甘英跟随主帅刘国轩，出屯牛心湾，清兵前锋蓝理、曾诚、吴启爵、张胜、许英、阮钦为、赵邦试等七船抢进湾来。甘英驾舟，突浪而前，纵火焚烧敌船，风法潮涌，清前锋七船簸荡漂散，清军水师提督施琅，亲督大艐，冲围赴援。甘英与刘国轩分军为两翼，夹攻清军，甘英一箭射中施琅右目，无奈施琅是个劲敌，分兵三路，拼命杀来，下令不列大阵，用五艘攻一艘的新战斗法。甘英随着刘国轩，猛发火箭，喷筒毒焰涨天，怎奈清军厉害异常，至死不退。甘英力战身亡，大小战舰三百余艘，都被焚毁，刘国轩从吼门逃去。清兵乘胜入台湾，到处淫掠，甘国公父子都殉了国难，所存一门细弱，何堪御侮。凤池的母亲谢夫人就把凤池交给奶妈子，叫她逃向胞兄谢品山家去，嘱咐道："甘氏两世，唯此而已。"奶妈才抱凤池出后门，前门喊杀之声，已经闹成一片，清兵闯入，见人杀人，见物抢物。谢夫人怕受辱，投井而死。

大凡亡国的忠臣与开国的功臣，新陈代谢，恰成个反比例。甘氏一门良贱，自尽的自尽，被杀的被杀，逃散的逃散，霎时之间，家破人亡，只剩得白茫茫一片干净土，所留一堆瓦砾、半堵类垣，供后人凭吊而已。甘英的妹子甘苕华，被一少年清将姓秦的所得，甘凤池经舅舅谢品山领到镇江乡间，安心抚养，到十岁上，忽来一个卖画的叫路民瞻，瞧见凤池骨相非凡，心地纯厚，发愿收他为徒，遂把甘凤池引到山深林密之所，悉心教练，面壁二载，练剑三年，早就成功一个剑侠。

路民瞻原来是个大剑侠，凤池艺业成就之后，辞师下山。途经南京，遇着卖解的陈四，同了他女儿陈美娘，在那里卖艺招亲。一时高兴，跟美娘比武，天生佳偶，巧结姻缘，就此结了这一门子的亲。新夫妇携手回家，不意将抵家门，又遭意外，陈美娘突然失了踪。甘凤池入地上天地寻访，历尽千辛万苦，方才访着。从此南北东西，鹣鹣比翼。两夫妻游侠回来，家人回张云如来家访过。甘凤池道："不走逆境的人，总不肯来此见我，此人眼前也走了逆境也。"

陈美娘问："张云如是谁，我竟有耳以来，从没有听见过这个名字。"

甘凤池道："此人是个飞贼，绰号飞毛腿，我知道他投在北京廉亲王门下，当着维止社社友，很得意。现在到得这里来，大致走了逆境也。"

过不多时，张云如神符治病是声名哄传遐迩，甘凤池暗忖，张云如竟会符咒奇术，倒不可不去瞧瞧。遂起身来访云如，一路上听得旁人议论，都说云如符咒，如何如何灵验。甘凤池仔细打听，才知他借符咒为名，隐行他的医术，愈病不由符咒，实由冲服符咒的这一杯水。探着了这个秘密，所以头回儿见面，就故意藏头露尾，不肯说出真姓真名。被张云如一句道破姓名，甘凤池大笑道："张兄真是可儿。"

两位英雄一见如故，当下甘凤池问他："你在廉亲王那里很得意，怎么会南边来？"张云如道："一言难尽。"遂把经过的事细细说了一遍。

甘凤池听了不胜感慨，遂问："今后意见如何？"

张云如道："我已是漏网之鱼、丧家之犬，哪里还有意见，避难南下，无非为糊口之计。因慕甘兄仁心侠骨，妄想托庇宇下，沉机观变，待时而动罢了。"

甘凤池道："张兄还想待时而动，足见有志。我与你所行虽然相似，所归却是不同。你们宗旨，不过是推倒雍正，我的宗旨却要推翻清朝。现在同处逆境，不妨暂引作相知，以后张兄倘然不肯变掉宗旨，那么今日之友，依然成为异日之敌。"

云如沉吟半晌，遂道："我蒙甘兄不弃，引为同调，甘愿抛弃初志，改从甘兄。"

甘凤池道："见张兄有识见，皇室骨肉如此相戕，哪里是国家之福，看来清朝气数也就将尽了。"

张云如大喜，从此云如就与凤池联络一气，依旧卖他的符咒。

偏偏常州府马世炘升任粮道，官高言重，替他在官场中竭力鼓吹符咒的行销，自然一日广似一日。这一年是雍正八年，马世炘由粮道升任江南按察使，恰恰江南总督范时绎，是汉军旗人，最喜欢符咒之术。马臬台就把云如荐往南京。范时绎接谈之下，相见恨晚，就把张云如待为上宾。这范时绎是开国宰相范文程的孙子，由参领授副将，摄总兵，奉旨署理江南总督。出京之日，怡亲王荐一个仆人来，范时绎倒很合意。

看官，你道这仆人果然是寻常仆隶么？原来也是武进士出身的御前侍卫，奉旨乔装作仆人模样，专侦范时绎举动的，范时绎又如何知道呢。此时雍正帝的心腹李卫，已经做到浙江总督，虽是浙江总督，却奉有特旨，凡江南的军政举劾，着与范时绎会同办理。因此李卫的威权，非常之大。南京、苏州两处，李卫都派有心腹军弁秘密侦察。范时绎、马世炘与张云如的往来，张云如与甘凤池的勾结，都被他侦探得明明白白。李总督大喜，立刻办一角公文，派游击马空北赍文往缉。马空北赶到南京，就到制台衙门投递，范制台拆阅公文，大惊失色，一面疾派心腹报信马世炘，叫早早预备，一面命幕友起稿做了一角回文。万分的回护并重重送了一份程仪与马空北。马空北取了回文回浙。李卫一得回文，就专折入奏，把范时绎、马世炘狠狠参了一本。

雍正帝早已接得侍卫的报告，心下了然。一见李卫折子，也不派员查办，立下谕旨，钦派尚书李永升赴浙江会鞫。案情重大，走脊飞檐的张云如，也早被拿到案。甘凤池是剑侠，官兵要拿他时，只见他大笑一声，掷剑空中，顿时化成一条金龙。凤池腾身跨坐在龙背上，夭矫飞舞，金光闪闪地去了。再到他家中拿捕他眷属时，只剩下一所空屋，陈美娘也不知哪里去了。

这里张云如被获到官，受尽诸般苦恼，怎是心坚如铁，怎奈官法如雷，只得据实招供，办理终结。范时绎革职，免其治罪，马世烆革职，叫部议罪。张云如斩监候。李卫、田文镜实心任事，不避劳怨，都得着传旨嘉奖的处分。从此，雍正帝深居九重，不很出外私行了，但是田、李两人，终雍正之世，宠任不衰。

附 录:

陆 士 谔 年 谱

(1878—1944)

田若虹

1878 年（清光绪四年　戊寅）一岁

是年，先生出生于江苏青浦珠街阁镇（今上海市青浦区朱家角镇）。先生名守先，字云翔，号士谔，别署云间龙、沁梅子、云间天赘生、儒林医隐等。

《云间珠溪陆氏世系考》曰：

> 考吾陆，自元侯通食采于齐之陆乡，始受姓为陆氏。自康公失国，宗人逼于田氏，南奔楚，始为楚人。入汉而后，代有名贤，遂为江东大族。自元侯通六十三传而文伯卜居松江郡城德丰里，吾宗始为松人。自文伯九传而笏田公避明末乱，迁居青浦珠街阁镇，而吾族始有珠街阁支。

清代诗人蔡珑《珠街阁散步》述曰：

> 行过长桥复短桥，爱寻曲径避尘嚣。
> 隔堤一叶轻如驶，人指吴船趁早潮。
> 胜地曾经几度过，千家烟火酿熙和。

朱家角古镇水木清华，文儒辈出。仅在清代，就出了举人、进士三十余名。文人雅士创作的诗词、编著的文集，及专家撰写的医书、农书等各类著作达一百二十余种，名医、名儒、名家，层出不穷。

祖父传：寿铨（1815—1878），字仁生，号稼夫，捐附贡生，直隶候补，府经历敕受修。生嘉庆乙亥十一月初四申时，殁光绪戊寅十一月二十二日午时，享年六十四岁。葬青县十一图，月字圩长春河人和里主穴。配沈氏，子三：世淮、世湘、世沣。

祖母传：沈氏（1814—1889），享年七十六岁。

《云间珠溪陆氏谱牒》曰：

> 洪杨乱起，遍地兵氛分，相挈仓皇避乱。乱事定而故居半成瓦砾，于是艰苦经营，省衣节食，以维持家业，及今已逾二代尤未复归。观然守先等得以有今日，则沈儒人维持之力也。

父传：世沣（1854—1913），字景平，号兰垞，邑禀生，生咸丰甲寅十一月二十日寅时，殁民癸丑二月二十七日戌时，享年六十岁。配徐氏，子三：守先（嗣世淮）、守经、守坚。《云间珠溪谱牒·世系考》记曰："吾父兰垞公讳世沣，字景平，号兰垞，邑禀生。聘温氏，生咸丰甲寅十一月二十四日寅时，殁同治癸酉六月十三日。配徐氏，生咸丰乙卯八月三十日。"

守先谨按：徐孺人系名医山涛徐公之女。性温恭，行勤俭，兰垞公家贫力学，仰事俯育悉孺人是赖，得以无内顾之忧。一志于学，成一邑名儒，寒窗宵静，公之读声与孺人之牙尺、剪声，每相呼应，往往鸡唱始息。今年逾七十，勤俭不异少时。常戒子孙毋习时尚，染奢侈俗，可法也。

兰垞公生子三人：守先居长；次即大弟守经，字达权；三即小弟守坚，字保权。

守先谨按：公性孝友，事母敬兄家庭温暖如春。母沈孺人病，亲侍汤药，衣不解带，旬日未尝有惰；容兄竹君公殁，出私财经纪其丧，抚其子如己子。艰苦力学，文名著一邑。于制艺尤精。应课书院，辄冠其曹而屡困。秋闱荐而未售，新学乍兴，科会犹未罢，即命儿辈入校肄业，其见识之明达如此。其次子，守先之弟守经，清华学堂毕业，留学美国政治学博士，司法部主事、厦门公审会堂堂长、江苏地方审判厅厅长、淞沪护军使秘书长；其幼子守坚，毕业于南洋公学铁路专科，沪杭铁路沪嘉段长。"皆驰声军政界，为世所重。"兰垞公为其后代定辈名为："世""守""清""贞"。

嗣父传：世淮（1850—1890），字同元，号清士，同治癸酉举人，大挑教谕，内阁中书。生道光庚戌七月二十一日，殁光绪庚寅十月初十日，得年四十一岁。

《陆氏谱牒·河南世系》记载："寿铦长子世淮，字同元，号清士，同治癸酉举人，大挑教渝，内阁中书。生道光庚戌七月二十一日，殁光绪庚寅十月初十日，得年四十有一。"

《青浦县续志》卷十六（人物二·文苑传）曰："钱炯福，字少怀，居珠里。为文拗折，喜学半山。同治庚午副贡。癸酉与同里陆世淮同领乡荐。世淮字清士，亦工文。"

《云间珠溪陆氏谱牒》曰：

公刚正不阿，任事不避劳怨，终身未尝二色。应礼部试，过沪江，同年某公邀公同游曲院，公秉烛危坐，观书达旦，竟无所染。角里路灯，系公所发起，行人至今便之。市河淤塞，公聚金开浚，今已越四十年，执政者无复计议及此。

嗣母传：石氏（1851—1914），生咸丰辛亥八月十一日亥时，

219

殁于民国三年旧历甲寅三月十七日卯时，享年六十四岁。子三，守仁、守义、守礼，俱殇。

1881 年（清光绪七年　辛巳）三岁

其弟守经（1881—1946）诞生。守经，字鼎生，号达权。守经曾先后赴日、美留学。后历任厦门公审会堂堂长、江苏及上海审判厅厅长等职，亦曾任清华、燕京、南京等大学教授。

1883 年（清光绪九年　癸未）五岁

其妹陆灵素（1883—1957）诞生。陆灵素，原名守民（一作秀民），字恢权，号灵素，别署繁霜。南社社友。自幼聪慧好学，喜吟咏，善儒曲。陆灵素在黄炎培所办广明师范毕业后，于光绪三十二年（1906）去安徽芜湖皖江女校任教，与同校任教的苏曼殊、陈独秀相识。宣统二年（1910）与上海华泾刘季平（刘三）结婚。季平在北京大学任教时，灵素亦在北京，与陈独秀、沈尹默等有来往；季平在南京任教时，灵素也与黄炎培、柳亚子有往返。民国二十七年（1938）秋刘季平病逝，陆灵素悉心整理遗著，辑为《黄叶楼诗稿尺牍》。寄柳亚子校正，不幸遗失于战火，直至民国三十五年（1946）才以副本油印分赠亲友。新中国成立前夕，柳亚子在北京写诗怀旧："交谊生平难说尽，人才眼底敢较量。刘三不作繁霜老，影事当年忆皖江。"①

陆灵素是个女诗人，擅昆曲。每逢宴客，季平吹箫，陆唱曲，人皆比之为赵明诚与李清照。1903 年，邹容从日本回国，因撰写《革命军》号召推翻满清统治，建立中华共和国，被捕入狱，于

---

① 参见《上海妇女志·人物》。

1905 年瘐死狱中。季平为之葬于华泾自己家宅的附近。章太炎在《邹容墓志》中云："……于是海内无不知义士刘三其人。"

1887 年（清光绪十三年　丁亥）九岁

是年，先生从朱家角名医唐纯斋学医，先后共五年。世居江苏省的青浦。

唐纯斋曾以"同学兄唐念勋纯斋氏"为之《医学南针》初集和二集写序，极力赞其"好学深思""积学富""学尤粹""每发前人所未发""青邑望族代有闻人，而以医学名世则自君始"。并赞曰："角里地灵人杰，王述庵以经著名，陈莲舫以医术行世。惜莲舫之道行未有述，述庵之学之博而未曾知医。君今以经生之笔，释仲景之书，明经络之分治，导后学以准绳，湖山增色。"

1890 年（清光绪十六年　庚寅）十二岁

10 月 10 日，嗣父世淮殁。

是年，弟守坚（1890—1950.10）诞生。守坚，字禄生，号保权。毕业于南洋公学铁路专科。毕业后，又赴美国旧金山大学留学，专攻土木学，回国后，任沪杭铁路沪嘉段段长等职。

1892 年（清光绪十八年　壬辰）十四岁

是年，先生到上海谋生：

在下十四岁到上海，十七岁回青浦，二十岁再到上海，到如今又是十多年了。①

---

① 陆士谔：《新上海》第一回。

少年时曾为典当学徒，不久辞退回里。

1894 年（清光绪二十年　甲午）十六岁

8 月 1 日，中日甲午战争爆发。这一史实，在其历史小说《孽海花续编》中作了详尽而深刻的描述：

却说中国国势虽然软弱，甲午以前纸老虎还没有戳破，还可虚张声势。自从甲午战败而后，无能的状态尽行宣布了出来，差不多登了个大广告，几乎野心国不免就跃跃欲试……究竟都立了约，都定了租期。我为鱼肉，人为刀俎，国势不强，真也无可奈何的事。①

1895 年（清光绪二十一年　乙未）十七岁

4 月，本县始有机动船航班，载运客货通往外埠。

是年，先生回青浦。在青浦行医的同时，亦在家阅读了大量的稗官野史和医书。

1898 年（清光绪二十四年　戊戌）二十岁

是年，先生再次来到上海。先是以默默无闻的穷小子悬壶做医生。弃医改业图书出租，"收入尚还不差"，继而又潜心钻研小说，渐悟其中要领。大胆投稿，竟获刊登，由短篇而中篇，由中篇而长篇。那时还有几家书局收购了他好几种小说稿刊成单行本，风行一时。先生走上小说创作道路，与孙玉声先生很有关

---

① 陆士谔：《孽海花续编》第三十六回。

222

系。陆士谔来上海后认识了世界书局的经理沈知方，以及孙玉声。孙玉声这时在福州路麦家圈口开设上海图书馆，知道陆士谔学过医，就劝他一方面写小说，一方面行医，且允许他在上海图书馆设一诊所。在创作小说的同时，先生亦从事租书业务。

是年，青浦青龙镇十九世中医陈秉钧（莲舫），经两广总督刘坤一等保荐，从是年起，先后五次受召进京为光绪帝、孝钦后治病。

1899 年（清光绪二十五年　己亥）二十一岁

娶浙江镇海茶叶商人之女李友琴为妻。夫妻感情甚笃。李友琴曾多次为其小说写序、跋及总评，如《新孽海花》《新上海》《新水浒》《新野叟曝言》等。

《云间珠溪陆氏谱牒》记载：先生配李氏，镇海李兰孙次女；继李氏，泗泾李凤楼长女。

1900 年（清光绪二十六年　庚子）二十二岁

是年，先生长女敏吟（1900—1991）诞生。其与丈夫张远斋一起创办了华龙小学和山河书店。张远斋任校长，敏吟任教员。

1902 年（清光绪二十八年　壬寅）二十四岁

是年，先生次女陆清曼（1902—1992）诞生。其丈夫徐祖同（1901—1993），青浦镇人。

1904 年（清光绪三十年　甲辰）二十六岁

刘三与《警钟日报》主编陈去病在沪创办《世纪大舞台》杂志，提倡戏剧改良。同年，又与堂兄刘东海等于家乡华泾宅院西楼创办丽泽学院，并购置图书一万五千余册。在该院任教的有陆守经、朱少屏、黄炎培、费公直、钱葆权等。

1906 年（清光绪三十二年　丙午）二十八岁

是年，先生作《精禽填海记》发表，署"沁梅子"，由愈愚书社刊行。阿英《晚清小说史》提及此书，并称其为"水平线上的著作"。

8月，作《卫生小说》，后改为《医界镜》，由同源祥书庄发行。吴云江活版印刷再版时，先生以"儒林医隐"之笔名在书前小引中曰：

> 此书原名《卫生小说》，前年已印过一千部。某公见之，谓其于某医有碍，特与鄙人商酌给刊资，将一千部购去，故未曾发行。某公爰于前年八月下旬用鄙人出名，将缘由登在《中外日报·申报论》前各三天（某公广告，鄙人所著《卫生小说》已印就一千部，因中有未尽善之处，尚欲酌改，暂不发行。如有他人私自印行及改头换面发行者，定当禀究云云），是版权仍在鄙人也。今遵某公前年登报之命，已将未尽善及有碍某医之处全行改去。因急于需用，现将版权出售。

> 儒林医隐主人谨志

在《医界镜》中，先生曾论述过中西医孰长的问题，他指出：

西人全体之学，自谓独精，不知中国古时之书已早具精要。不过于藏府之体间有考核，未精详之处，在西书未到中华以前，虽未尽合机宜，而考验全体之功，其精核之处自不可没也。

是年，作《滔天浪》，古今小说本。先生用笔名"沁梅子"。阿英提及此书曰：

沁梅子著，光绪丙午年俞愚书社刊。

又道：

沁梅子不知何许人，据可考者，彼尚有《滔天浪》一种，亦是历史小说。唯纪实性较弱，是如他自己所说，凭自己高兴张长李短地混说。①

是年，作《初学论说新范》共四卷，由文盛书局出版发行。该书由末代状元张謇题写书名。

1907 年（清光绪三十三年　丁未）二十九岁

先生所著之《新补天石》《滑头世界》《滑头补义》及《上海滑头》写成。在《新上海》中，陆士谔借主人公梅伯之口提及其书：

————————

① 阿英：《晚清小说史》第十二章。

225

梅伯道："你这《新中国》说得中国怎样强、怎样富，人格怎样高尚，器物怎样的精良，不是同从前编的什么《新补天石》一般的用意吗？"我道："一是纠正其过去，一是希望其未来，这里头稍有不同。"梅伯道："同是快文快事，我还记得你《新补天石》几个回目是'杀骊姬申生复位，破匈奴李广封侯''经邦奠国贾谊施才，金马玉堂刘泽及第''奉特诏淮阴遇赦，悟良言文种出亡''霸江东项王重建国，诛永乐惠帝再临朝''岳武穆黄龙痛饮，文山南郡兴师''精忠贯日少保再相英宗，至诚格天崇祯帝力平闯贼'。"一帆道："我这几天没事拿小说来消遣。翻着一册《滑头世界》里头载着金表社的事，他的标题叫《滑头金表社》，你何不回去作一篇《滑头补义》？"我道："不劳费心，我已作过的了，停日出了版，送给你瞧就是了。"①

是年，在《神州日报》上发表了《清史演义》一、二集。先生所撰《清史演义》始披露于《神州日报》，陆续登载。发刊未久，阅者争购，报价因之一增。有目共赏，数月以来，风行日远，尤有引人入胜之妙，而爱读诸君经以未窥全貌为憾。或索观全集，或购定预卷，无不介绍于神州报社，冀速遂其先睹之。社友于是商之，陆君即将一、二集先付剞劂，其余稿本修定遂加校雠，不久可陆续出版。

是年，江剑秋先生于《鬼世界》（1907）序中提及先生所作另外几部小说：《东西伟人传》《文明花》《鸳鸯剑》等。上述几

---

① 陆士谔：《新上海》第四十二回。

种应为先生 1907 年之前所作。

1908 年（清光绪三十四年　戊申）三十岁

元月，作《公治短》，载《月月小说》十三号，署名"沁梅子"，为短篇寓言故事。译《英雄之肝胆》，标"法国乌伊奇脱由刚著，青浦云翔氏陆士谔"译。亦作《官场真面目》《新三角》《日俄战史》三种。

《新孽海花》序录李友琴与陆士谔关于《官场真面目》等书之问答云：

> 今秋复以《新孽海花》稿相示。余读云翔书，此为第十八种矣。评竟问之曰：君前所著，意多在惩恶；此书意独在劝善，然乎？云翔笑曰：唯，子何由知之？余曰：君前著之《官场真面目》《风流道台》等，其中无一完人，嬉笑怒骂，几无不至。①

夏，作《残明余影》，李友琴女士于《新孽海花》载宣统元年（1909）冬十月序中曰：

> 友人以陆君云翔所著之《残明余影》稿示余，余亦视为寻常小说未之奇也，乃展卷细读，见字里行间皆有情义，而笔情细致，口吻如生，古今小说界实鲜其匹，循环默诵，弗胜心折。九月重阳，《医界镜》修改后再次出版发行。吴云记活版部印，同源祥书庄出版。

———————————

① 陆士谔：《新孽海花》序。

1909 年（宣统元年　己酉）三十一岁

是年，作《新水浒》《新野叟曝言》《风流道台》《改良济公传》《军界风流史》《骗术翻新》《绿林变相》《女嫖客》《女界风流史》《绘图新上海》《新孽海花》《苏州现形记》和《新三国》十三种。

2月，作《风流道台》，此书在《新上海》及《晚清小说史》中均提到：

当下梅伯到我书房里坐下，见了案上的两部小说稿子《风流道台》《新孽海花》，略一翻阅笑道："笔阵纵横，到处生灵遭茶毒。云翔，你这孽也作得不浅呢！"我道："现在的人面皮厚得很，凭你怎样冷嘲热讽、毒讽狂讥，他总是不瞅不睬。不要说是我，就使孔子再生，重运他如椽大笔，笔则笔，削则削，褒贬与夺，再作起一部现世《春秋》来，也没中用呢。"

梅伯抽了两袋烟问我道："你的新著《风流道台》笔墨很是生动，我给你题一个跋语如何？"我道："那我求之不得，你就题吧。"……只见他题的是：《风流道台》，以军界之统帅效英皇之韵事，未始非官界中佳话。第以惜玉怜香之故，竟至拔刀操戈，殊怪其太煞风景。乃未会巫山云雨，顿兴宦海风波。于以叹红颜未得，功名以误，峨眉白简旋登，声望全归狼籍，可恨亦可怜矣。①

————————

① 陆士谔：《新上海》第一回。

阿英《晚清小说史》亦云：

　　陆士谔著，六回，宣统元年（1909）改良小说
社刊。

是年，作《新野叟曝言》，为国内最早之科学幻想小说，谈
文素臣全家至月球事。全书共六册，约四十万字，宣统元年五月
初版，同年同月发行，由上海小说进步社印行。此书亦另有磊珂
山房主人撰的《新野叟曝言》一种。

7月，作《鬼国史》，改良小说社刊行，阿英评曰：

　　维新运动是失败了，立宪运动不过是一种欺骗，各
地的革命潮，在如火如荼地起来。中国的前途将必然地
走向怎样的路呢？这是不需要加以任何解释就能以知道
的。把握得这社会的阴影，是更易于了解晚清小说。其
他类此的作品尚多，或不完，或不足称，只能从略。就
所见有报癖《新舞台鸿雪记》、石傰山民《新乾坤》、抽
斧《新鼠史》……陆士谔《新中国》……也有用鬼话写
的，如陆士谔《鬼国史》（改良小说社，1909 年）……
专写某一地方的，也有陆士谔《新上海》、佚名《断肠
草》（一名《苏州现形记》）等。①

阿英《晚清小说目录》称：

---

　① 　郑逸梅：《艺林散叶续篇》。

《女嫖客》，陆士谔著，五回，宣统年刊本。

陆士谔《龙华会之怪现状》中谈及《女界风流史》：

秋星道，你也是个笨伯了，书是人，人就是书，有了人才有书呢。即如《女界风流史》何尝不是书。试翻开瞧瞧，你我的相好怕不有好多在里头么。穷形极相，描写得什么似的……这符姨太小报上曾载过，她是磨镜党首领呢，像《女界风流史》上也有着她的事情。①

11月，李友琴为其《新上海》序于上海之春风学馆，序中进行了评述：

盖云翔之用笔与他小说异，他小说多用渲染笔墨，虽尽力铺张扬厉，观之终漠然无情；云翔独用白描笔墨。写一人必尽一人之体态、一人之口吻，且必描出其性情，描出其行景。生龙活虎，跳脱而出，此其所以事事必真，言之尽当也。云翔在小说界推倒群侪，独标巨帜。有以夫，余读云翔新著二十三种矣，而用笔尖冷峭隽，无过此编。云翔告余曰，与其狂肆毒詈，取憎于人，孰若冷讥隐刺之犹存忠厚也。故此编于上海之社会、上海之风俗、上海之新事业、上海之新人物以及大人先生之种种举动，虽竭力描写淋漓尽致，而曾无片词只语褒贬其间，俾读者自于音外得悟其意。此即史公

---

① 阿英：《晚清小说史》。

230

《项羽本纪》《高祖本记》《淮阴列传》诸篇遗意欤。

第六十回，镇海李友琴女士评曰：

> 书中描摹上海各社会种种状态，无不惟妙惟肖，铸
> 鼎像奸、燃犀烛怪，使五虫万怪，无所遁影。平淡无奇
> 之事一运以妙笔，率足以令人捧腹，是真文字之光芒而
> 世道之功臣也。若夫词隐而意彰，言简而味永，按而不
> 断，弦外有声，《儒林外史》外鲜足匹矣。

是年 5 月 4 日至次年 3 月 6 日，作《也是西游记》（注：十
七期上署名"陆士谔"），在《华商联合报》连载。后又结集
出版。

1910 年（宣统二年　庚戌）三十二岁

是年，长子清洁（1910.6—1959.12）诞生。1927—1937 年
间，清洁悬壶杭州。十七岁起在杭州创办医报《清洁报》，并历
任浙江省国医馆顾问、中医院院长、疗养院院长等职。1937 年抗
日战争全面爆发后回沪，先于白克路行医，后又迁往吕班路。
1944 年先生病逝后，又迁回汕头路 82 号行医，直至 1958 年。清
洁先生亦著有多种医书，如：《备急千金方疏证》十二册、《金匮
类方疏证》三册、《伤寒卒病论疏证》三册、《伤寒类方疏证》
二册、《评注王孟英医案》二册、《评注本草纲目疏证》七册等。

是年，其妹守民与刘三相识，经南社诗人苏曼殊撮合而结为
伉俪。

是年，作《乌龟变相》《新中国》《最近官场秘密史》《六路

财神》《逍遥魂》《玉楼春》《最近上海秘密史》七种。

3月，作《官场新笑柄》，在《华商联合报》连载。

腊月，《六路财神》刊行，版底云：

> 大小说家陆士谔先生健著十一种。先生著书不下五十余种，此十一种均系本社出版者：《新上海》《新鬼话连篇》《新三国》《风流道台》《新水浒》《六路财神》《新野叟曝言》《骗术翻新》《新中国》《改良济公传》《新孽海花》。

是年，在《新上海》中，他曾借主人公之口评述《逍魂窟》和《玉楼春》两种：

> 我道："这月里通只编得两三种，一种《新中国》，一种《逍魂窟》，一种《玉楼春》，稿子幸都在这里。"说着，把稿本检了出来。梅伯逐一翻阅，他是一目十行的，何消片刻，全都瞧毕。指着《逍魂窟》《玉楼春》两种道："这两种笔墨过于香艳，未免有伤大雅。"①

1911年（宣统三年　辛亥）三十三岁

是年，先生弟守经被录取在美国威斯康新大学学习政治。与之同往的还有竺可桢、胡适、李平等。

是年，作《龙华会之怪现状》《女子骗述奇谈》《商界现形记》《官场怪现状》《官场艳史》《官场新笑柄》《十尾龟》《血

---

① 陆士谔：《新上海》第五十九回。

泪黄花》八种。

4月，作《商界现形记》，由上海商业会社印行。

《商界现形记》共二集（上下卷），十六回。于宣统三年三月付印，宣统三年四月发行。著作者百业公，编辑者云间天赘生，校字者湖上寄耕氏。在《商界现形记》初集上卷，书前署曰："作者真实姓名和生平事迹，则无从考察。"此书与姬文的《市声》、吴趼人的《发财秘诀》及托名大桥式羽著的《胡雪岩外传》皆为晚清反映商界活动的力作。阿英均收入《晚清小说丛抄·卷四》。现据本人考，该书为陆士谔先生所撰。①

长篇小说《十尾龟》共四十回，由上海新新小说社印行。

是月，《龙华会之怪现状》标时事小说。上海时事小说社发行，共六回。

《女子骗术奇谈》二册共八回，古今小说图书社刊行。"是指摘当时所谓新女子的作品，对摭拾一二新名词即胡作非为的女子加以讽刺，间有一、二宣扬之作。所见到的有吕侠《中国女侦探》……陆士谔《女子骗术奇谈》。"②

9月，《绘图官场怪现状》大声小说社版，初集十回。

在《最近上海秘密史》中，陆士谔借书中人物之口，介绍他的另外几部小说时道："他的小说像《官场艳史》《官场新笑柄》《官场真面目》都是阐发官场的病源。《商界现形记》就阐发商界病源了，《新上海》《上海滑头》等就阐发一般社会病源了。我读了他三十一种小说，偏颇的话倒一句没有见过。"

10月10日，晚九时，武昌新军起义，辛亥革命爆发。11月，

---

① 可参见田若虹《陆士谔小说考论》第六章第一节：《〈商界现形记〉著者探佚》。

② 阿英：《晚清小说史》第九章。

233

起义军攻陷总督衙门，占领武昌全城。革命党人成立中华民国湖北军政府，推新军协统黎元洪为都督。12 日，革命军占领汉口，湖北军政府通电全国，宣告武昌光复。

11 月，先生创作讴歌武昌起义的《血泪黄花》，又名《鄂州血》。这部小说出版于 1911 年 11 月，距武昌起义仅一个月。作者满腔热情地歌颂辛亥革命，描写了起义军民的英勇奋战，表达了他对旧民主主义革命的向往之情。

1912 年（民国元年　壬子）三十四岁

是年，《孽海花续编》由上海启新图书局、国民小说社、大声图书局出版，续编共有二十一至六十一回。在《十日新》封底的小说广告中登有陆士谔所出小说数种：

《历代才鬼史》二册（洋八角）、《清史演义》（初集）四册、《清史演义》（二集）四册、《清史演义》（三集）四册、《清史演义》（四集）四册、《孽海花》（初集）各一册、《孽海花》（续编）四册、《女界风流史》二册、《女嫖客》二册、《末代老爷大笑话》二册、《也是西游记》二册、《雍正剑侠》（奇案）三册、《血泪黄花》二册。

1913 年（民国二年　癸丑）三十五岁

8 月，先生次子陆清廉（1913.8—1958.8）诞生。陆清廉，字凤翔，号介人。

《青浦县志·人物》记曰：

陆凤翔原名清廉，朱家角镇人，中国共产党员，革命烈士，陆士谔次子。1958 年 8 月 20 日，在北京开会返宁途中，因飞机失事不幸遇难，时年四十五岁。后经江苏省人民委员会追认为革命烈士。

《青浦文史》亦记曰：

陆凤翔（1913—1958），原名清廉，青浦朱家角人，为通俗小说家、名医陆士谔次子。早年毕业于苏州高中，后在胡绳等的影响下，接受共产主义思想，创办社会科学研究会。1936 年 9 月加入中国共产党①。

是年，创作《宫闱秘辛》、《朝野珍闻》、《清史演义》第一部、《清朝演义》第二部四种。

8 月，《清史演义》第一部由大声局发行，标历史小说。

民国二年至十三年（1913—1924），陆士谔完成了《清史演义》一至四部的撰写：

余撰《清史演义》，此为第四部。第一部大声局之《清史演义》，第二部江东书局之《清史演义》，第三部世界书局之《清史演义》。第大声本书有一百四十回，长至七十万言。而江东本只三十万言，世界本只二十万言。

---

① 《青浦文史》第五期。政协青浦委员会、文史资料委员会编，1990 年 10 月。

同时，他阐明了"演义"之缘由：

夫小说之长，全在表演。何为表？叙述治乱兴衰及典章文物、一切制度。何为演？将书中人之性情、谈吐、举动逐细描写，绘形绘声，呼之欲出。故旧著三书，唯大声本尽意发挥，或可当包罗万象；江东本与世界本为篇幅所限，未免蹈表而不演之弊。然而一代之功勋以开国为最伟大，一代之人物以开国为最英雄。与其歌咏升平，浪费无荣无辱之笔墨，孰若记载据乱，发为可歌可泣之文章。此开国演义所由作也。

10 月 10 日，先生生父世沣殁，得年四十有一。

1914 年（民国三年　甲寅）三十六岁

元月，《清史演义》三集共四册出版。

是月，《十日新》第一至四期连载言情小说《泖湖双艳记》。

2 月，《孽海花续编》再版，大声图书局出版。又，上海民国第一图书馆版本，标历史小说。本书从第二十一回写起，至六十二回止。回目全用曾朴、金松岑原拟。

10 月，《清史演义》四集初版，继而出版五集。

是月，《也是西游记》题"铁沙奚冕周起发，青浦陆士谔编述"。在第八回回末，先生述曰：

《也是西游记》八回，奚冕周先生遗著也。笔飞墨舞，飘飘欲仙，士谔驽下，奚敢续貂。第主人谲谏，旨在醒迷，涉笔诙谐，岂徒骂世。既有意激扬，吾又何妨游戏。魂而有灵，默为呵者欤！

己酉十月青浦陆士谔识

在上海望平街改良新小说社广告中登有特约发行所改良新小说社启：

> 新出《也是西游记》，是书系铁沙奚冕周、青浦陆士谔合著。登华商联合会月报，海内外函索全书纷纷如雪片，盖不仅妙词逸意、文彩动人，而远大之眼光、华严之健笔，实足振颓风、挽末俗。或病其文过艳冶、意近诲淫，则失作者救世苦心矣。

12月10日，在《十日新》第一期发表短篇小说《德宗大婚记》《新娘！恭献！哈哈》《贼知府》《泖湖双艳记》①。

是月20日，在《十日新》第二期发表逸事短篇小说《赵南洲》。

是月30日，在《十日新》第三期发表滑稽短篇小说《花圈》《徐凤萧》《英雄得路》。

是年，其文言笔记《蕉窗雨话》由上海时务图书馆出版。《蕉窗雨话》（共九种），记乾隆间吏部郎中郝云士谄事和珅事，记杜文秀踞大理事，记石达开老鸦被擒异闻，记董琬欲从张申伯不果事，记张申伯为太平天国朝解元事，记王渔洋宋牧仲逸事，

---

① 陆士谔：《泖湖双艳记》第一至四期连载，标艳情小说。

记说降洪承畴事，记岳大将军平青海事，记准噶尔与俄人战事①。

1915 年（民国四年　乙卯）三十七岁

是年，先生妻李友琴病故，终年三十五岁。先生悲痛不已。常以医术不精、未能挽爱妻为憾，遂更发奋钻研医学。又创作几种笔记体文言短篇小说，如《顺娘》《冯婉贞》《陈锦心》《顾珏》等，皆散刊于上海《申报》。

3月14日，作笔记小说《顺娘》，在《申报》"自由谈"、"红树山庄笔记"栏目发表。

3月15日，继续连载《顺娘》。《顺娘》以庚子事变之后"罢科举"，选派留学生到西方留学的这段历史为背景。其中又穿插了男女主人公雁秋和顺娘悲欢离合的故事。故事虽未脱俗套，但情节曲折，人物个性鲜明，其中不无对世俗的道德观和封建习俗的批判。

3月19日，作笔记小说《冯婉贞》，在《申报》"自由谈"、"爱国丛谈"栏目发表，亦见于《虞初广记》。写咸丰十年英法联军火烧圆明园时事，当时有圆明园附近的平民女子冯婉贞率少年数十人以近战博击的战法，避开敌人的枪炮，击溃了敌军数百人，杀死百余人。文章的结尾陆士谔曰："救亡之道，舍武力又有奚策？谢庄一区区小村落，婉贞一纤纤弱女子，投袂起，而抗欧洲两大雄狮，竟得无恙，引什百于谢庄，什百于婉贞者乎？呜呼！可以兴矣！"② 其书在1916年被徐珂收编入《清稗类钞》，修改了原文。亦被列入中学范文读本。

---

① 收于《清代野史丛书》。
② 陆士谔：《冯婉贞》，《申报·自由谈》1915年。

4 月，《清史演义》五集再版。

8 月，作《顺治太后外纪》，由上海进步书局出版。1928 年 2 月五版。

提要曰："是书叙顺治太后一生事实。夫有清以朔方，夷族入住中原，论者多归之天而不知兴亡盛衰之故乃操之于一女子手。盖佐太宗之侵掠，说洪氏之投降与有力焉，然而深宫秘事史官既讳而不书，远代茫然罔识，是编记载最为尽，诚足广异闻而资谈助也。"

1916 年（民国五年　丙辰）三十八岁

4 月 7 日，作笔记小说《顾珏》在《申报·自由谈》发表。

《顾钰》刻画了一位身怀绝技、武力超群，而又恃强踞傲、强不能而为之的"勇"者形象。顾钰，亭林先生八世孙。其躯干彪伟，孔武有力，一乡推为健士。他夜不卧床榻，巨竹两端而剖其中，"卧则以两臂撑之。竹席如弓，身卧其内。醒则疾跃而出，竹合如故"。"稍迟延，臂竹猛夹裂颅破脑，巨竹之张合，常在百斤左右"，其两臂之力可谓巨矣。然山外有山，人外有人，顾终因"耻受人嘲"而不自量力，在比斗中惨败。

4 月 10 日，作笔记小说《陈锦心》，在《申报·自由谈》发表。《陈锦心》以"义和团运动，洋兵入京"之时代为背景，描写了男女主人公国华和锦心的悲欢离合。国华就读于武备学校，他与锦心约"俟武校毕业始结婚"。不料被"匪"掳，"迫为司帐"。荡析流离，积二年之久，始得归。而锦心虽误以其为死，却"死生不渝"，"矢志柏舟"。小说终为大团圆之结局。作者将国华与锦心之婚姻悲剧归罪于"红巾"之乱，无疑体现了其封建思想之局限性，但小说中又通过叙事主人公的视角简要地描述了

239

庚子事变联军入京后之情况：

> 国华被匪掳去，迫为司帐，不一月而大沽失守，洋
> 兵入京，匪众分队四散。国华被众拥出山海关迁流至奉
> 天，又至黑龙江，积二年之久，始得归。

这篇笔记小说，与吴趼人的《恨海》和忧患余生的《邻女语》皆为反映庚子事变之题材。虽不能与之媲美，但亦有异曲同工之妙。

是年，作《帐中语》，上海进步书局印行，署"云间龙撰"，标家庭小说。首语云："留作世间荡子的当头棒喝。"

提要曰："夜半私语恒于帐中为多，此书叙夫妇二人帐中问答。语言温柔旖旎，有时为诙谐之谈笑，有时为正当之箴规，亦风流亦蕴藉，是小说别开生面之作。"

是年秋，作《初学论说新范》，张謇题书名。弁首编辑大意共八条，如第一、二条阐明编辑题旨："本书论说各题皆自初等教科书中选来，即文中曲引泛论用典、用句均不越教科书范围。""本书条文词句务求浅近，立意务取明晰、务期初学易于开悟。"

1917 年（民国六年　丁巳）三十九岁

是年，娶松江泗泾李氏素贞为续室。

6 月，作《八大剑仙》，一名《清雍正朝八大剑仙传》。共十九回，约七万余字。现存民国六年（1917）六月，上海交通图书馆铅印本一册。该本至民国十二年（1923）十月，已出至十版。

是年，作《剑声花影》。1926 年 3 月，五版。其提要曰：

女中豪杰载清史籍者，令人阅之心深向往。本书所述杀身成仁之侠女韩宝英，更属巾帼中所罕见者。宝英本桂阳士人女，逊清洪杨之役为贼所掳，几至辱身。幸遇翼王石达开援救脱险，并为杀贼报仇扶为义女。宝英感恩知遇，卒以死报，脱翼王于难。全书自始至终叙事曲折详尽，文笔亦简明雅洁，堪称有声有色、可歌可泣之作。

1918 年（民国七年 戊午）四十岁

是年，"岁戊午，挟术游松江"。① 在松江西门外阔街悬壶。行医中将十多年来对医学研究的心得，写成医书十余种。

7 月，先生作《中国黑幕大观·政界之黑幕》共一百零一则，由上海博物院路 8 号鲁威洋行发行。编辑者路滨生，发行者葡商马也，由蔡元培等人作序。陆士谔所写"政界之黑幕"有别于当时鸳鸯蝴蝶派小报所津津乐道的秘事丑闻，与其社会小说宗旨一致。他的此类小品文皆以社会现实和时事新闻为描写题材，广泛而深入地触及当时社会、经济、军事、文化、外交、政治的各个层面，其揭露和讽刺之深刻与时代的节奏深相吻合。其文或庄或谐，或正或奇，嬉笑怒骂皆成文章。

其中《民国两现大皇帝》调侃了政体之变更竟同儿戏；《五百金租一翎顶》写民国以来，红顶花翎已抛去不用了，不意复辟之举突如其来，某司长知翎顶为必需之物，遍搜箱匣，竟无所获，遂租一优伶之花翎代之；《闽神之门联》描写了张勋复辟后之民俗；《二本新审刺客》写民国二年三月，前农林总长宋教仁，

---

① 陆士谔：《医学南针》自序。

拟由上海搭火车北上，方欲上车，突被刺客击中腰部，越再日逝世之事件；《新南北剧之黑幕》《新南北剧之第一幕》揭露了袁项城篡位总统和北洋军权之丑闻；《洪述祖之大枪花一》述中法和约告成，刘遣洪诣法军；《杜撰之灾祸与谶语》叙蔡锷起师护国，北军屡北，不得已取消帝制；《失败之大原公子》写洪宪帝既颁称帝之令，乃呕兴土木。在《疑而集诗》中，陆士谔曰：

> 政界之黑幕不外吹牛、拍马、利诱、威逼种种伎俩。此四者尽之……不意自民国以来，政治界幕中偏又添新色料，一曰阴谋，一曰暗杀。如总统之突然称作皇帝，浙江之忽然伪号独立，此均属于暗杀者。人心愈变愈阴，国势愈变愈弱。

10月，作《薛生白医案》，神州医学社新编，上海世界书局出版，1923年8月三版。序曰：

> 薛生白君，名雪，字生白，自号一瓢子。生白因母文夫人多病，始究心医术。其医与叶香严齐名，当时号称叶、薛。吾国医学，自明季以来，学者大半沉醉于薛院，使张景岳之说，喜用温补，所误甚多，独生白与香严大声疾呼，发明温热治法，民到如今受其赐……薛氏医案如凤毛麟角，弥见珍贵。临证之暇，特将先生医案分类校订，并附录香严案以资对照，使读薛案者得于薛案外，更有所益也。

民国八年十月后学珠街阁陆士谔谨序于松江医寓

242

1919 年（民国八年　己未）四十一岁

从 1919—1924 年间，陆士谔在松江医寓先后写了十多种医书。至 1941 年止，先生共创作医著、医文四十多种：《叶天士幼科医案》、《陆评王氏医案》、《薛生白医案》、《叶天士手集秘方》、《医学南针初集》、《医学南针二集》、《王孟英医案》、《丸散膏丹自制法》、《增注古方新解》、《温热新解》、《奇疟》、《国医新话》、《士谔医话》、《叶香严外感温热病篇》、《李士材医宗必读》、《邹注伤寒论》、《陆评王氏医案》、《陆评温病条辨》、《医经节要》、《诊余随笔》、《基本医书集成》（主编）、《家庭医术》、《增注徐洄溪古方新解》、《内经伤寒》、《新注汤头歌诀》、《寒窗医话》、《医药顾问大全》、《论医》、《国医与西医之评议》、《中西医评议》、《小闲话》。医学论文多在《金刚钻》报发表。

元月，先生幼子清源（1919—1981）诞生，笔名海岑。毕业于立达学院。清源幼承庭训，博闻强识，其医学和文学皆颇有造诣。抗战期间，他辗转于福建长汀、泉洲、永安各地从事翻译、教学、编辑及行医等工作。并以行医所得创办了《十日谈》出版社，印行了不少文艺书籍，如德国苏特曼的戏剧集《戴亚王》（施蛰存译）等，行销于东南五省。抗战胜利后，清源回沪。其时陆士谔去世不久，他继承父业，挂起了"陆士谔授男清源医寓"的招牌，正式悬壶行医。新中国成立后，清源曾先后任平明出版社、新文艺出版社和上海文艺出版社编辑，从事英、俄文学翻译。主要译著有屠格涅夫的《三肖像》《两朋友》《多余人日记》、卡拉维洛夫的《归日的保加利亚人》、米克沙特的《英雄们》等。1979 年，他与施蛰存合作，根据西方独幕剧的发展历史编了一套《外国独幕剧选》（六册）。由于精通俄语，他负责选编苏联及东欧诸国的剧本。当第一集于1981年6月出版时，清源已于同年4月病故，未能见到此书的出版。

元月，作《叶天士幼科医案》，上海世界书局出版。陆士谔序曰：

> 叶香严先生，幼科专家也。而其名反为大方所掩。世之攻幼科者，鲜有读其书，是何异为方圆而不由规矩、为曲直而不从准绳。吴江徐洄溪，素好讥评，而独于先生之幼科，崇拜以至于极。一则特之曰名家，再则曰不仅名家而且大家。敬佩之情溢于言表。今观其方案，圆机活泼，细腻清灵，夫岂死执发表攻裹之板法者，所得同年而语耶？《冷庐医话》载先生始为幼科，虚心求学，身历十七师而学始大进，则如灵秘术其来固有自也。

民国八年十月后学珠街阁陆士谔谨序于松江医寓

是年，作《叶天士女科医案》。

1920年（民国九年　庚申）四十二岁

元月，作《增注徐洄溪古方新解》共八卷。上海世界书局石印本1922年6月再版。

2月，《叶天士手集秘方》，上海世界书局出版。陆士谔序曰：

> 秘方者师徒相授，从未著之简策者也。顾未著之简策，后之人从何纂集成书？曰，秘方之源，非人不授，非时不授，故名之曰秘。岁月既久，私家各本所传各自

记述。然方之秘难泄，而纂秘方者，大都不知医之人，所以秘方之书虽多，而合用者甚鲜也。叶天士为清名医，其手集秘方，大抵本诸平日之心得，较之《验方新编》等自可同年而得。顾其书虽善，体例已颇可议……因系先辈手译，未便擅自更张；方有重出者，亦未敢留就删节致损本来面目。唯逐细校雠，勘明豕亥，使穷乡僻壤有不便延医者按书救治，不致谬误，是则校者之苦心也。

7月，作《医学南针》初集，上海世界书局石印本。1931年七版。其师唐念勋纯斋氏序曰：

陆士谔，好学深思之士也。其于《灵》《素》《伤寒》《金匮》等书极深研几，历十余年如一日。昼之所思，夜竟成梦。夜有所得，旦即手录，专致之勤，不啻张隐庵氏之注《伤寒》也。顾积学虽富，性太刚直。每值庸工论治，谓金元四大家之方药重难用，叶香严、王潜斋之方药轻易使，陆子辄面呵其谬，斥为外道之言。夫病重药轻，无补治道；病轻药重，诛伐无辜。论药不论证，斥之诚是。然此辈碌碌，何能受教，徒费意气，结怨群小，在陆子亦甚不值也。余尝以此规陆子，而劝其出所学，以撰一便于初学之书，俾后之学者。得由此阶而进读《灵》《素》《伤寒》，得造成为中工以上之士，则子之功也。夫医工之力，不过能治病人之病；医书之力，则能治医工之病，于其勉之，陆子深韪余言，操笔撰述，及一载而书始成。其网罗之富，选才之精，立论之透，初学之书所未有也。较之《必读》《心悟》

245

等，相去奚啻霄壤。余因名之曰《医学南针》，陆子谦
让未遑。余曰，无谦也，子之书不偏一人，不阿一人，
唯求适用，大中至正，实无愧为吾道之南针也，因草数
言弁之于首。

民国九年庚申夏历二月唐念勋纯斋氏序于珠溪医室

是年夏，作《孽海情波》，由上海沈鹤记书局出版。

1921 年（民国十年 辛酉）四十三岁

4 月，作《增评温病条辨》，（清）吴塘原著，先生增评。

5 月，作《王孟英医案》，上海世界书局出版。哈守梅序曰：

青浦陆君士谔，名医也。其治症，闻声望色，察脉
问证，洞见藏府，烛照弥遗。就诊者无不叹为神技，而
不知君固苦心得之也。余以善病喜读医籍，去年冬，购
得《医学南针》，读之大好，因想见陆君之为人。与君
畅谈医学并及近代名流，君于王孟英氏最为推服……因
出其自编之孟英医案，分类排比，眉目朗然，余不禁狂
喜，劝之发刊。君曰，孟英原案，犹《资治通鉴》，余
此编，犹纪事本末，不过自备检查尔，何足问世。余曰
初学得此，因证检方得见孟英之手眼，未始非君之功
也。陆君颇韪余言，余因草其缘起，即为之序。

民国十年五月金陵哈守梅拜序

陆士谔自序曰：

　　《王孟英医案》有初编、续编、三编之分，编者不
一其人，而《归砚录》则孟英自编者也。余性钝，读古
人书，苦难记忆，而原书编年纪录检查又甚感不便，因
于诊余之暇，分类于录，籍与同学讲解。外感统属六淫
故，风温、湿温间有编入外感门者。夫孟英之学得力于
枢机气化，故其为方于升降出入，手眼颇有独到；而治
伏气诸病，从里外逗，尤为特长。大抵用轻清流动之
品，疏动其气要，微助其升降，而邪已解矣。其法虽宗
香严叶氏，而灵巧锐捷，竟有叶氏所未逮者。余尝谓孟
英于仲夏伤寒论、小柴胡汤、麻黄附子细、辛汤诸方必
极深穷研，深有所得。故师其意不泥其迹，投无不效。
捷若桴鼓，读者须识其认证之确、立方之巧，勿徒赏其
用药之轻，庶有获乎！

民国十年五月青浦陆士谔序于松江医室

农历六月，作《丸散膏丹自制法》。1932 年 5 月再版，由陆
士谔审订。先生自序曰：

　　客有问此书何为而作也，告之曰，神农辨药，黄帝
制方，圣王创制为拯万民疾苦。伊尹、仲景后先继起，
孙邈有《千金》之著，王涛有《外台》之集，《圣济》
《圣惠》各方选出，无非本斯旨而发未发光大之。自世
风日下，业此者唯知鹜利，罔识济人，辄以己意擅改古

方药名，虽是药性全非。医师循名用辄有误，良可慨也，本书之作意在使制药之辈知药方定自古贤，药品之配合分量之轻重、制法之精粗，丝毫不能移易。各弃家技一秉成规，庶几中国有统一制药之一日，按病撰药无不利药病有桴鼓应之，斯民尽仁寿之堂，是所愿也。有同道者盍兴乎，来客悦而退，因讹笔记之以叙本书。

民国十年夏历六月陆士谔序

全书分为内科门四十一类、女科门九类、幼科门十一类、外科门十类、眼科门六类、喉科门七类、伤科门、医药酒门……

是年，增补重编《叶天士医案》，上海世界书局出版。

是年，作武侠小说《血滴子》，又名《清室暗杀团》，二十回，六万多字。现存民国十年（1921）六月上海时还书局铅印本一册。卷首有民国十五年（1926）长沙张慕机序。此书在当时尤为风行，还改编成京剧在沪上演。

1922 年（民国十一年　壬戌）四十四岁

元月，《绣像清史演义》序，写于松江医寓。

是月，《七剑三奇》，上海中华新教育社出版，共四十回。现存民国十一年（1922）上海中华新教育社平装铅印本二册，二万多字，首有作者序，卷后有李惠珍识语。

6月，编《增注古方新解》。

约是年，撰侠义小说《七剑八侠》，共二十四回，由上海时还书局出版发行。第二十四回中写道："种种热闹节目都在续编之中，俟稍停时日，当再与看官们相会。《七剑八侠》正篇终，

248

编辑者陆士谔告别。"

1923 年（民国十二年　癸亥）四十五岁

10 月，《薛生白医案》第三版。

是月，《八大剑仙》第十版。

是月，《金刚钻》报创刊，陆士谔曾协助孙玉声编撰《小金刚钻》报。

1924 年（民国十三年　甲子）四十六岁

4 月，作《医学南针》二集，上海世界书局出版。首有先生自序题："民国十三年甲子夏历四月青浦陆守先士谔甫序于松江医寓"；亦有唐纯斋序曰：

> 陆君士谔名守先，医之行以字不以名，故名反为字掩。而君于著述自著，辄字而不名，故君之名，舍亲戚故旧外，鲜有知者。角里陆氏系名医陆文定公嫡系，为青邑望族，代有闻人。而以医学名世者，则自君始。君为午邑名儒兰垞先生哲嗣。先生学问经济名重一邑，而屡困场屋，以一明经终，未得施展于世。有子三人，俱著名当世。君其伯也，仲守经，字达权；季守坚，字保权，均驰声军政界，为世所重。而君之学尤粹。君以预防为主医学，极深研几，每发前人所未发，于五运六气、司天在泉，则悟地绕日晪。以新说释古义，语透而理确；于伤寒温热、古方今方，则以经病络病，一语解前贤之纠纷。盖君喜与经生家友，每借经生之释经以自课所学，故所见回绝恒蹊也。角里在松郡之西，青溪环

249

绕，九峰远拥，地灵人杰。王述庵以经著名，陈莲舫以医术行世，惜莲舫之道、之行而未有著述；述庵之学、之博而未曾知医。君今以经生之笔，释仲景之书，明经络之分治，导后学以准绳，湖山增色。吾闻君之《医学南针》共有四集，此其第二集也。以辨证用药读法为三大纲，较之初集进一步矣。其三集则专以外感内伤立论，四集则专释伤寒金匮，甚望其早日杀青也，是为序。

是月，清明节，刘绣、刘曼君、刘缙、刘龙《先父刘三收葬邹容遗骸的史迹》一文中曰：

> 1924 年清明节，章太炎、于右任、张溥泉、章士钊、李印泉、马君武、冯自由、赵铁桥诸先生来华泾祭扫先烈邹容莹墓时，吾父权作主人，于黄叶楼设宴招待。章太炎先生与吾父所吟今尚能背诵。太炎先生诗云："落泊江湖久不归，故人生死总相违。至今重过威丹墓，尚伴刘三醉一回。"吾父缅怀亡友，追念往事，悲慨遥深地吟曰："杂花生树乱莺飞，又是江南春暮时。生死不渝盟誓在，几人寻冢哭要离。"

7 月，《女皇秘史》由时还书局出版。此为《清史演义》之第四部。作者自序称于民国十三年（1924）七月，青浦陆士谔甫序于松江医寓。是月 24 日，江苏督军齐燮元、浙江督军卢永祥为争夺上海地盘酝酿战争。本县局势紧张。驻松浙军封船百余艘供军用，居民纷纷避迁。县议会及各法团电致北京及江浙当局，呼吁和平。

是月中旬，先生先遣其妻避上海，与长子清洁看守家门。

是月 29 日，先生避难第二次来沪。

9 月 30 日，江浙战争爆发，史称齐卢之战。县城学校停学，商店多半歇业。

10 月 12 日，浙江督军卢永祥兵败下野，江浙战争结束。松江防守司令王宾等弃城潜逃。先生第三次赴沪。在《战血余腥录》中先生叙述了他第三次来沪悬壶之情形。

先生避难来沪后，聊假书局应诊。民国十四年（1925）六月，他先是在英界四马路画锦里口老紫阳观融壁上海图书馆行医，民国十四年十一月十二日，后又迁移到英租界跑马厅汕头路 23 号新层；民国二十二年（1933）九月，他再次迁移到公共租界中央区，汕头路 82 号。

一日，有广东富商路过上海图书馆，恰巧看到士谔正为病家诊脉开方，就上去攀谈。一交谈，就觉得陆士谔精通医学，请陆出诊，为其妻治病。士谔在病榻边坐下，一看病人骨瘦如柴，气若游丝。原来已卧床一月有余，遍请名家诊治，奈何无灵。病情日见沉重，饮食不思，气息奄奄。富商请陆士谔来看病，也是"死马当活马医"。诊脉后，士谔开好药方说："先吃一帖。"第二天，富商又到诊所邀请，说病人服药后就安然熟睡，醒来要吃粥了。这样经过半个月的诊治，病人霍然而愈。富商感激不尽，登报鸣谢一月，陆士谔的医名由此大振。不久就定居于汕头路 82 号挂牌行医，每日门诊一百号。

12 月 27 日，在《金刚钻》报"诊余随笔"，先生撰文谈小儿虚脱症及其疗法。

是年，先生修《云间珠溪陆氏谱牒》（不分卷），署"陆守

251

"先修"，其侄陆纯熙在《云间珠溪陆氏谱牒》中曰："士谔叔父就珠街阁近支先行编纂校雠，即竣，付诸石印，分给同宗俾珠街阁近支世系。已可按世稽查。"

关于《云间珠溪陆氏世系考》陆纯熙述曰：

> 守先谨按：吾宗谱牒世甚少，刊本相沿至今，即抄本亦复罕购，浸久散佚，世系将未由稽考，滋可惧也。此百数十年中急需修入者不知凡几。屡拟评加修订，而宗支散处，调查綦难，因商之，士谔叔父就珠街阁近支先行编撰。校竣，即付之石印，分给同宗，俾珠街阁近支世系已可按世稽查。

中华民国十三年十一月十八日纯熙谨识

1925 年（民国十四年 乙丑）四十七岁

1—6 月，《金刚钻》报连载其短篇小说《环游人身记》。

在其科幻短篇小说《寒魔自述记》和《环游人身记》中，作者通篇运用了生动贴切的比拟和比喻来说明病毒侵入人体之途径。如《寒魔自述记》叙述了"途"之六兄弟：风魔、寒魔、暑魔、湿魔、燥魔、火魔漫游人体之经历，从而感受到"此为世界风景之最"。在《环游人身记》中则记述了"余"挟暑风二伴"登女郎玉体"分道从"寒府"，人之汗毛孔和"樱唇"通过咽窍（食管）、喉窍、颔颉舌本、脾脏（少阴脉）、肾脏（阳阴脉）、胃府进入人之膏粱之体，它们环游人身一周。文中穿插了"余"与暑伴等之对话，辛辣地讽刺了那种不学无术的庸医，同时倍加推崇名医之医术医德。上述两篇，皆具有较强的故事性和

252

情节化的特点，语言亦幽默风趣，读来引人入胜。

是年，作《今古义侠奇观》，该书演历代十四位男女义侠的故事。出版广告启曰："当行出色撰著武侠说部之老手陆士谔君，收集古今英雄侠义之事迹，仿今古奇观之体例，编成《今古义侠奇观》一书，以为配世化俗之工具。情节离奇，文笔紧凑，聚数千年来之侠义于一堂，汇数十百件之佳话为一编，前后合串，热闹异常……写英雄之除暴，则威风凛凛；写义侠之诛奸，则杀气腾腾，可以寒奸人之胆，可以摄强徒之魂……洵足以励末俗，而挽颓风。"①

在《留学生现形记》封底，亦将其列为最新出版之小说名著：

吴趼人：《二十年目睹之怪现状》《九命奇冤》《电术奇谈》

李涵秋：《近十年目睹之怪现状》《自由花》

海上说梦人：《歇浦潮》《新歇浦潮》

徐卓呆：《人肉市场》

不肖生：《江湖义侠传》

陆士谔：《今古义侠奇观》《剑声花影》

以及名家译著：《十五小豪杰》等共二十二种

是年，作《续小剑侠》，由上海时还书局出版。

4月，作《小闲话》连载。另有医学杂论《治病之事》《治病日记》。

---

① 见于《红玫瑰》杂志第三十二期广告。

8—12月，作《义友记》，连载于《金刚钻》报。

是年，《金刚钻》报登载《内科陆士谔诊例》一个月。

3月，《金刚钻》报记曰：

世界书局管门巡捕某甲，于正月二十一日晨正洗脸间，忽然仆倒，就此一蹶不醒，不及医治而死。及后该局经理沈知方叙之于先生，并研究其致死之由。先生曰，此则唯有"脱"与"闭"两症。"脱"则原气溃散，"闭"由经络闭塞，闭则有害其生，脱则虽有神丹，难挽回也。沈君曰，死者全身青紫。越日，两医解剖其尸，则肺脏已经失去其半。先生曰，该捕平日必酷嗜辛辣而好之饮烧酒，不然肺何得烂，然其致死之因，虽由肺烂，而致死之果，实系气闭。因仆侧肺之烂叶遮住气管，呼吸不通，故遂死也。询之果然。

是月，《金刚钻》报载有一病人家属严寿铭感谢他的信曰："舍亲俞幼甫谈及避难来申之陆士谔，姑往一试，至四马路画锦里口上海图书馆陆寓，延之来诊。不意药甫下咽，胸闷既解，囊缩即宽。二诊而唇焦去、身热退。三诊而能饮半汤，四诊而粥知饥矣。"

是月，先生著《温热新解》。先是《金刚钻》报发表，1933年9月又在《金刚钻月刊》重版。

5月，先生在《金刚钻》报"读书之法"中曰：

先父兰垞公以余喜涉猎古史，训之曰，读书贵精不贵博，汝日尽数卷书，聊记事迹耳，其实了无所得。因出《纲鉴正史》曰，何如……余遂以刘三（小学家）读经之法，读秦汉唐各医书，而学始大进。辨论撰方，自谓稍易着手，未始非读书之益也。

5月27日，先生曰："余自《医学南针》出版而后，虚声日著。远客搭车来松者，旬必有数起，均系久来杂病，费尽心机，效否仅得其余。及避难来沪，沪地交通便利，百倍松江。曩时远客，仅沿沪杭线各城镇，今则有由海道来者，有由沪宁线各站来者。"

6月12日，《金刚钻》报《陆士谔名医诊例》：

所治科目：伤寒、湿热、咳嗽、妇科、产后、调经各种杂病。

时间：上午十时至下午三时门诊，午后三时出诊。

地址：英界四马路画锦里口上海图书馆。

11月12日，先生迁移到英租界跑马厅汕头路23号新层。

1926年（民国十五年　丙寅）四十八岁

3月，《剑声花影》第五版刊行。

是月31日，在《金刚钻》报上登载《修谱余沈》曰：

今吾家新谱告成，自元侯通至士谔凡七十九世……原原本本，一脉相承，各支宗贤亦均分载明白。扬洲别驾分类，为吾二十六世祖，娄王逊为吾五十八世祖……

4 月 14 日，先生作《寒魔自述记》连载于《金刚钻》报。

12 月，《家庭医术》初版，上海文明书局印行。1930 年再版，署"辑选者陆士谔"。

1928 年（民国十七年　戊辰）五十岁

2 月，《顺治太后外纪》五版，由上海进步书局印行。

4 月，《绘图新上海》五版。

4 月，由范剑啸著、先生参与润文的小说《双蝶怨》由上海大声图书局出版。

9 月，《古今百侠英雄传》由上海时还书局出版发行，标绘图古今侠义小说。先生自序曰：

> 余嗜小说，尤喜小说之剑侠类者。所读既多，未免技痒。缘于诊病之余，摇笔舒纸，作剑侠小说。在当时不过偶尔动兴，聊以自遣，不意出版之后，竟尔风行，实出余意料之外。意者下里巴人，属和遍国中耶？

中华民国十七年八月十五日

青浦陆士谔序于上海汕头路医寓

是年，出版《北派剑侠全书》与《南派剑侠全书》。在《古今百侠英雄传》之末页，附南北两派剑侠全书总目：

北派：《红侠》、《黑侠》、《白侠》、《三剑客》（二册）。

南派：《八大剑侠传》、《血滴子》、《七剑八侠》

（二册）、《七剑三奇》（二册）、《小剑侠》（二册）、《新剑侠》（二册）。

10月，作《新红楼梦》，由上海亚华书局出版。

是年，《金刚钻》报登载《内科陆士谔诊例》一个月。

1929年（民国十八年　己巳）五十一岁

元月，作短篇《记平湖之游》①，作者于冬至日作平湖之游，其记曰：

> 平湖多陆氏古迹，此行得与二千年前同祖之宗人相聚，意颇得也……盖平湖支为唐宰相宣公系。宣公系三国东吴华亭候补丞相逊之后，而吾宗为选尚书王昌之后，王昌与逊在当时已为同曾祖姜昆，故吾宗与平湖陆氏，为二千年前一家。考诸家乘，信而有征也。此次邀余往诊者，为平湖巨绅陆纪宣君。甲子秋，余避难来沪，纪宣亦携眷来沪。其夫人患病颇剧，邀余往诊，遂相认识。由是通信，如旧识焉。

是年，作武侠长篇小说《江湖剑侠》，共四十回，由国华书局出版。回目前写有"陆士谔著、蔡陆仙评"。并有云间吴晚香之序言，写于上海。其序文称：

> 青浦陆士谔先生精"活人术"，复长于写武侠小说。

---

① 于1929年1月6—12日连载于《金刚钻》报。

形其形状，其状惟妙惟肖，可骇可惊。历次所作，阅者
无不击节。盖先生于乱世触目伤心、愤激之余，发为奇
文，非以投世俗之所好也，聊以鸣方寸之不平耳。

蔡陆仙先生第一回评曰：

叙武侠本旨如水清石出，历历可见。所谓探骊得
珠，已白占足身份，况描写官吏之嚣顽、社会之黑暗、
胥吏之残酷，无不细心若发，洞若观火，笔墨酣畅，尤
有单刀直入之妙。

1930 年（民国十九年　庚午）五十二岁

2月，作《龙套心语》，共三册，书末标社会小说。以龙公
名义发表。由上海竞智图书馆出版。此书先是在《时报》连载，
现上海图书馆存有《时报》版剪贴本和竞智图书版本两种。书前
有龙公自序、答邨人书（代序），又有马二先生序。序曰：

《龙套心语》著者署名"龙公"，不知其何许人也。
全书二十四回。著者自云"记载南方掌故，网罗江左佚
文"。语虽自负，正复非虚。

篇末曰：

著者必为文章识见绝人之士，而沉沦于末寮者，故能
巨细靡遗，滔滔不尽，若数家珍。虽曰诙谐以出之，而言
外余音，固含有无限感慨，殆所谓伤心人别有怀抱者耶？

1984 年，文化艺术出版社在"中国史料丛书"中再版推出此书，更名为"江左十年目睹记"，并认为本书的作者是姚鹓雏，首页为柳亚子题序，1954 年 7 月 20 日写于首都。（是年 6 月 25 日姚鹓雏先生卒。）又增加了出版说明和常任侠序，并将其置于马二先生原序之前，同时亦保留了龙公自序。书后附吴次藩、杨纪璋增补的《龙套心语·人名证略》。《龙》书首页及封底皆为云间龙在空中飞舞，与陆士谔之《商界现形记》同。其书之目录"一士谔谔有闻必录"，作者自己充当书中之人物，亦与其小说风格一致。故据本人考证，此书作者应为陆士谔。①

3 月，陆清洁编辑、陆士谔校订的《万病险方大全》由上海国医学社印行，国医学社出版，中央书店发行。次年 7 月再版。夏绍庭序曰：

> 青浦陆士谔先生邃于医学，莅沪行道有年，囊尝闻其声欸。审知为医学士，平生撰述甚富。著有《医学南针》一书，精确明晰，足为后学津梁。今其哲嗣清洁英台秉性聪慧，为后起秀。既承家学之渊源，又竭毕生之心力，广摭博采，罗致历年经验良方汇成一书。

> 民国十有九年暮春之初夏绍庭序于九芝山馆

陆清洁自序：

---

① 可参见田若虹《陆士谔小说考论》第六章第二节：《〈江左十年目睹记〉著者考》。

智者千虑，必有一失。愚者千虑，必有一得。故名医之处方，有时而穷，村妪之单方，适当则效，非偶然矣。谚称"单方一味，气死名医"。夫单方非能气死名医也，必单方神效，如鼓应桴始足当之无愧。本书各方，苦心搜访，南及闽粤，北至燕晋，风雨晦明，十易寒暑。而异僧奇士，秘而不宣人之方药，必有百计以求之。一方之得，必先自试用，试而有验，珍同拱璧。有历数月不得一方，有一日间连获数方。积之既久，乃编为十有三种。包罗有系，或谓余篇有仲景之验、千金之富、外台之博，则余岂敢。余编是篇，聊供乡僻之处，医士寥落、药铺未计所需耳。初无意问世也，平君襟亚热情殷殷，坚请付印，盛情难却，始从其议。然自审所编，挂一漏万，在所不免，知我罪我，唯在博雅君子。

中华民国十九年三月陆清洁序于沪寓

4月15—30日，《小闲话》中以王孟英医书为题，论及当时医林之风尚：

海宁王孟英，为清咸同间名医。近世医者多宗医说，喜以凉药撰方，或谓近日医家之弊，孟英创之也，欲振兴古学，非废孟英书不可。余颇不然之。孟英当日大声疾呼，立说著书，无非为救弊补偏之计。源当时医者不认病症，不究病源，唯以温补药为立方不二法门，故孟英不得已而有作也。试观孟英医案，救逆之法为多，亦可见当时医林风尚之一斑。

1924—1936 年，先生在《新闻夜报》副刊《国医周刊》上主笔介绍医药知识，亦公开为病家咨询。

6 月，先生《家庭医术》再版。

是年，先生在如皋医学报五周汇选撰《中西医评议》，就中西医之汇通问题与余云岫展开论辩，双方交锋数月。先生认为："中西医学说，大判天渊。中医主张六气，西医倡言微菌；一持经验为武器，一仗科学为壁垒，旗帜鲜明，各不首屈。"然而两相比较，则"形式上比较，西医为优；治疗上比较，中医为优。器械中比较，西医为胜；药效上比较，中医为胜。为迎合世界潮流，应用西医；为配合国人体质，应用中医"。

是年，《金刚钻》报登载《内科陆士谔诊例》一个月。

1931 年（民国二十年　辛未）五十三岁

是年，清廉考入江苏省苏州中学高中部。"九一八"时，他积极参加请愿团宣传抗日，并与同学胡绳一起创办了社会科学研究会，宣传马列主义。

先生仍在上海行医，又任华龙小学校董。先生女婿张远斋任校长，女儿敏吟和清婉皆任教员。先生之剑侠小说约写于 1916—1931 年间，大多由时还书局出版。其历史小说以历史事件为基础，而根据稗官野史、民间传闻加以敷衍虚构而成，故曰："书中事迹大半皆有根据，向壁虚造，自信绝无仅有。"当时他曾摘诸家笔记中剑侠百人，别录成册，以备异时兴至，推演成书。后老友郑君彝梅见之，劝之付梓，先生辞不获，因草其摘取之。其剑侠小说为《英雄得路》、《顾珏》、《红侠》、《黑侠》、《白侠》、《七剑八侠》、《七剑三奇》、《雍正游侠传》、《剑侠》、《新剑侠》、《今古义侠奇观》、《小剑侠》、《江湖剑侠》、《古今百侠英雄传》、《新三国义侠》、《新梁山英雄传》、《八剑十六侠》、《剑声花影》、《飞行剑侠》、《八大剑仙》（又名《八大剑侠传》）、《三剑客》、《血滴子》、《北派剑侠全书》、《南派剑侠全书》二十四种。此外有评点《双雏记》和《明宫十六朝演义》两种。

11月，先生在《金刚钻》报撰《说部杖谈》曰：

> 他人作小说，而我为之评注，非易事也。下笔之初，必先研究作者之布局如何、用意如何，首尾如何呼应，前后如何贯穿，何为伏笔，何为补笔，何为明笔，何为暗笔，探微索隐，真知灼见，而后其评注乃不悖于本义。圣叹评《水浒》《西厢》，虽未都尽餍人意，要其心思之缜密，笔锋之犀利，能发人所未发，则似亦不可没也。仆才不逮圣叹万一，更乌评注当代名小说家之杰作，而平江向恺然先生，即别署不肖生者，著《近代侠义英雄传》说部，乃由老友济群以函来嘱余为评，辞意颖颖，弗能却也。谬以己意为之评注，漏疏忽略无当大雅，固于《侦探世界》之辑余赘墨中，言之数矣。

是年，借《侦探世界》半月刊，在其杂文《说部杖谈》中提及：

> 他人作小说，而我为之评注，非易事……固于《侦探世界》之辑余赘墨中，言之数矣。

是年，《金刚钻》报登载《内科陆士谔诊例》一个月。

1932 年（民国二十一年　壬申）五十四岁

5 月，其医书《丸散膏丹自制法》再版。

是年，《金刚钻》报登载《内科陆士谔诊例》一个月。

1933 年（民国二十二年　癸酉）五十五岁

元月，作杂文《说小说》曰："近年小说之辈出，提及姓名妇孺皆知者，意有十余人之多。革新以来，各界均叹才难，只小说界人才独盛，此其中一个极大之原因在……"指出了小说之所以不同于诗赋等文学体裁之五种原因。

是月，作散文《雪夜》。作者在风雪之夜，斗室寂居，颇有感慨：

> 斗室之中，有一寂然之我也。由既往以识将来，百阅百年，此间更不知成何景象。是否变为崇楼杰阁、灯红酒绿之场，荒烟衰草、鬼泣鸦鸣之地，虽尚未能预测，而此日此时此地，未必恰有此风雪，可以决定，即使百年后之此日此时此地，未必恰有此风雪，无论如何，此斗室总已不复存在，此斗室中之我总已不复存在，可断言也。夫然则我之为我，原属甚暂，夫我之为我，即属甚暂，则此甚暂之我，对此甚暂之时光，何等宝贵①。

是月，作散文《快之问题》，慨叹时光之流逝曰："吾诚惧

---

① 《金刚钻》报 1933 年 1 月 2 日。

者，老死而犹未闻道，未免始终有失此时光耳。"

是月，在"民众医学常识"栏目谈医说药。从2月至8月连载。

2月，另作小品文《白话教本》《新文学》二种。

是月，作散文《春意》曰："春风嘘佛，春气融和，春色碧色，春水绿波，春花之开如笑，春鸟之鸣似歌，凡此种种，风也，气也，草也，水也，花也，鸟也，皆可名之曰春意……"①

是月，《金刚钻》报"全年订户之利益"栏目（二）推介《金刚钻小说集》一册曰：

> 小说集中所刊字文，俱戛戛独造之作。短篇数十种各有精彩，长篇三种尤为名贵。长篇一，程瞻庐之《说海蠡测》、海上漱石生之《退醒庐著书谈》……短篇，漱六山房《西征笔记》、陆士谔《猫之自序》……

3月，在"医紧商榷""春病之危机"栏目连载医文。

4月，作《温病之治法》《我之读书一得》《洄溪书质疑》等医学小品文。其曰："辨药唯求实用，读书唯在求知，知之为知之，不知为不知，如武进、邹闰阉之疏证，斯为得矣。"②

是月，"月刊启事"栏目编者曰："某人略谙医药，便自诩神仙。陆君擅歧黄术，将医药常识尽量贡献，神仙之道，完全拆穿；养生之道，十得八九。是医生应该多读读，可以祛病延年；不是医生也可以增进学识。"③

---

① 《金刚钻》报1933年2月14日。
② 《洄溪书质疑》，《金刚钻》报1933年4月15日。
③ 《诊余随笔》，《金刚钻》报1933年4月24日。

5 月，作《清郎中门槛》《医海观潮》《钟馗嫁妹》等小品文。

9 月，谈"人参之功用""脚湿气方"，在"医经节要""答言"栏目谈医说药。

是月，作小品文《马桶》《四库全书》《僵先生（二）》等。

是月，编辑《青浦医史》。

是月，迁移到公共租界中央区汕头路 82 号。

10 月，先生续汪仲贤的小品文《僵先生》第一集，载于《金刚钻月刊》。全书共三集：其一《僵先生》汪仲贤著；其二《僵先生打开僵局》陆士谔续；其三《僵先生一僵再僵》汪仲贤著。

11 月，先生连载在《金刚钻》报上的短篇小说《寒魔自述记》与《环游人身记》结集重版于《金刚钻报月刊》。

是月，作笔记体小品文《鉴古》。

是年，《绣像清史演义》五版。撰医书《奇虐》等。

是年，《金刚钻》报登载《内科陆士谔诊例》一个月。

1934 年（民国二十三年　甲戌）五十六岁

是年，作《国医新话》，并继续在公共租界英法租界出诊。

公共租界：中央区西至卡德路、同孚路，东至黄浦滩，北至苏州路，南至洋泾浜。

法租界：西至白尔部路、横林山路、方浜桥路，南至民国路，北至洋泾浜，东至黄浦滩。在"陆士谔论医"栏目中提及《国医新话》及其所著有关医书：

丞曰：士翁先生通鉴，久仰鸿名，恨未瞻韩，晚滥竽商途，公余，常求医学。然以才短理奥，毫无所得。数年前得大著《医学南针》，指示之深如获至宝。余力诵读，只得一知半解，先贤入门之作，均无此中明显，初学宝筏真为稀有。三、四两集屡询津中世界书局分局，出书无期，去岁秋得公著《国医新话》及《医话》，理论精微，断诊明确，并指示种种法门，开医药之问答，能于百忙之中行此人所难能者。仁心济世，景慕益殷，夫邪说乱政，自古已然，海通以还，西术东来，尤甚于古。当此国人遭医劫之秋、后学失南针之日，吾公雄才大辩，融会今古，绍先圣之正脉，开启后进；障邪说之狂流，挽救生民，天心仁爱，降大衍公也……而敬读尊著，几无一日可离，然除得见者外，如《钻》报之发行所《医经节要》《邹注伤寒论》《新注汤头歌诀》《寒窗医话》未知何家代印发行，统希赐示，俾得购读，使自学得明真理。

民国二十六年五月十九日

是年至次年，由陆清洁编辑、陆士谔校订的《医药顾问大全》（共十六册），由上海世界书局陆续印行。

此书有八篇他序（夏序、丁序、戴序、贺序、蔡序、汪序、杨序、俞序）和一篇作者自序。

俞序曰：

陆君清洁，性谨厚，工厚文。其尊翁士谔先生，为青浦珠街阁名医，精岐黄术。为人治病，常切中病情十全八九，又擅长文学。所著《医学南针》，传诵医林，实天土灵胎第一人也。清洁幼承庭训，学有渊源，而于医学造诣尤深。处方论病，广博精湛，深得其尊翁医学之精髓。

是年，组织中医友声社，在电台轮值演讲中医常识，先生主讲"医学顾问大全"。

3月，在"谈谈医经""小言"栏目谈医说药。

10月，谈中医研究院问题曰：

> 缘眼前医界，有伪学者，有真学者。所谓伪学者，乃是说嘴郎中，全无根底，摇笔弄墨，居然千言立就，反复盘问则瞠目不能答一语，此等人何能与之群？此一难也。真学者中又有内经派、伤寒派之分……①

是年，先生于《杏林医学月报》发表《国医与西医之评议》，此文针对当时中医改良思潮而发。

是年，先生发表《国医之历史》《释郎中》两种医书。

是年，《金刚钻》报登载《内科陆士谔诊例》一个月。

1935 年（民国二十四年　乙亥）五十七岁

《金刚钻月刊》记曰：

> 青浦陆士谔先生，来沪已有十载，凡伤寒、温热、

---

① 《金刚钻》报 1934 年 10 月 9 日。

妇科各症，经先生治愈者，不知凡几。且素抱宏志，开拓吾学，治愈之各种奇症。自撰医话，刊布《钻》报，方案原原本本，足供《医学南针》。唯手撰医书十种在世界书局出版者，均系十年前旧作。近来因忙于酬应，反无暇著书，未竟之稿，未能继续，徒劳读者责问耳。先生常寓公共租界中央区汕头路82号，门牌、电话九一八一一。[①]

该期还刊登了先生《著作界之今昔观》。此文揭露和抨击了古今那种喜出风头，贯于剽窃成文、据为己有，或以本人名微，轹托前代名人"学者"之不正文风。

元月，先生的《七剑八侠》续编十三版，由上海时还书局出版发行。正、续编二册，定价二元六角，续编共二十回。

4月，先生的《八大剑侠传》亦由上海时还书局出版发行。第二十一版篇末曰："是书草创之始，原拟撰稿二十回，不意撰述至此，文义已完。增书一字，便成蛇足。陡然终止，阅者谅之。"

1936 年（民国二十五年　丙子）五十八岁

1—10 月，先生在《金刚钻》报连载《按王孟英医案》。

2 月 26—27 日，先生在《金刚钻》报"医林"栏目发表《论藏结》上、下篇。

4 月 28—30 日，陆清源在《金刚钻》报发表《伤寒结胸与痞之研究》一至三篇。

---

① 《金刚钻月刊》第二卷第一集。

7月，作《士谔医话》曰："自撰医话，刊布《钻》报，方案原原本本，足供《医学南针》。"由世界书局发行。在1924—1936年间，先生常在《金刚钻》报的"诊余随笔"及"管见录"上撰文。《金刚钻》报编辑济公（施济群）曰："陆士谔先生在本报撰'诊余随笔'颇得读者欢迎，后因诊务日忙而轰，近先生复以'管见录'见贻，发挥心得，足为后学津梁。"①

7月8—15日，先生在"医药问答"栏目解疑答难。

7月19—20日，作《黑热病中医亦有治法吗》，发表于《金刚钻》报。

8月20—21日，作医学论文《微菌》上、下篇，发表于《金刚钻》报。

8月31日—9月1日，先生在《金刚钻》报发表《论学术之出发点》上、下篇。

10月，《清史演义》第四部《女皇秘史》重版。

《清史演义·题词》丹徒左酉山曰："金匮前朝尚未修，鸿篇海内已传流。编年一隼温公体，杂说原非野乘侔。笔挟霜天柱下握，版同地编枕中收。吾家曾作《春秋》传，愿附先生文选楼。"

10月1—6日，先生长子陆清洁发表《驳章太炎先生伤寒论讲词》1—7篇。

10月2—7日，在《金刚钻》报"医林"栏目发表《江西热疫之讨论》1—6篇。

1936年11月13日—1937年1月19日，作杂文《南窗随笔》一、二、三、四集。

11月15日，在《金刚钻》报"医林"栏目发表《经验》

---

① 《金刚钻》报1925年5月18日。

上、下篇。

12 月 1—2 日，作杂文《南窗随笔》上、下篇。

12 月 13 日，先生之子陆清源在《金刚钻》报登载启事：

> 清源秉承庭训研读伤寒，一得之愚，未敢自信，刊
> 诸"医林"，广求磋切。正在学务之年，未届开诊之日，
> 辱荷厚爱，有愧知音。自当奋勉研攻，以期不负知我，
> 图报之日，请俟他年。现在，尊处贵恙，期驾临汕头路
> 82 号诊室就治可也。

12 月 17 日，在《金刚钻》报发表《中西医之辨证法
（一）》。

1936 年 12 月—1937 年 1 月 27 日，陆清源在《金刚钻》报连
载《伤寒小柴胡汤之研究》。

12 月 20—23 日，在《金刚钻》报发表《再论辨证》谈中医
问题。

1937 年（民国二十六年　丁丑）五十九岁

1 月 11—12 日，在《金刚钻》报发表论文《落叶下胎辨》
上、下集。

1 月 13 日，在《金刚钻》报"医林"栏目发表医学论文
《中医之学术》道："做了三十年来中医，看过百数十种医书，
觉得中医的短处，就在理论的话头太多。虽然中医书也有不少
罗列证据的，拿它归纳比较，终觉理论占据到十分之六七，证
据只有十分之三四，断断争辩，公说公有理，婆说婆有理……
究其实在，有何用处？"

1月15—16日，在《金刚钻》报发表医学论文《研读叶氏温热篇》上、下集。

1月18日，在《金刚钻》报发表中医理论文章《辨证》。

1月19日，在《金刚钻》报发表短文《邹氏书之销数》。

1月—3月24日，先生在《金刚钻》报连载《叶香严温热病篇》。

1月23—24日，先生作杂文《中医要自力更生》曰：

> 要知道自己的长，先要知道自己的短。中医的短处就好似古代传流的理论，叫作医者意也，讲的都是空话。说长道短，口若悬河，嘴唇两爿皮，遇到病症，便如云中捉月、雾里看花地胡猜乱道，一个病都用医者意也的法子诊治。……中医的长处，也就是古代传流的辨证法，叫作症者证也……

1月26—28日，先生作杂文《医者意也之谬》在《金刚钻》报连载。

2—3月，陆清源在《金刚钻》报连载《伤寒阐疑》。

3月，由陆清洁编辑、陆士谔校订的《大众万病顾问》，于是年三月初版。民国三十五年（1946）十一月新三版，编者自云："是书也，四易其稿，历三寒暑。约二十万言，以疗治虽不言尽美，然比较完备，可断言也。……民国二十四年（1935）六月，青浦陆清洁序于杭州板桥路医庐。"

戴达夫为其序曰：

> 陆君守先，青邑人也。为明文定公嫡裔。博通经

271

籍，妙用刀圭。二十四番风遍栽杏树，八千里余纸抄录奇书。女子亦识韩康，士夫群推秦缓。哲嗣清洁，毓灵毓秀，肯构肯堂，飘飘乎横海之鱼龙，乎缑山之鸾鹤。况能志勤学道，训禀经畲，勉受青囊。精言白石，待膳待寝之暇，博极群书。闻诗礼之余，耽窥奥衍。餐花梦里，贮锦胸中。摇虎毫而成文，不愧云间才调。喜龟蒙之继德，依然郁石清风。爰著万病验方大全，而丏序于余……

岁次上章敦牂春莫馀干戴达夫序于上海医学会

汪寄严先生序：

清洁同志，英敏多才，国医先进陆士谔先生哲嗣也。幼承庭训，家学渊源，宜乎头角峥嵘，矫然特异。其编撰是书，都二百万言，阅十寒暑始成。浸馈功深，洵巨制也。伏而读之，内外兼备，妇幼不遗。其于病理之叙述推阐靡遗，而于诊断治疗，则多发人所未发。骎骎乎摩仲圣之垒，驾诸家而上之。附方分解，以明方药效能，绝非掇拾者所可比。特开辟调养一门，俾病者于新愈时，知所避忌。其努力以发挥国医功效，谶微备至，是开医学之新纪元，尤足为本书生色。国医当此存亡绝续之交，得是书而振起之。同道可精作他山石，后进得奉为指南针，岂仅社会群众之顾问而已哉。

民国二十三年十月新安汪寄严寄于沪江医寓

4月1—31日，先生在公共租界（中央区西至卡德路、同孚路，东至黄浦滩，北至苏州路，南至洋泾浜）、法租界（西至白尔部路、横林山路、方浜桥路，南至民国路，北至洋泾浜，东至黄浦滩一带）出诊行医。时间：下午二时至六时。每日上午在上海英租界跑马厅，汕头路82号寓所看门诊，时间上午十时至下午二时。

《金刚钻》报继续登载《内科陆士谔诊例》一个月。

4月20日，在"医书疑问"栏目中，病友王道存君提出疑问数点，请陆先生解答。先生次子陆清洁先生一一代为解答。

4月22—23日，上海医界春秋社请杭州光圭君回答"疬节痛风"之疑问，沈君转请陆清洁君回答。

4月26日，湖南湘潭李佩吾君，为其夫人之病函曰：

> 先生出版《国医新话》《医学南针》，指明应读各种方书，佩吾皆一一购备……感将贱内病状敬为先生详陈之。

4月29—30日，作《叶香严外感温热病篇》，刊载于《金刚钻》报。

5月4—24日，《小金刚钻》继续报载《内科陆士谔诊例》。

5月19日，在"论医"栏目，天津景晨君曰："敬读尊著，几无一日可离。然除得见者外，如《金刚钻》报之发行所《医经节要》《新注伤寒论》《新注汤头歌诀》《寒窗医话》，未知何家代印发行，统希示，俾得读。"

5月21日，先生在《南窗随笔》中谈读书体会曰：

> 读古人书须要放出自己眼光，不可盲从，始能得

273

益。倘心无主宰，听了公公说，就认为公有理；听了婆
婆说，就认为婆有理，纵读破万卷书，绝无用处。如柯
韵伯之为伤寒大家、吴鞠通之为温热大家，任何人不能
否认，但柯韵伯心为太阳之说，吴鞠通温邪处在于太阴
经之说，不可盲从也。

5月25日，在"论病"栏目答李佩吾君第二次求医信。

5月28—29日，继续在"论医"栏目中答医解难。

5月30日，在"论医"中提到："南针三、四集，现方在撰
述中。"

是月，先生主编《李士材医宗必读》，由上海世界书局出版。

6月1日，先生在《小金刚钻·南窗随笔》撰文，为捍卫祖
国医学不遗余力。

6月3—30日，继续在《金刚钻》报登载《内科陆士谔诊
例》。

6月8日，在"南窗随笔"中先生阐明中西医之所长曰：

中医重的是形，形易见而神难知，此世俗所以称西
医为实在欤。

7月2—30日，在《金刚钻》报继续刊登《内科陆士谔诊
例》。

7月16日，先生三子清源在《金刚钻·国医三话》自序
中曰：

清源待诊以来，亲承庭训，研读古书，每遇一方，
必究其组织之法。为开为合，疗治之道，为正为反。趋

时者则笑源为守旧。源亦知假借他人门阀，足以增光蓬荜……所以守草庐，不愿阀阅，奉久命编辑《国医三话》毕，因述其意为述。

7月20—22日，先生在《金刚钻报·论病》中答李佩吾君第三次来函。

7月25日，先生在《中医教育之我见》中谈中医教育曰：

中医之学术，重实验，不重理论；中医之教育，现代都有两途：一是各别教育，一是集团教育。中医学校是集团教育，师徒授受是个别教育。个别教育重在实验，集团教育重在理论。

7月26日，续曰："据余之经验，中医之教育，以个别为适，集团为不适，敢贡献于主持中医教育者。"

8月1日，陆清源在《金刚钻》报上写《国医三话》后序。

8月3日，先生在"论病"栏目中答程君、宝君致函求医。

8月9—13日，陆清源以《桂枝人参汤》为题谈医说药。

1938年（民国二十七年　戊寅）六十岁

秋，刘三病故。陆灵素整理刘三遗稿编成《黄叶楼诗稿尺牍》多卷，交给柳亚子校正刊印，不料太平洋战争爆发，文稿遗失于战火。灵素在痛惜之余，又以惊人毅力收集残稿，刊印出油印本分赠亲友。

是年，撰《内经伤寒》。

1938—1943年，先生悉心行医，整理医学著作。以其医术精湛，医德高尚，而被誉为上海十大名医之一。

1939 年（民国二十八年　己卯）六十一岁

1—10 月，先生次子清廉任中共晋城县委书记。发动群众减租、减息，组织反扫荡，完成扩军任务。

1940 年（民国二十九年　庚辰）六十二岁

3 月，清廉下太行山开展平原游击战争。至冀鲁豫区留在党委机关工作，后又担任地委宣传部长、清风县委书记、地委书记、区党委副秘书长等职。1949 年，随刘邓大军南下，8 月任西南服务团第一支队队长……1955 年 8 月，在中央高级党校学习，结业后任冶金工业部华东矿山管理局局长。1958 年 8 月 20 日，在北京开会返宁途中，因飞机失事不幸遇难，时年四十五岁。后经江苏省人民委员会追认为革命烈士。①

1941 年（民国三十年　辛巳）六十三岁

是年，《金刚钻》报主编施济群编辑《医药年刊》，在其中"中医改进论"栏目中有先生两篇医学论文：《病名宜浅显说》《陆氏谈医》。后者包括：《病家最忌性急》《说病与认证》《中医之药方》《中医之用药》《膜原之病》《脑膜炎》《小白菜戒白面瘾》《鼠疫治法之贡献》《睡眠病之研究》《黑死病之探讨》。在《医药年刊》之"国医名录"中记载：

陆士谔：内科，跑马厅汕头路 82 号，（电话）九一八一一。

陆清洁：内科，吕班路蒲柏坊 35 号，（电话）八六

---

① 参见《青浦县志·人物》第三十四篇。

一四二（杭州迁沪）。

1943 年（民国三十二年　癸未）六十五岁

是年冬，先生中风。

1944 年（民国三十三年　甲申）六十六岁

3 月，先生因中风卒于汕头路 82 号寓所。据传先生中风当日，全家人正共进晚餐，忽闻汕头路 82 号（先生诊所）起火，并见其西厢房上空红光闪烁，原来并非起火，而是一颗陨石坠落。先生亦于是时中风。其长子清洁为其致"哀启"，所叙述的都是关于医药方面之事，于历年来所撰小说只字不提。《金刚钻》报副总编辑朱大可先生为陆士谔写挽词赞曰：

> 堂堂是翁，吾乡之雄。气吞湖海，节劲柏松。稗史
> 风人，医经济世。抵掌高谈，便便腹笥。仆也不敏，忝
> 在忘年。式瞻造像，曷禁泫然。

先生在中医学上的卓越贡献和在通俗小说创作方面的建树不可磨灭，树立了发愤图强的样板，并以"稗史风人，医经济世"为后人所崇敬。

277

图书在版编目(CIP)数据

雍正游侠传 / 陆士谔著. —— 北京：中国文史出版
社，2019.3
（民国武侠小说典藏文库·陆士谔卷）
ISBN 978 - 7 - 5205 - 0932 - 9

Ⅰ. ①雍… Ⅱ. ①陆… Ⅲ. ①侠义小说 - 中国 - 现代
Ⅳ. ①I246.5

中国版本图书馆 CIP 数据核字(2018)第 276215 号

点　　校：秦艳君
责任编辑：薛媛媛

出版发行：**中国文史出版社**
社　　址：北京市海淀区西八里庄 69 号院　　邮编：100142
电　　话：010 - 81136606　81136602　81136603（发行部）
传　　真：010 - 81136655
印　　装：廊坊市海涛印刷有限公司
经　　销：全国新华书店
开　　本：720 × 1020　1/16
印　　张：18.5　　　字数：150 千字
版　　次：2019 年 3 月第 1 版
印　　次：2019 年 3 月第 1 次印刷
定　　价：65.80 元